LO SCRICCIOLO

ALI DEL WEST: LIBRO UNO

KRISTY MCCAFFREY

Traduzione di

ROSA LOSACCO

Lo Scricciolo

Prima edizione pubblicata da Whiskey Creek Press, 2003.

Seconda edizione

Copyright © 2014 *K. McCaffrey LLC*

Tutti i diritti riservati

Titolo dell'originale: The Wren

Traduzione di Rosa Losacco

Copertina a cura di Earthly Charms

Prima Pubblicazione Italiana 2021

I nomi, i personaggi e gli eventi descritti in questo libro sono frutto dell'immaginazione dell'autrice oppure sono usati in modo fittizio. Qualunque somiglianza con fatti, luoghi, organizzazioni o persone, viventi o defunte, è del tutto casuale e al di là delle intenzioni dell'autrice.

È vietata qualsiasi forma di riproduzione e diffusione, anche solo parziale, di questa opera con qualsiasi mezzo, elettronico o meccanico, incluse fotocopiatura, registrazione o sistemi di archiviazione e recupero di informazioni, senza il consenso scritto dell'autrice.

Italian Edition Ebook ISBN: 978-1-952801-51-8

Italian Edition Print ISBN: 978-1-952801-52-5

kmccaffrey.com

kristy@kmccaffrey.com

ALTRI TITOLI DI KRISTY MCCAFFREY

Serie "Ali del West"

Lo Scricciolo

La Colomba

Il Passero

Il Merlo

L'uccello Azzurro

L'uccello Canoro

Eco delle pianure

The Starling

The Canary

The Nighthawk

The Swan

The Falcon

Romanzo autoconclusivo

Into The Land Of Shadows

Contemporanei d'amore e d'avventura

Deep Blue

Cold Horizon

Ancient Winds

Sapphire Waves

Racconti brevi

The Crow Brothers Collection

The West: A Romance Collection

Racconti lunghi e sentimentali

Alice: Bride of Rhode Island

Rosemary

Racconti lunghi e sensuali

Blue Sage

The Peppermint Tree

A Mirthful Wish

~ Elogi per la serie Ali del West ~

LO SCRICCIOLO

"…la maestria della McCaffrey nel creare scenari ricchi di dettagli storici conferisce a questo western un crudo realismo." ~ Romantic Times BOOKclub

"Adoro gli storici di ambientazione western e ho trovato questo libro davvero eccezionale. Non perdetevi… quella che sicuramente sarà una magnifica serie." ~ The Romance Studio

"Eroi belli e virili, eroine forti e un'ottima trama fanno de *Lo Scricciolo* un libro da tenersi stretto stretto." ~ The Best Reviews

LA COLOMBA

"…splendide descrizioni delle Sangre de Cristo Mountains, della Las Vegas di fine '800 e del podere dei Ryan. Mi sono sentita trasportata proprio in quei posti lì." ~ Love Romances

"McCaffrey scrive con il cuore… una lettura da non perdere." ~ The Romance Studio

"Se amate i romance di genere western, vi raccomando di leggere questo." ~ Romance Junkies

IL PASSERO

"I lettori ameranno questa storia…" ~ RT BookReviews

"…mi congratulo con la McCaffrey per l'accuratezza storica dei suoi racconti… una lettura fenomenale che mi sento di raccomandare a chiunque apprezzi romance storici con un qualcosa in più." ~ Jonel Boyko, Reviewer

"Le antiche leggende degli Hopi e degli Havasupai trovano in McCaffrey una nuova voce. La scrittura brillante dona assoluta credibilità al viaggio mistico del personaggio principale in un'altra dimensione e ti spinge a leggere fino a notte fonda." ~ City Sun Times

IL MERLO

"Antagonisti malvagi, azione a volontà, un'eroina decisa, intrecci, colpi di scena sorprendenti e un seducente cowboy – il tutto sottolineato da una sensuale storia d'amore – in questo western ce n'è per tutti i gusti." ~ Janna Shay, InD'tale Magazine

"… avvincente e intenso… difficile non leggerlo tutto d'un fiato." ~ Chanticleer Book Reviews

L'UCCELLO AZZURRO

"…una lettura incalzante, con una storia e dei personaggi tanto profondi da mantenere vivo il mio interesse fino all'ultima pagina…" ~ Jo, Romance Junkies

"…carico di avventura e azione che lasciano senza respiro… libro meraviglioso… pressoché impossibile staccarsene!" ~ Maia, The Silver Dagger Scriptorium

"I lettori si scopriranno spesso col fiato sospeso… una lettura veloce ed emozionante!" ~ Belinda Wilson, InD'tale Magazine, a Crowned Heart review

A Kevin,
con amore

CAPITOLO UNO

Texas del Nord
Maggio 1887

«Vi siete smarrita?»

Allarmata, la giovane donna si girò sulla sella e sgranò gli occhi. Sotto la tesa del cappello scuro, iridi di un brillante azzurro lo fissarono.

In quell'isolato angolo delle pianure texane, l'ultima cosa che Matthew Ryan si sarebbe aspettato di trovare era una donna a cavallo di fronte ai tre cumuli di terra ricavati nel fianco della collina. Un'immagine del passato, una bambina con occhi azzurri altrettanto vivaci, sfrecciò nella mente. Era passata una vita da quella notte di agosto in cui aveva visto Molly Hart per l'ultima volta. La perdita, ormai un dolore sordo, non lo avrebbe mai abbandonato del tutto.

«No, non mi sono smarrita.» La sua voce intensa e ricca di sfumature lo avvolse come un caldo fuoco dopo un'ondata di freddo.

«Siete in capo al mondo» le disse, sistemandosi sulla sella e aggiustandosi il cappello nel vento che li sferzava. Un altro temporale si preparava a tormentare la terra, ormai con frequenza sempre crescente. Nuvoloni cupi si addensavano bassi all'orizzonte e Matt aveva il sospetto che presto né lui né la giovane sarebbero arrivati lontano. Doveva avviarsi subito.

«Anche voi» ribatté lei.

«Conoscevate la famiglia Hart?» chiese indicando i tumuli con la testa.

La donna distolse lo sguardo e annuì in maniera quasi impercettibile. Ciocche scure sfuggirono ai confini del cappello.

«Il mio nome è Matt Ryan» offrì, osservando la piccola vallata chiusa e l'edificio fatiscente a circa un quarto di miglio da loro, i resti del ranch degli Hart. Ancora in piedi rimanevano un recinto, le stalle e l'alloggio dei mandriani, il tutto invaso da polvere e cespugli rotolanti, come spettri di guardia a un posto un tempo pieno di vita. «La mia famiglia ha un ranch a un trenta miglia a est da qui.»

Quando il suo sguardo tornò a posarsi sulla donna venuta dal nulla, si accorse che lo fissava sinceramente turbata. «Che c'è?» si affrettò a chiedere.

Il cavallo di lei, una splendida giumenta dal manto sauro con sfumature quasi identiche alla chioma della misteriosa giovane, rispose alla tensione della sua cavallerizza con una nervosa rallegrata. «Matthew Ryan?»

«Ci siamo già incontrati?»

Invece di rispondere, la donna gli rivolse un'altra domanda. «Come sono morti gli Hart? Come è morta *Molly Hart*?»

Matt indugiò. Erano trascorsi dieci anni dall'ultima volta in quel posto, dieci anni dal funerale e dal giorno in cui erano state scavate le fosse che avevano accolto i tre corpi assassinati. Si era comportato da vile non facendogli visita prima? Non ne era sicuro. Sapeva solo che la morte di Molly Hart lo attanagliava ancora, oppresso com'era dal senso di colpa per non essere rimasto con lei quella sera.

«All'incirca dieci anni fa, il ranch fu attaccato durante un ricevimento. Il signore e la signora Hart furono uccisi. Molly scomparve.» Si esprimeva in tono pacato, un'abitudine affinata durante gli anni di servizio nell'esercito e con i Texas Rangers. Celare le emozioni era ormai parte della sua natura, nonché un tratto utile nel lavoro. Ma a quale costo, talora si chiedeva.

«E ciò vi ha indotti a pensare che fosse morta?» Un'ombra di sofferenza le attraversò il viso.

«No. Non all'inizio. Non fino a quando l'abbiamo trovata.»

«E *che cosa* avete trovato, esattamente?»

Il vento fischiava per la valle e nubi nere si andavano formando veloci sulle loro teste. A quanti disdegnavano il tempo in quella regione del Texas si diceva di aspettare cinque minuti. Spesso bastavano quelli perché cambiasse. I due dovevano necessariamente cercare rifugio.

Seppur riluttante, si costrinse a risponderle. «Un corpo carbonizzato.»

Una saetta schizzò dal cielo e la donna lottò con le redini per tenere calmo il cavallo. «Perché tanto sicuri che fosse proprio lei?» insistette.

«Accanto al corpo c'era una piccola croce d'oro che non toglieva mai. E i resti… erano della sua taglia.»

Offrendo a Matt il profilo, lei tornò a guardare i tumuli. Indossava pantaloni scuri e una voluminosa camicia chiara di foggia maschile, ma era evidente che fosse una giovane donna. Mani sottili stringevano le redini e un'attraente curva femminile conferiva grazia alla sua postura. Nonostante l'inquietudine dell'animale, era chiaro che la capacità di stare in sella fosse innata in lei.

«Come vi chiamate?» chiese Matt, gridando al di sopra dell'ululato del vento per farsi sentire.

La giovane gli scoccò un'occhiata carica di diffidenza, incredulità e… sconforto? si chiese perplesso mentre la pioggia iniziava a venir giù copiosa.

«Scendiamo verso la casa» urlò, subito guidando il cavallo

lungo il leggero pendio su cui si trovavano. Oltre la spalla vide la donna esitare, lo sguardo impaurito sulle rovine fatiscenti dell'edificio, ma quando arrivò alla dimora deserta lei gli stava dietro.

«Porto i cavalli nelle stalle e vedo se riesco a trovargli un angolo asciutto.» Liberò gli animali dalle bisacce, prima le proprie poi quelle di lei, e gliele porse. «Perché non entrate a vedere se c'è un posto dove aspettare che la tempesta passi?» suggerì.

Lei rispose con un timoroso cenno di assenso.

Occupandosi dei cavalli – la stalla era in condizioni migliori di quanto si sarebbe aspettato – si chiese della giovane e dei possibili rapporti con la famiglia Hart. Dieci anni prima non avrebbe potuto essere che una bambina, pressappoco coetanea di Molly, e lui se ne sarebbe di certo ricordato. L'estate in cui gli Hart erano stati uccisi Matt aveva lavorato presso il loro ranch, dando una mano a Robert Hart su richiesta di suo padre.

Era stato in quel periodo che l'amicizia con Molly, allora una bimba di nove anni, era sbocciata. Un rapporto a prima vista improprio, considerati gli otto anni di differenza, ma la naturale sintonia tra di loro aveva subito evocato nella mente di Matt il pensiero della sorella mai avuta. Nel giro di poco, quello spiritello gli era entrato nel cuore e lui ne era diventato amico e protettore. Proprio in quell'ultimo ruolo, però, aveva fallito. E il costo era tuttora pressoché insopportabile.

Correndo nella pioggia, si precipitò verso l'ingresso della casa e quasi travolse la donna ferma sulla soglia. Si era mossa affatto da che erano arrivati? D'istinto la mano estrasse il revolver a sei colpi mentre gli occhi esploravano l'interno, diretti verso qualche animale selvaggio che come loro avesse cercato rifugio dalla tempesta.

Nel tendere un braccio, sfiorò quello della giovane, che trasalì.

«Tranquilla» le mormorò, spingendola delicatamente da parte. Muovendosi poi per la casa, ispezionò ogni stanza. C'erano infiltrazioni d'acqua in diversi punti ma, per fortuna, nessun segno di altre presenze. «La camera da letto sul retro sembra asciutta.»

Invece di seguirlo, la donna con i penetranti occhi azzurri e la voce affascinante si fermò davanti a un'altra stanza.

Matt si accigliò. Quand'è che aveva iniziato a considerarla affascinante?

All'improvviso, dall'estremità del corridoio in cui si trovava lui, un lampo illuminò la casa semimmersa nell'oscurità. La pioggia aveva incollato la camicia chiara al corpo della giovane, abbozzandone le curve decisamente femminili. Matt si costrinse a guardare altrove. Non aveva alcuna intenzione di approfittare di una donna sola in un posto sperduto.

Lei varcò la soglia. Matt si tolse il cappello e si passò le dita tra i capelli umidi. Attrazione o no, c'era un che di strano in questa giovane. La seguì.

«Sapete che ne è stato di Mary ed Emma?» chiese lei con un filo di voce, dandogli le spalle.

E così era a conoscenza delle due sorelle di Molly. «Andarono a vivere con la zia Catherine a San Francisco.»

Lei rilasciò in fretta il fiato e rilassò appena le spalle, quindi si piegò a recuperare una bambola vecchia e sudicia. «Questa era di Emma» sussurrò.

«Come mai sapete così tanto della famiglia che viveva qui?» chiese Matt, d'un tratto irritato da questa donna che conosceva a malapena. «Chi siete?»

La giovane si girò verso di lui e in quell'istante un fascio di luce rivelò il suo volto bagnato di lacrime. «Potrei dirvelo, ma adesso so che non mi credereste. Sono stata così sciocca a pensare di poter tornare, che tutto sarebbe stato come prima.» Con gli occhi fissi sulla bambola, aggiunse piano: «Una vita persa, per tutti noi.»

«*Come* vi chiamate?» insistette Matt, pervaso da un senso di disagio. Non poteva essere vero, assolutamente no. Impossibile.

La mente e il cuore si rifiutavano di ascoltare, ma la voce ricca di sfumature fluttuò tra la pioggia e il rombo distante del tuono.

«Molly Hart.»

CAPITOLO DUE

Molly osservò la reazione di Matt nella luce morente. Il corpo alto e immobile dominava la stanza, con occhi che la fissavano quasi appartenessero a un cacciatore pronto a colpire la preda. I tratti spigolosi del viso mostravano chiara incredulità e turbamento, e i capelli scuri gocciolavano sulla camicia già fradicia. La rabbia che le sembrava di percepire gli conferiva un'espressione animalesca… o erano i muscoli rigidi, tesi, come pronti all'attacco?

«Qual è il vostro nome?» ripeté. «Quello *vero.*»

«Ve l'ho appena detto.»

«E io ho appena detto che Molly è morta. Il vostro scherzetto non è affatto divertente.»

«Vorrei che fosse tutto uno scherzo» replicò lei con un nodo in gola. «Invece è un incubo che sembra non finire mai.»

E durava già da dieci interminabili anni. Prima di due settimane fa ignorava persino che i genitori fossero morti. Era stato un commerciante di passaggio per il territorio del Nuovo Messico a dirglielo… segno evidente del suo scarso contatto con i bianchi fino ad allora.

La notizia l'aveva distrutta.

L'unica speranza che avesse mai nutrito era stata quella di

tornare a casa dalla sua famiglia. E adesso che ci era riuscita, l'irrecuperabile perdita della fanciullezza le procurava un dolore tanto acuto da impedirle quasi di respirare.

Non avrebbe mai più rivisto i suoi. Per tutta la settimana precedente si era sforzata di comprendere appieno il significato di quella nozione, ma ancora le sfuggiva. Se non altro le sue sorelle erano sopravvissute. Il che era qualcosa, un debole anello a cui aggrapparsi tra le fondamenta instabili della sua vita.

Il colpo di grazia, tuttavia, era arrivato dalla scoperta della propria presunta morte, un fatto che aveva abbattuto qualsiasi parvenza di sicurezza avesse mai provato. Per dieci anni aveva sperato e sognato che qualcuno andasse a liberarla. Per dieci anni si era chiesta come e quando sarebbe riuscita a fuggire e tornare a casa. Ma loro l'avevano creduta morta. Nessuno aveva mai indagato. Matthew Ryan, il suo amico d'infanzia, non l'aveva mai cercata.

Matt, proprio lui che adesso le stava di fronte, praticamente un estraneo, un uomo che oggi avrebbe quasi temuto se tempo addietro non lo avesse conosciuto così bene.

«Vi spiacerebbe spiegarmi come diamine fareste a essere Molly Hart?» La sua voce era carica di disprezzo.

«Fui rapita dagli uomini che assalirono il ranch quella sera.»

«Comanche?»

Lei scosse la testa. «No. Loro ci attaccarono molto dopo, quando cavalcavamo già da un po'. Parecchi uomini rimasero uccisi, e quasi tutti furono scotennati. Fu allora che gli indiani mi presero.»

Un lampo illuminò la stanza e il telaio rotto di un letto ancora lì nell'angolo. Quello di Emma, sua sorella minore. Questa era stata la loro camera.

«E come lo spiegate, il corpo che abbiamo trovato? E la croce d'oro?»

«A un certo punto del tragitto con i Comanche, fummo raggiunti da un'altra banda. Con loro c'erano diversi prigionieri bianchi. Una aveva più o meno la mia età.» Fece una pausa, quindi riprese in tono sommesso: «Urlava e piangeva e i Comanche erano impazienti. Uno di loro le scoccò una freccia, inchiodandola a un albero. Gli altri sembrarono arrabbiarsi, ma ormai era troppo tardi. Era già morta, e la bruciarono. Io stessa mi sforzavo di non urlare, così mi limitai a gettare la croce ai suoi piedi… non c'era altro che potessi fare per lei.»

Deglutendo a fatica, Molly ricordò il terrore con cui aveva convissuto in quei primi giorni. Quante volte ai margini della mente si era profilato il pensiero che anche la sua orrenda fine fosse ormai prossima?

Matt sembrava sotto pressione, i lineamenti turbati dall'incertezza.

«Se quanto sostenete è vero» disse senza alcun entusiasmo «allora dove siete stata in questi dieci anni? Non era raro che i Comanche cedessero prigionieri all'esercito in cambio di merci. Io per primo mi sono occupato di quegli scambi parecchie volte.»

«Davvero?» Era stato così vicino durante la sua prigionia? Avrebbe forse avuto maniera di aiutarla? «Eravate nell'esercito?»

«Per un certo periodo.»

«Non ricordo di aver avuto molti contatti con altri bianchi. Non mi trattavano da prigioniera. Fui adottata dalla famiglia di un comanche chiamato Corre Coi Bisonti che mi allevò con le sue due figlie.»

«Come siete fuggita?»

«Rimasi con loro per otto inverni prima che mi abbandonassero con un trafficante nel Nuovo Messico.»

«E con quale tribù eravate?»

«Quahadi» rispose lei.

«Mmm, vivevano in regioni piuttosto remote. Non ho mai avuto rapporti diretti con loro.»

Dunque non era stato così vicino a lei come aveva inizialmente pensato.

«Perché vi hanno barattata dopo otto anni?»

«Ci fu della confusione circa una proposta di matrimonio per me. La figlia maggiore di Corre Coi Bisonti si adirò e lui, in un gesto di buona volontà, scelse di restituirmi alla mia gente.»

«Buona volontà un corno» inveì Matt. «Vi ha tenuta in ostaggio per otto anni.»

«Allora, mi credete?»

Le sue parole rimasero sospese nell'aria, prive di risposta. La pioggia infieriva sul tetto, il tuono ruggiva in lontananza e l'oscurità l'avvolgeva come una vecchia amica. Quante volte si era stretta alle sorelle comanche sotto il lembo di un tepee mentre una tempesta improvvisa sorprendeva la tribù?

«Perché non vi siete fatta viva due anni fa?» Matt sembrava ancora dubbioso.

«Il trafficante mi picchiava» rispose lei con voce d'un tratto roca. «Un vecchio minatore di nome Elijah s'impietosì, mi comprò e mi portò nel profondo Messico.»

Un lampo illuminò Matt. Fletteva la mascella e teneva le mani sui fianchi con atteggiamento indifferente, ma il suo umore diceva ben altro. Non ricordava di averlo mai visto così.

«Chi era il trafficante?»

«Un comanchero chiamato Jose Torres.»

Matt imprecò a denti stretti.

«Lo conoscete?» chiese lei, sorpresa.

«Già. È un ignobile pezzo di…» s'interruppe e inspirò a fondo. «Molti prigionieri, purtroppo, sono passati per le sue mani.»

«Quando Elijah è morto, qualche mese fa, non ho avuto altra scelta se non cercare la via del ritorno» aggiunse. «Non lo avevo fatto prima perché non avevo idea di dove mi trovassi.»

«Ci avete messo due mesi a tornare nel Texas?»

«Mi sono fermata per qualche settimana appena fuori Albuquerque per aiutare un'amica. Mi ha accompagnata qui.»

«E dov'è, adesso?»

«C'incontreremo domani. Si chiama Claire Waters. Quando l'ho trovata era ridotta molto male.» A dire il vero, Molly si era meravigliata che fosse ancora viva, coperta di lividi e sangue com'era, giacente sul letto di uno delle migliaia di *arroyos* ai piedi delle Sandia Mountains.

D'un tratto si sentì stanca. Gli eventi della giornata, e delle ultime settimane, cominciavano ad avere la meglio. «Dovremmo accendere un fuoco» disse, andandogli incontro verso la porta. Matt non si mosse. Gli occhi incollati su di lei.

Indugiando al suo fianco, Molly azzardò: «Ricordi la volta in cui trovai un serpente a sonagli nascosto sotto un cespuglio di mesquite?» Teneva lo sguardo dritto davanti a sé. «Ero pronta a colpirlo con la fionda, ma tu mi bloccasti il braccio. Quell'estate vegliasti su di me più di chiunque altro avesse mai fatto.»

Sollevò il mento e lo guardò, chiedendosi che cosa gli fosse accaduto in quegli anni. Sembrava aspro, rabbioso e stanco. E zoppicava un po'. Era sposato? Aveva una casa piena di figli? Dieci anni prima era stato così benevolo con lei: paziente, indulgente e sorridente di fronte ai suoi teatrini. Sapeva che sarebbe stato un buon padre.

«Ero convinta che non ti avrei mai più rivisto, Matt.» Sulle sue labbra affiorò un sorriso titubante.

Lui si limitò a guardarla e Molly gli passò accanto in tutta fretta, lasciandolo solo a far chiarezza dentro di sé.

CAPITOLO TRE

In piedi nella stanza buia, con lo scroscio della pioggia tutt'intorno, Matt sentiva i propri pensieri rimbalzare nella mente.

Molly. *Viva.*

No! La donna era semplicemente un'abile bugiarda. Forse aveva sentito raccontare la storia degli Hart e aveva deciso di raggirare le persone più vicine alla famiglia. Ma era illogico. Che motivo avrebbe mai potuto avere? Non poteva sapere che proprio oggi lui sarebbe andato al loro ranch abbandonato.

Se si trovava lì era solo perché i due mesi di convalescenza sotto le cure tenaci di sua madre lo avevano reso scontroso e bisognoso di cambiare aria. Per non parlare poi dell'irrequietezza del suo animo.

Quattro mesi aveva trascorso come prigioniero di Augusto Cerillo, un bandito messicano noto per le sue torture. Con gli altri Rangers della propria compagnia ne aveva seguito le tracce per due anni, finché non lo aveva avuto quasi in pugno. Quasi. Se il vecchio compagno d'armi, Nathan Blackmore, non lo avesse tirato fuori, Matt sarebbe di certo morto nell'inferno che Cerillo aveva creato apposta per lui. Il corpo era guarito, a parte la lieve zoppia che il danno alla gamba destra gli aveva causato, ma lo spirito faticava ancora a rimettersi.

Forse era proprio per questo che, dopo dieci anni, si era finalmente deciso a far visita al tumulo di Molly.

E se la donna fosse stata davvero *lei*?

Matt non riusciva neanche a immaginare le conseguenze. Sfregandosi la guancia ruvida, si accorse che la mano tremava.

Dall'attimo in cui Molly Hart era stata dichiarata morta, la sua vita era cambiata. Rabbioso, aveva giurato che in qualche modo l'avrebbe vendicata. Si era arruolato nell'esercito americano e aveva partecipato alle incessanti campagne di sradicamento dei Comanche dal Texas. Quando i Quahadi – l'ultima nonché la più letale delle tribù comanche – si erano finalmente arresi entrando nella riserva nel '75, Matt aveva lasciato l'esercito per passare ai Rangers. Il lavoro richiedeva più fegato, la paga era inferiore e le condizioni spesso peggiori, ma rispondeva al suo scopo: eliminare quanti miravano a terrorizzare degli innocenti, ammazzando senza remore uomini, donne e bambini indifesi.

L'eventualità che Molly fosse davvero viva significava forse che per tutti quegli anni aveva combattuto la battaglia sbagliata?

Dopo i massacri a cui aveva assistito era ormai fin troppo cinico per lasciarsi andare all'innocenza della sua giovinezza. Avrebbe preteso altre prove. Se la donna non era Molly – e lui doveva credere che non lo fosse – l'avrebbe tartassata fino a farla confessare.

Andò a cercarla, fermandosi sulla soglia di un'altra camera da letto. La donna – o meglio l'impostora – era inginocchiata davanti a un caminetto. Le fiamme tremolanti gettavano un caldo bagliore per tutta la stanza. La vide girarsi sui talloni calzati da stivali a prendere qualcos'altro da bruciare e fu colpito dal suo aspetto giovane e vulnerabile contro il fuoco che, intanto, le illuminava il contorno dei seni. Alti, tondi e ben modellati. La sua mente indugiò per un attimo su quella vista, quindi la spinse brutalmente da parte.

Non era proprio il momento di cedere all'attrazione.

Si era tolta il cappello, rivelando capelli di un castano scuro legati dietro la nuca. Molly aveva i capelli scuri. Così come altre centinaia di donne, ricordò a se stesso.

«Dubito che troverei qualcosa di asciutto là fuori, perciò arderò dei pezzi di sedia» disse lei, notando la sua presenza.

«Che nome avevi dato alla tua fionda?»

Lasciandosi andare contro una parete lì vicina, la giovane soffiò una ciocca di capelli dal viso. «Scricciolo.»

Mmm, un colpo di fortuna. «Perché?»

Non sembrava preoccupata, solo stanca. «Perché credevo davvero che fossero gli scriccioli a lasciare tutte le pietre che usavo.» Si portò una mano dietro la testa e tirò via la corda che legava i capelli, poi passò le dita tra la massa umida, sorprendentemente corta, e lo guardò dritto negli occhi.

«Una volta» continuò piano «ti dissi che saresti riuscito a trovarmi seguendo delle tracce che avrei lasciato solo per te, proprio come fa lo scricciolo con la scia di sassolini dal suo nido.»

Non si poteva certo dire che non fosse a conoscenza delle sue conversazioni con la giovane Molly. Forse la morte non era stata immediata. Forse avevano trascorso del tempo insieme, le aveva parlato. Magari era *lei*, la bambina che sosteneva i Comanche avessero ucciso. Lei era sopravvissuta e Molly era morta. Doveva essere così.

E la motivazione e la logica dov'erano? Nonostante tentasse l'impossibile per negare le dichiarazioni della sconosciuta, non riusciva a trovare la maniera di contraddirle. Abbracciarle, però, avrebbe mandato in frantumi il suo mondo.

«Perché i capelli così corti?» chiese.

Con un pizzico d'imbarazzo, la giovane si toccò la massa che sfiorava le spalle. «Quando Elijah mi trovò con il trafficante ero piuttosto malconcia. Così, per evitare altri guai, mi ordinò di tagliare i capelli e fingermi maschio.»

«E lui? Le teneva a posto le mani, Elijah?» Per qualche ragione quell'immagine lo infastidiva.

Lei sorrise. «Era vecchio. E anche se non del tutto lucido, era buono di cuore. Con me si comportava da nonno.»

«Non così buono, direi, se ti ha tenuta con sé per due anni.»

«La sua mente era governata dall'oro e dall'argento. Una vera malattia per alcuni. Io gli ero debitrice per avermi salvata da Torres, ma quando fui forte abbastanza da lasciarlo ci perdemmo nella Sierra Madre. Prima di morire, però, disse che una volta conclusa la sua ultima ossessione mineraria mi avrebbe aiutata a tornare nel Texas. In fondo, voleva essere giusto con me.»

«Così, lui ha tirato le cuoia e tu sei tornata qui, giusto?»

«Sì. Perché fatichi tanto a credere che sia io?»

L'ondata di emozioni lo sorprese. Abbassò gli occhi sui propri stivali consunti e si schiarì la gola. «La cercai» disse «sfinendomi al punto da non reggermi più in sella.» Ancora in piedi nel vano della porta volse lo sguardo verso di lei, sul lato opposto della stanza. «Non infangherò la sua memoria solo perché tu arrivi qui dal sud e ti dichiari Molly risorta.»

Lei scosse la testa con aria rassegnata. «Allora, penso che dormirò. Sono troppo stanca per continuare, soprattutto se ti rifiuti di credere a una sola delle mie parole.»

Gettò una coperta umida sul pavimento duro e si distese accanto alla parete. Matt si sistemò di fronte a lei, sul lato opposto del camino, per tenerla d'occhio in caso… In caso che cosa? Non avrebbe saputo dirlo. Il suo istinto ormai non rispondeva più.

Appoggiando la testa sul braccio, la giovane concentrò di nuovo lo sguardo azzurrissimo su di lui. «Sei sposato, Matt?»

«No.»

«E non hai figli?»

«No.»

«I tuoi come stanno? E tuo fratello Logan?»

«Discretamente, direi.»

«Bene.» Abbassò le palpebre. «Quante volte ti ho pensato»

aggiunse assonnata, quindi sorrise e aprì un occhio. «Ricordo quando dicevi che avresti sposato una gran signora, tutta agghindata e in gamba quanto un uomo. Sono contenta di sapere che ti è passata.»

Tornò a chiudere gli occhi e in men che non si dica il respiro regolare indicò che si era addormentata.

Matt notò la spruzzatina di lentiggini sul naso. *Anche Molly le aveva.* E le dita della mano, lievemente appoggiata al viso, nella loro forma erano simili a quelle di Molly, nel senso che gliele ricordavano.

La vedeva, adesso: l'ombra della bambina nella donna.

Molly viveva, era proprio lì di fronte, un miracolo dal passato che sfidava ogni previsione.

Non era un uomo religioso, lui. Tuttavia, non riusciva a ignorare la sensazione che nell'estrarre le carte del destino dal Suo mazzo, Dio gli avesse giocato un bello scherzetto e, con tutta probabilità, si fosse divertito.

La donna sull'altro lato della stanza era un messaggio: la tua vita non è quel che sembra e tutte le convinzioni che pensavi di avere a proposito del mondo, e del tuo in particolare, sono sbagliate.

Molly era lì.

E con quella rivelazione un alito di vita gli attraversò l'anima. Una carezza carica di speranza.

Forse, in fondo, vivere valeva davvero la pena.

CAPITOLO QUATTRO

Matt si svegliò di colpo. Intensi raggi di sole filtravano da due finestre scure, illuminando una stanza vuota. La polvere danzava nei fasci obliqui e l'odore di chiuso permeava ancora l'ambiente, pesante malgrado lui e la donna vi avessero trascorso la notte.

E non una donna qualunque.

Molly.

Alzandosi, si scrollò di dosso la sonnolenza e uscì con passo determinato. La vide all'istante, che camminava sul fianco di una collina poco lontana dalla casa. Sollevato, tirò un profondo respiro. Una parte di lui aveva pensato che fosse andata via.

E in quel caso, sarebbe stato chiaro che era un'impostora. Ma il fatto che fosse rimasta confermava dunque l'ipotetica identità? Matt davvero non sapeva come procedere. Il suo istinto, però, gli diceva che da quel momento in poi la sua vita non sarebbe più stata la stessa.

Sistemò il cappello in modo da ripararsi gli occhi dal sole, quindi la raggiunse. Era l'esatto posto in cui l'aveva lasciata quella sera di dieci anni prima, l'ultima volta che l'aveva vista viva.

«Qualche problema?» chiese.

Lei si spostava avanti e indietro, fissando il terreno. «No, non proprio.» Con le mani sui fianchi, sospirò. «Non è che ricorderesti dove l'ho nascosto?»

«Di che cosa staremmo parlando?» rispose lui, ancora determinato a non cedere di un'oncia.

«Il mio occorrente per la sopravvivenza.» Guardandolo con occhi socchiusi, avvicinò le mani a formare una scatola.

Matt le fissò, affascinato dalle dita lunghe e femminili scurite dal sole.

«Ricordi? La stavo seppellendo quella sera, quella dell'attacco. Era una scatola di metallo con… non so più neanch'io quello che ci misi dentro.»

«Già, chissà perché» ribatté lui ad alta voce, subito pentendosene. Era davvero tanto idiota? Avrebbe dovuto chiederlo a Nathan. Solo lui gli avrebbe detto le cose come stavano.

La giovane lo congedò con un gesto della mano e si voltò, disgustata. «Va' via, Matt. Non sei per niente d'aiuto, qui.»

Lui sbuffò, sforzandosi di chiamare a raccolta alcune delle buone maniere che per anni sua madre aveva provato a inculcare in lui e in suo fratello. «Perché non provi vicino all'arbusto di quercia?»

Lei lo fissò, poi andò verso il cespuglio irregolare. Afferrò una grossa pietra e prese a scavare, così come aveva fatto proprio quella sera di dieci anni prima.

Abbandonando di soppiatto la festa, era andata lì a nascondere la sua scatola. E lì Matt l'aveva trovata, con il grazioso vestitino giallo sporco di terra e i boccoli castani, raccolti con un nastro dello stesso colore dell'abito, che ricadevano in avanti mentre china sulla buca continuava a scavare con una pietra, proprio come adesso. Gli aveva detto che seppelliva la scatola in caso di un attacco indiano – i Comanche erano stati una minaccia costante, ma sua madre aveva temuto anche i Kiowa a nord e persino i Tonkawa a sud, tanto da generare una leggera ossessione nelle figlie.

Matt sapeva già allora che suo padre e gli altri proprietari di ranch si erano molto prodigati per una convivenza pacifica con gli indiani della zona, tuttavia non era mai riuscito a convincere Molly. E, alla fine, aveva avuto ragione lei. Una consapevolezza che lo feriva come un pugnale nelle viscere.

La pietra colpì qualcosa di solido.

«Non avrei mai creduto di trovarla ancora qui.» Tirò fuori la scatola dal suo nascondiglio nella terra, spolverò la superficie, quindi sollevò con cura il fermo e la aprì.

Lui conosceva già il contenuto – glielo aveva mostrato Molly quella sera prima di seppellire il tutto – ma gettò comunque un'occhiata curiosa oltre la spalla della giovane. Una bussola, una bottiglia vuota per l'acqua, un coltello, dei fiammiferi, un pezzo di stoffa in caso di ferite e sul fondo la vecchia fionda ormai usurata. «Scricciolo» sussurrò lei, sollevandola. Spinse da parte gli altri oggetti ed estrasse un foglio di cartapecora piegato, quindi ripose la fionda.

«E quello che cos'è?» chiese lui.

La giovane chiuse la scatola, la infilò sotto il braccio e si rialzò, con la pergamena sbiadita in mano. «Solo una lettera che a suo tempo pensai di dover nascondere.» Avviandosi verso il ranch, la spiegò e prese a leggere.

Non si accorse che Matt la seguiva e nel voltarsi di scatto gli finì contro.

«Avete mai scoperto chi uccise i miei genitori?» chiese, seria in viso.

«No.» Lui, sua madre, suo padre, gli aiutanti del ranch e gli altri proprietari terrieri che si erano uniti nella ricerca di Molly e degli assassini di Robert e Rosemary Hart avevano incontrato non poche difficoltà. In qualche modo, i sospetti erano riusciti a sfuggirgli.

«Neanche un piccolo indizio?» insistette, speranzosa.

«Seguimmo le tracce degli uomini che vi attaccarono e portarono via te» disse lui «ma senza successo.»

«Quando gli indiani ci assalirono, però, alcuni di quegli uomini furono uccisi.»

«I corpi non furono mai trovati. Avesti modo di riconoscere i rapitori?»

Lei scosse la testa, poi sembrò esitare.

«Che c'è?» chiese lui.

«Non credi neanche alla mia identità. Perché dovrei parlarti dei miei sospetti?»

Matt la guardò, dritto in quegli occhi dall'azzurro intenso… non vi era dubbio: erano quelli di Molly Hart. Il come e il perché non quadravano, ma adesso che la osservava, sotto il brillante cielo texano, ecco che tornavano i sussurri del passato – i loro come pure quelli di migliaia di anni di vite e lotte in quella landa sterile – a echeggiare nella mente e nel cuore, a ricordargli quello che aveva provato il giorno in cui credette di averla persa.

Il corpo di Molly era stato recuperato e avvolto nella coperta in cui giaceva, ai piedi del gruppo di uomini e ragazzi che erano andati a cercarla. I resti testimoniavano crudeli violenze. Stordito, Matt si era allontanato a piedi dalla valle in cui era situato il ranch degli Hart, fermandosi infine in cima a una collina per fissare il tramonto. Le vaste pianure del Texas si estendevano a perdita d'occhio e il crepuscolo gettava sulla terra ombre scure accompagnate da un forte vento.

Sembrava che il soffio imponente gli attraversasse il corpo. La mente, il cuore, i sogni… ogni parte di lui abbracciava quanto restava di Molly.

Aprì la mano e fissò la croce d'oro sulle dita callose. Il dolore che si sforzava di ignorare lo travolse e la tensione nelle viscere si sciolse in maniera tanto rapida che le gambe vennero meno.

Cadde in ginocchio, con il corpo scosso da incontrollabili singhiozzi. Inveì contro Dio, contro i Comanche, contro Robert Hart per aver portato le tre giovani figlie in quel luogo deserto, ma più che gli altri, maledisse se stesso. Se solo non si fosse mosso dal suo fianco quella sera, forse sarebbe rimasta viva.

Ed *era* viva.

«Ma io ti credo» disse brusco «e mi spaventa a morte.»

«Perché?»

«Perché avrei dovuto trovarti. E ancor più, perché se fossi rimasto con te allora non saresti mai stata rapita.»

Il viso di lei esprimeva sorpresa. «Ma tu non ne hai colpa.»

«Non avrò colpa dell'accaduto, ma delle mie azioni sì. Non riesco a immaginare quello che devi aver sopportato in questi dieci anni. È un miracolo tu sia ancora viva.»

«Ho smesso di credere ai miracoli molto tempo fa» rispose la giovane in un soffio. «È già difficile sopravvivere giorno per giorno.»

«Ti aiuterò come posso.»

Lei gli lanciò un'altra occhiata confusa. «Io non mi aspetto il tuo aiuto.»

«Che cosa vuoi fare? Dove hai intenzione di andare?»

Con espressione rassegnata, lei sedette su un masso lì vicino. «Non lo so. Non ci ho ancora pensato.»

«Mia madre può aiutarti a contattare le tue sorelle.»

«Sì, mi piacerebbe» rispose lei, giocherellando con la pergamena sbiadita nelle sue mani.

«Che c'è scritto?»

Mordendosi il labbro inferiore, ignorò la domanda. «È ancora vivo Davis Walker?» chiese, invece.

«Sì. Gestisce il suo ranch da queste parti.»

Lei annuì e gli porse la lettera.

Cara Rosemary,
non puoi respingermi in eterno. Lo so, mi hai detto di stare lontano ma non ne sono capace, ho bisogno di vederti. Devo sapere perché non vuoi incontrarmi. Che cosa nascondi?
Davis

Matt guardò Molly, sbalordito. «Davis? E tua madre?»

«Così sembra.»

«Come l'hai avuta?»

«Davis venne qui un pomeriggio. Io giocavo fuori e quando lo vidi mi nascosi. Era arrabbiatissimo, bussava e bussava alla porta, ma mia madre aveva portato Mary ed Emma a far visita a Sarah e suo marito. Ti ricordi di Sarah? Aiutava mamma a occuparsi di noi. Alla fine, Davis smise, ma prima di andarsene spinse questa sotto la porta.» Piegò la pergamena con cura. «So che non avrei dovuto, eppure entrai dal retro e la lessi. Ero giovane, ma neanche tanto, questa lettera significava guai. Decisi di seppellirla così che nessuno, e men che meno papà, potesse mai trovarla.»

«Non pensi che abbiano continuato a vedersi di nascosto, vero?»

Molly si strinse nelle spalle. «Non lo so. Ma c'è dell'altro. Quando mi portarono via, quella sera, ricordo chiaramente che gli uomini nominavano Davis Walker.»

«In che senso?»

«Non so bene, ero così confusa. Ma...»

«Pensi che dietro l'attacco alla tua famiglia ci sia Davis?» concluse Matt nel vederla esitare. «Perché non tollerava il rifiuto di tua madre?»

«Da quando ho saputo della morte dei miei genitori, qualche settimana fa, mi sono tornate in mente così tante immagini dell'infanzia che... sì, l'ho pensato.»

A Matt quell'ipotesi non piaceva. Davis Walker era amico di suo padre, così come lo era stato di Robert Hart. Il pensiero che dieci anni prima potesse essere stato responsabile della distruzione di tutte le loro vite lo avviliva.

«Devo trovare Claire» disse lei, alzandosi. «Ieri, per farmi un favore, è andata a dare un'occhiata al Walker Ranch.»

«E dopo che cosa intendi fare?»

«Scoprire se dietro questa faccenda c'è davvero lui» rispose in tono risoluto.

«E se così fosse?»

«Gliela farò pagare.»

CAPITOLO CINQUE

Accovacciata com'era in un lieve avvallamento nel terreno pianeggiante, a circa cinque miglia a sud dai resti del ranch degli Hart, Matt non si accorse di Claire Waters finché non le furono quasi addosso. Aveva legato il cavallo in un posto nascosto alla vista e si era rannicchiata accanto a un gruppo di arbusti di quercia.

Molly smontò e andò subito da lei.

Due donne sole che fanno del proprio meglio per nascondersi e non farsi notare.

Il pensiero non migliorava il suo atteggiamento già sgarbato – anche per via di quanto Molly gli aveva detto a proposito di Davis Walker – ma l'umore nero iniziava e finiva proprio con lei, la cui presenza gli ricordava gli ultimi dieci anni e la propria incapacità di proteggerla.

Esitante, Claire si alzò dal suo nascondiglio e puntò gli occhi verdi su di lui. Matt imprecò sottovoce: aveva un viso giovane e grazioso e non poteva avere molti più anni di Molly. Una rivelazione che lo sorprese. Si era aspettato una donna un po' più matura.

Invece, Molly si era avviata verso il Texas con una ragazza che avrebbe potuto essere sua sorella. Indifese e vulnerabili, erano chiaramente inconsapevoli dei numerosi pericoli che avrebbero potuto correre. E questi solo dall'ambiente circostante, tipo il tempo e le creature del deserto. A un loro eventuale destino per mano degli uomini, soprattutto in una terra in cui le donne scarseggiavano, non voleva neanche pensare.

«Claire» la salutò Molly sorridente. «Stai bene?»

Sotto il cappello a tesa larga, con la treccia bionda che scendeva su una spalla, la giovane fece cenno di sì, ma lo sguardo era carico di diffidenza.

«Questo è Matt Ryan. Non preoccuparti, sa tutto. Matt, ti presento Claire Waters.»

Lui smontò da cavallo con un gesto fluido. «Signorina» disse, sollevando appena il cappello.

«C'era anche lui al ranch» proseguì Molly. «Pensarono tutti che fossi morta.»

«Ma davvero?» ribatté Claire in tono pacato. «È per questo che nessuno provò mai a cercarti?»

Nonostante i tratti del viso rivelassero null'altro se non calma esteriore, Matt percepiva la rabbia per conto di Molly. Il senso di lealtà che mostrava verso l'amica lo indusse a riconsiderare l'opinione che si era fatto di quella giovane donna.

«Sì» rispose Molly. «Dieci anni fa ci fu un po' di confusione e scambiarono il corpo di un'altra bambina per il mio.» Fece un lieve sorriso, lanciando uno sguardo oltre la spalla, all'indirizzo di Matt. «Era un amico di famiglia, lo conosco sin da piccola. Ma quando gli ho detto chi ero non voleva credermi.»

«Me lo avevi nominato» rispose l'amica.

Matt ricordava il racconto di Molly sulle condizioni di Claire quando l'aveva trovata: tutta lividi e sangue. Sembrava si fosse ripresa, ma un segno rosso e frastagliato le marcava ancora il collo.

Ombre inconfondibili attraversavano gli occhi di entrambe e lui aveva il sospetto che la vita le avesse invecchiate, rapidamente e senza sforzo, ben oltre i loro anni; un fatto tutt'altro che inusuale da quelle parti ma che cionondimeno lo infastidiva.

«Gli ho detto di Walker e si è offerto di aiutarci.»

Lo sguardo di Claire sembrava voler chiedere: *Ne sei proprio sicura?* Molly annuì.

«Davis Walker è ancora vivo» dichiarò l'altra «ma non era al ranch. Una donna anziana, la signora Owens, mi ha detto che si trovava a Fort Worth per qualche settimana e mi ha permesso di passare la notte lì per via della tempesta. Dei tre figli c'era solo T.J. Non sono riuscita a cavargli granché a parte che voleva dormissi con lui.»

«T.J. non brilla certo per delicatezza» intervenne Matt. «Non ti ha importunata, vero?»

«No» rispose Claire. «Joey Walker sarebbe tornato oggi, ma non volevo arrivare tardi al nostro appuntamento e perciò non l'ho incontrato. Il maggiore dei tre, Cale, non si fa vivo al ranch da parecchio tempo. Con tutta probabilità ricorda più degli altri i fatti di dieci anni fa.»

«Fu lui a trovare il corpo» disse Matt a Molly. «Del padre non fece mai parola a suo tempo, ma subito dopo partì.»

«Andasti via anche tu?»

«Sì.» A malincuore ma determinato ad allontanarsi da tutto quanto non esitava a ricordargli il destino di Molly, e purtroppo lo circondava, era partito.

La guardò. Nonostante tutte le traversie degli ultimi dieci anni, appariva risoluta e sicura di sé, con i capelli nuovamente raccolti sotto il cappello. Ricordando la sua passione per le marachelle, quale estensione di una natura curiosa, si chiese se in lei fosse rimasta traccia di quella bambina. Molly era forte, era sopravvissuta, ma… a quale costo?

Nel tentativo di schiarirsi i pensieri, spostò lo sguardo a est e disse: «Cale si arruolò nell'esercito più o meno quando lo feci io, ma dopo qualche anno lasciò perdere e si mise in proprio.»

«In proprio?» ripeté Molly.

«Mi è capitato d'incrociarlo qualche volta. Un giorno da mercenario, un altro da cacciatore di taglie. È sempre in giro. Sono sicuro di poterlo trovare.»

«Non rimase nessuno dei giovani Ryan o Walker?»

«Questo posto non ha molto da offrire a un uomo.» A parte interminabili giornate cariche di ricordi che preferiresti dimenticare. «Cale è in gamba. Ha una vista acuta, la testa sulle spalle e spara meglio di chiunque altro. Anche Joey è un gran tiratore. Si arruolò come noi, ma dopo qualche anno tornò a casa per aiutare il padre a gestire il ranch. T.J. invece, per quanto ne so, è un problema. Beve troppo, gioca spesso d'azzardo… Davis l'ha dovuto tirare fuori dai guai parecchie volte.»

«E Logan?»

«Chi è?» s'intromise Claire.

«Mio fratello minore» rispose Matt. «Per quanto incredibile possa sembrare» proseguì con un sorriso «un giorno si ritrovò vicesceriffo. Ma l'anno scorso è tornato anche lui per dare una mano al ranch. La salute di mio padre inizia a deteriorare.»

«È per questo che sei rimasto?»

La voce intensa di Molly lo scaldava, come whisky vellutato in una notte fredda. Senza invito e con prepotenza, visioni dei loro corpi uniti s'impossessarono della sua mente.

«In buona parte» rispose, a disagio per il filo dei propri pensieri e la consapevolezza di quanto scorretti fossero: lei lo aveva sempre considerato un fratello maggiore. Inoltre, se un prigioniero bianco – le donne in particolar modo – riusciva a tornare dalla propria famiglia, veniva spesso marchiato come corrotto. Molly avrebbe già avuto abbastanza difficoltà anche solo a riadattarsi che Matt dubitava avrebbe gradito un interesse tutt'altro che fraterno da parte sua.

L'unica cosa da fare era assicurarsi che ci fosse qualcuno a prendersi cura di lei. Doveva trovarle il marito giusto, ecco, un uomo che non le rinfacciasse gli ultimi dieci anni.

«Penso che dovremmo andare al ranch dei miei.» Guardò il

sole alto nel cielo. «Manca ancora qualche ora a cavallo da qui. Ma sarete entrambe al sicuro. Potrete restare quanto volete e avrete un letto in cui dormire.»

«La terra non è poi così male» commentò Claire, raccogliendo le redini e montando in sella.

«Si può vivere meglio» ribatté Matt.

«Una vita migliore…» Molly scosse la testa. «A volte, il meglio è semplicemente restare in vita.»

C'era pura verità in quelle parole. Chiunque avrebbe dato per scontata la loro morte.

«Non devi preoccuparti, Matt, sappiamo badare a noi stesse» concluse in tono fermo, quindi montò a cavallo.

Mettendosi alla testa, Matt si avviò, subito seguito da Molly prima e Claire dopo. Aveva già deciso: si sarebbe preso cura di lei. Punto e basta. Era il minimo che potesse fare. Ormai senza padre, necessitava di qualcuno che avesse a cuore il suo benessere, che proteggesse la sua reputazione e si assicurasse che l'uomo che avrebbe sposato la trattasse bene. Qualcuno che la difendesse, se davvero era intenzionata a dar la caccia agli assassini dei suoi genitori. Che poi lei non volesse tutto ciò da lui era irrilevante.

Dieci anni fa non era stato in grado di salvarla ma, forse, la possibilità di aiutarla a creare una nuova vita adesso avrebbe alleggerito il suo senso di colpa, regalando a lei la felicità di cui aveva tanto bisogno.

La sua attenzione era già concentrata su quell'obiettivo, quando l'inquietudine si destò, tornando a ribollire sotto la superficie.

L'avrebbe semplicemente ignorata.

CAPITOLO SEI

Quando le tre figure a cavallo giunsero al ranch dei Ryan, il sole al tramonto gettava un'ombra dorata sul terreno. Passando sotto un arco in ferro battuto, Molly lesse: SR Ranch.

«Che cosa significa *SR*?» chiese.

Matt rallentò l'andatura e si portò al suo fianco. «Sono le iniziali di mia madre, Susanna Ryan» rispose. «E il marchio del nostro bestiame. Non eri mai stata qui?»

Molly scosse la testa. «A mamma non piaceva allontanarsi troppo. Credo che la sua regola fosse dieci miglia o meno perciò, no, non ricordo di essere mai stata qui.» Fece una breve pausa, quindi aggiunse: «O al ranch dei Walker.»

«Quella proprietà è cresciuta negli ultimi anni» disse Matt. «Adesso Davis gestisce circa trentamila capi di bestiame su cinquantamila acri di terra.»

«Si fa fatica a immaginare» intervenne Claire. «Quanto è grande questo ranch?»

«Contiamo quasi cinquantamila capi. Mio padre ha esteso gli acri dell'SR fino a quasi ottantamila.»

«Come fate a gestirlo?» chiese Molly.

Matt sorrise, scrutando tutt'intorno. «Tra allevatori si discute la possibilità di segnare i propri confini con un nuovo tipo di recinzione chiamata filo spinato, ma il mio vecchio non è convinto. Impedirebbe il furto degli animali e terrebbe alla larga occupanti abusivi, ma c'è qualcosa di particolare negli spazi aperti che proprio non ti va di limitare.»

Sullo sfondo apparve una grande casa a due piani, gli esterni di legno imbiancato in luminoso contrasto con il nuovo prato primaverile che cresceva intorno alla porzione principale. Alti pioppi circondavano la veranda panoramica, nonché l'edificio dei mandriani sulla destra. Accanto a un enorme granaio c'erano poi un ampio recinto per il bestiame ed uno più modesto con una dozzina di cavalli. E più a sud altri recinti e parecchi edifici in legno.

Molly osservò il tutto, leggermente turbata da quella vista. Il ranch dei Ryan sembrava immenso e animato, con uomini a cavallo e a piedi che si davano da fare. Lei era solita stare con se stessa. Era abituata alla solitudine.

Una brama improvvisa le gonfiò il petto. Voleva delle radici, una casa vera, sentirsi al sicuro. E da qualche parte, nei recessi più bui della mente e tra i desideri celati nel cuore, voleva anche una famiglia.

Lanciò un'occhiata a Matt, la cui presenza lì di fianco era una distrazione, e comprese che non voleva più essere sola. Voleva dei figli. Ma per averli le sarebbe servito un marito, giusto?

Quel pensiero la sorprese. Se ne avesse voluto uno non avrebbe dovuto far altro che pregare Corre Coi Bisonti di lasciarla restare con i Comanche e sposare Mangiaserpenti. Vero, lei non sapeva molto di quanto accadeva tra un uomo e una donna, ma di una cosa era certa: il mondo della moglie di Mangiaserpenti sarebbe stato più piccolo di quello che lei aveva già abitato. E poi, nonostante lo stuolo di ammiratrici che i bei lineamenti del suo viso avevano richiamato nel campo, il guerriero Comanche non aveva suscitato alcuna attrazione fisica in lei.

Matt.

Da piccola aveva accarezzato il pensiero di sposarlo. Fantasie semplici e innocenti nate tanto dall'affetto che provava per lui quanto dalle canzonature di sua sorella Mary. Ma essendo allora una bambina e lui quasi un uomo, aveva accettato l'impossibilità di quel destino.

E adesso? Sebbene l'idea di sposarlo sembrasse del tutto improbabile, non poteva fare a meno di sperare che tornassero amici. Ma in tutti quegli anni lui l'aveva creduta morta e Molly non era tuttora sicura che fosse finalmente convinto della sua identità. Dubitava che le circostanze tra di loro sarebbero mai state le stesse di un tempo.

D'improvviso le lacrime le bruciarono gli occhi. Nulla sarebbe mai stato uguale. Imponendosi di non piangere, sbatté decisa le palpebre.

«Tutto bene?» s'informò Matt. Smontando dalla sella si era girato a guardarla e adesso camminava tenendo per le redini il cavallo di lei.

Molly tossì e si guardò le mani. «Sì. Solo un po' di polvere negli occhi.»

Stava smontando a sua volta, imitata da Claire, quando un uomo tarchiato con barba e baffi grigi spuntò da dietro la casa.

«Ehilà, Matt. Ci si chiedeva dove fossi finito ieri sera.»

«Mi ha sorpreso la tempesta, Dawson. Mio padre?»

L'uomo lanciò una sbirciatina alle due giovani e sorrise. «È andato a controllare la mandria sul pianoro a nord. Tua madre è in casa.»

«Grazie. Molly e Claire, questo è Randall Dawson, il nostro caposquadra.»

«Piacere d'incontrarvi, signorine. Chiamatemi pure Dawson.»

Lieta per la distrazione, Molly sorrise.

«Matthew?» Una donna uscì dalla porta d'ingresso. «Mi

sembrava di aver sentito la tua voce…» Si fermò di scatto. «Non mi ero accorta avessi portato ospiti.» Un'espressione deliziata le attraversò fugace il viso.

Non avendola vista che una manciata di volte, Molly aveva solo un vago ricordo della madre di Matthew.

Alta, snella e sorprendentemente femminile per una donna che viveva in una terra tanto selvaggia, aveva gli stessi lineamenti del figlio: naso lungo e sottile, occhi leggermente a mandorla e capelli scuri, sebbene i suoi fossero spruzzati di argento e raccolti in un nodo sulla testa.

«Te le presento subito» disse Matt, facendo segno a Molly e Claire di precederlo in casa. «Ma prima entriamo.»

«C'è qualche problema?» chiese la madre.

«No, ma forse è meglio che ti sieda.»

Lei increspò lievemente la fronte, quindi si rivolse alle due giovani. «Nonostante lo strano comportamento di Matthew, siete entrambe le benvenute qui.»

«Grazie, signora Ryan» rispose Molly.

La donna le sorrise. «Mi ricordate qualcuno...»

Entrarono in casa e Matt fece subito strada verso un'ampia zona salotto. Un divano con piedi a rocchetto in tappezzeria rosso cupo e un paio di poltrone imbottite di colore simile al precedente erano sistemati le une di fronte all'altro, mentre un largo camino in pietra dominava la parete opposta. L'arredamento era rustico e maschile, e a Molly piacque.

Si tolse il cappello, come fece anche Claire, e d'un tratto fu conscia di quanto sudicia e stanca per la cavalcata dovesse apparire. Nonostante l'aspetto altrettanto sozzo e spossato, infatti, i capelli dell'amica erano ancora luminosi, pensò meravigliata. La sua chioma bionda, raccolta in un'unica treccia, scendeva lungo la schiena e splendeva nella luce dei due lumi a olio sulla mensola del camino, contro il cielo via via più scuro e ben visibile da una larga finestra che si apriva sulla veranda.

Matthew lanciò il cappello su un tavolinetto e fece cenno a Claire di accomodarsi sul lungo divano. «Questa è Claire Waters.»

«Piacere di fare la vostra conoscenza, signora» disse la giovane, con una buona dose d'imbarazzo.

«Vi prego, chiamatemi entrambe Susanna. Come avete incontrato Matthew?»

Molly andò a sedersi accanto all'amica che intanto chiedeva silenziosamente aiuto a Matt.

«La risposta sarà un po' difficile da accettare» rispose lui per loro.

Incrociando il suo sguardo, Molly si sentì un fascio di nervi. Dopo dieci anni erano tutti cambiati, lei più degli altri, e questo ritorno si faceva ancor più imbarazzante di quanto avesse immaginato.

«Ricordi quando gli Hart furono uccisi?» chiese Matt a sua madre.

«Certo che lo ricordo.» Un'espressione addolorata attraversò il viso di Susanna Ryan.

«E quando Cale trovò il corpo di Molly?»

«Sì. Ma perché ne parli proprio adesso?»

«Sembra che in tutti questi anni ci siamo sbagliati. Non era il suo quello che trovò.»

Confusa, Susanna guardò il figlio. «Non capisco.»

«È ancora viva.» Matt esitò. «*Questa* è Molly.»

Gli occhi della donna, sbarrati per lo stupore, cercarono veloci quelli della giovane. «Buon Dio» sussurrò.

Indecisa su come reagire, Molly non si mosse. Doveva offrire prove? Forse, per convincerla della propria identità, avrebbe potuto raccontarle qualcosa di dieci anni prima. Ma non le tornava in mente nulla.

«Certo» disse infine Susanna. «Somigli così tanto a tua madre.» Con gli occhi colmi di lacrime, si alzò e attraversò la stanza. «Molly, mia cara bambina.»

Istintivamente, la giovane scattò in piedi e si lasciò avvolgere dall'abbraccio di Susanna.

«Non riesco a crederci» continuò quella, traboccante di emozione. «È un miracolo. Dopo l'accaduto eravamo tutti così sconvolti, e soprattutto per aver perso proprio *te*.»

Fece un passo indietro e le toccò piano il viso.

Non sapendo ancora una volta come reagire, Molly rispose con un timido sorriso.

«Com'è accaduto?» volle sapere Susanna.

La giovane lanciò uno sguardo a Matt, ma gli occhi chiusi erano imperscrutabili. «Decidi tu quanto ti va di raccontare» le disse piano.

Molly inspirò a fondo. «Gli uomini che ci attaccarono quella sera mi rapirono e furono poi assaliti da una banda di Comanche che mi portò via con sé. Con noi c'era un'altra bambina, più o meno della mia età. Fu lei quella uccisa, ma per qualche ragione tutti voi pensaste che fossi io.»

«Oh Molly» rispose Susanna, mortificata «sei rimasta con i Comanche tutto questo tempo?»

«Per un periodo, poi fui venduta a un trafficante che a sua volta mi vendette a un minatore. Rimasi con lui per due anni. Sono riuscita a tornare solo di recente. Fino a due settimane fa non sapevo che i miei erano stati uccisi.»

«Mi dispiace così tanto» sussurrò Susanna. «Non posso crederci. Come ha fatto Matthew a trovarti?»

«È successo ieri, al ranch degli Hart» rispose lui.

Susanna fissò il figlio. «È meraviglioso» disse, quindi tornò a guardare Molly. «Non riesco neanche a immaginare quello che devi aver passato. Sarai esausta. Vi aiuto a sistemarvi» concluse, rivolgendosi anche a Claire.

«Vi siamo molto grate per la vostra ospitalità» disse Molly.

«Vado a cercare papà» s'intromise Matt. «Logan è in giro?»

«No. È andato a controllare il confine a sud. Non so bene quando tornerà, forse non stasera.»

Matt prese il cappello e si diresse verso la porta. «Non aspettare per la cena. Di sicuro Molly e Claire non mangiano qualcosa di decente da chissà quanto.»

Gli occhi di Molly incrociarono i suoi per un istante, poi lui uscì e lei provò l'irrazionale desiderio che restasse.

Stanca e affamata com'era, si concentrò sulla piacevole idea di dormire in un vero letto, il che non le capitava da molto tempo. Dieci anni, per l'esattezza.

NELL'UDIRE il lieve colpo alla porta, Molly andò ad aprire.

«Ti ho portato una camicia da notte e un cambio d'abiti» disse Susanna, porgendole gli indumenti.

«Grazie» rispose la giovane con un passo indietro. «Anche per l'offerta di trascorrere qui la notte.»

Susanna entrò e prese a piegare il copriletto. «Puoi restare quanto vuoi. E anche Claire. Tra qualche giorno i lavori nelle camere da letto al piano di sopra saranno completati e potrete trasferirvi entrambe lassù.» Sprimacciò i cuscini. «Come vi siete conosciute?»

«Poco fuori Albuquerque, qualche mese fa.» Non sapendo se Claire avrebbe voluto che rivelasse ad altri le circostanze di quell'incontro, non aggiunse altro.

«Povera ragazza, dev'esserle accaduto qualcosa di terribile» disse Susanna, finendo di preparare il letto. «E posso solo immaginare cosa.» Si spostò dall'altra parte della stanza e tirò le tende marrone chiaro dell'unica finestra presente.

Molly intanto guardava la tinozza, con il vapore che saliva dall'acqua, e non vedeva l'ora d'immergersi in quel lusso. Lanciò un'altra occhiata alla stanza così maschile. Era quella di Matt. Susanna aveva insistito che lei rimanesse lì perché a suo figlio non sarebbe dispiaciuto dormire altrove, mentre Claire avrebbe occupato la camera accanto, quella di Logan.

«Adesso vado» disse la donna «così potrai lavarti e riposarti. Claire dorme già.»

«Mi chiedevo se sapeste qualcosa delle mie sorelle.»

Sebbene avessero consumato una cena veloce in compagnia di Susanna, le due giovani non avevano conversato granché. Troppo presa dal cibo – un semplice stufato con del pane caldo – Molly non era riuscita a concentrarsi sulle parole. Quand'era stata l'ultima volta che aveva consumato un piatto tanto gustoso? Il solo profumo era uno dei migliori che avesse inalato dalla volta in cui sua madre aveva preparato i biscotti alla cannella. E Claire? Beh, era bastata un'occhiata a tradire una fame pari alla sua.

Molly si era rimpinzata, e per questo provava imbarazzo, ma Susanna non aveva fatto commenti. Invece, aveva offerto a entrambe una seconda porzione e diverse fette di pane, quindi aveva insistito affinché facessero un bagno e andassero a letto.

«Oh, ma certo che sì. Mi dispiace di non averne parlato prima.» Susanna le strinse le mani e l'attirò a sedere sul bordo del letto.

«Matt dice che andarono a vivere a San Francisco con zia Catherine.»

«Sì. E Catherine ha avuto la bontà di restare in contatto. La verità è che le avrei tenute con me. Ero così affezionata a voi ragazze. Ma vostra zia insistette perché lasciassero il Texas. Non pensava fosse un buon posto in cui crescere.» Susanna fece una pausa. «Ed era giusto, naturalmente. Lei avrebbe potuto offrirgli molto di più. Mary dovrebbe avere ventiquattro anni, adesso. Avrei voluto assistere alle sue nozze, quattro o cinque anni fa – Jonathan era pronto ad accompagnarmi – ma accadde tutto così in fretta che non ci fu tempo. Suo marito gestisce un ranch vicino Tucson, nel territorio dell'Arizona. Sai, tua sorella partorì poco dopo il matrimonio. Catherine non ne fece mai parola, ma sospetto che la ragione delle nozze affrettate sia stata proprio quella.»

Molly non riuscì a nascondere lo stupore. «Mary?»

«Già, proprio lei.» Susanna rise. «Ti confesso che rimasi

sorpresa anch'io. Era sempre così attenta a seguire le regole e salvare le apparenze.»

«Maschio o femmina?»

«Un figlio. E anche una figlia, di circa tre anni. Ho ricevuto una sua lettera qualche mese fa. È di nuovo in attesa e dice di stare bene. Suo marito si chiama Tom Simms e sembra siano alquanto felici insieme. So che sarà sorpresa quanto noi di saperti ancora viva, Molly, ma so anche che vorrà rivederti al più presto.»

Lei annuì, scaldata dalla notizia di un nipote, una nipote e un'altra creatura in arrivo. «Dovrò trovare la maniera di andare da lei.»

«Possiamo scriverle domani» disse Susanna. «In quanto a Emma, vive ancora con tua zia. Dovrebbe avere diciotto anni, credo. A giudicare dalle lettere di Catherine, le ha dato non pochi pensieri. C'è stato un periodo in cui era molto preoccupata per lei: si era fatta così introversa. Ma di recente mi ha scritto che va molto meglio. Si direbbe che, ultimamente, Emma sia carica di determinazione, proprio come il ricordo che ho di te.»

Gli occhi di Susanna brillarono e Molly sorrise.

«Tua zia dice che è molto graziosa ma non particolarmente interessata ai giovani che le ronzano intorno. A quanto pare avrebbe sviluppato un atteggiamento un po' gitano e non credo Catherine sia disposta a tollerarlo. Le ho suggerito di lasciarla venire qui da noi. E, naturalmente, adesso che ci sei anche tu, non dubito che Emma vorrà tornare. Domani scriveremo anche a loro.»

«Vi sono davvero molto grata.»

«Non devi ringraziarmi. È un tale miracolo tu sia ancora viva… non riesco ancora a crederci.» Susanna la strinse in un abbraccio. «Adesso fa' un buon bagno e poi cerca di dormire. Ne parleremo ancora domani.»

La donna uscì e Molly sentì la stanchezza pervaderle le ossa. Si spogliò in fretta e s'immerse nella tinozza, quindi, una volta finito, indossò la lunga camicia da notte che Susanna le aveva portato.

Qualche minuto dopo, però, decise che era troppo scomoda e prese a rovistare nel cassettone di Matt in cerca di qualcos'altro da indossare. Trovò una camicia bianca, la infilò senza indugio e l'abbottonò. Come il letto, aveva il suo profumo: una potente combinazione di muschio, cuoio e sapone. Chiuse gli occhi e si addormentò con la sensazione di essere al suo fianco.

Un pensiero confortante e al tempo stesso inquietante.

CAPITOLO SETTE

L'urlo la strappò al sonno. Immobile per un attimo, Molly fissò la stanza buia… quella di Matt… poi ricordò il grido femminile. Claire.

Gettò indietro le coperte, saltò fuori dal letto e corse nel corridoio, fermandosi di scatto alla vista di un uomo alto, muscoloso e… mezzo nudo. Claire, in piedi accanto al vano della porta, indossava una delle lunghe camicie da notte di Susanna e si stringeva al petto una coperta. I capelli biondi ricadevano sulle spalle e incorniciavano un viso paonazzo, con gli occhi fissi sull'uomo che aveva di fianco.

Molly lo riconobbe all'istante: Logan, il fratello minore di Matt. Appariva meno alto di lui, ma i capelli scuri e i tratti marcati del viso lo contraddistinguevano senza ombra di dubbio come un Ryan.

«Matt, me lo dici che ci fa una ragazza nel mio letto?» sbottò lui in tono sommesso e irritato.

Non essendosi accorta della sua presenza alle spalle, Molly trasalì. Col fiato in gola si girò a guardarlo e il polso già impazzito accelerò i battiti. Seminudo anche lui, Matt indossava un paio di pantaloni tirati su in fretta, anzi troppo in fretta visto che erano ancora sbottonati. Tuttavia, se la nudità di Logan l'aveva semplicemente sorpresa, quella di Matt la mise in assoluta agitazione.

Il corpo non presentava un filo di grasso neanche a cercarlo, i muscoli tonici delle spalle erano leggermente tesi e la scura peluria del petto si assottigliava a formare una "V" che scendeva sullo stomaco piatto e sodo e scompariva oltre il bottone slacciato. Torreggiando su di lei, le stava così vicino che nell'abbassare la pistola, estratta con evidente rapidità, le sfiorò il braccio, procurandole un brivido.

«Mamma non si aspettava che tornassi stasera» rispose. Persino il timbro della voce riusciva a turbarla. «Questa è Claire Waters. Claire, ti presento mio fratello, Logan.»

«Claire, tutto bene?» intervenne Molly, ritrovando finalmente la voce.

«Sì. Mi ha solo svegliata di soprassalto» rispose l'amica, con un'occhiataccia all'indirizzo di Logan.

«Si direbbe ce ne sia una anche nel tuo» commentò lui. «È così che intende combinare matrimoni nostra madre?» Ma il tono di voce era più dolce mentre ricambiava lo sguardo di Claire.

«È una storia lunga» ribatté Matt. «Prendi il rotolo di coperte. Noi due si dorme sul pavimento.»

Molly era fin troppo consapevole della vicinanza di Matt. Le stava proprio accanto. Quasi addosso. Sebbene il corridoio non fosse illuminato, aveva l'impressione che tra Logan e Claire passasse almeno il quintuplo della distanza che c'era tra loro due e d'un tratto provò grande imbarazzo per la propria nudità sotto la sottile camicia che indossava.

«Scusa» disse Matt rivolto a Claire. «Molly, torna pure a letto. Spiegherò tutto io a Logan» concluse, muovendo finalmente un passo indietro. Lei ne approfittò per guardarlo ancora una volta.

Nei suoi occhi c'era una luce curiosa che neanche l'oscurità riusciva a mascherare. Al tempo stesso, però, il viso e l'atteggiamento esprimevano ferma determinazione. Il potente autocontrollo che esercitava era quasi tangibile, pensò Molly.

Spostò lievemente il peso del corpo e le ampie spalle s'irrigidirono. Nell'intima oscurità del corridoio, la sua figura appariva pericolosa. Molly rabbrividì, con le gambe d'un tratto pesanti.

Sapeva che se non ci fossero stati anche Logan e Claire lo avrebbe toccato. Eppure fu necessaria tutta la forza di volontà di cui disponeva per impedirsi di sfiorargli il petto. Non sapeva come spiegarlo, ma era sicura che le sue mani sarebbero riuscite ad alleviare la tensione di quel corpo.

Controvoglia, annuì e si congedò con un «buonanotte» appena sussurrato, quindi tornò nella camera di Matt e chiuse la porta. L'ultima cosa che vide fu il suo sguardo concentrato su di lei.

Tremante si appoggiò contro lo stipite, il respiro irregolare. L'intera faccenda l'aveva disorientata. E il modo in cui l'aveva guardata Matt? Lo aveva immaginato? Non aveva idea di come fosse accaduto, ma si sentiva fortemente attratta da lui. Non era più il diciassettenne che aveva conosciuto da bambina. Era più maturo, più distante e molto, molto più affascinante.

No, non lo aveva immaginato; Matt era stato fortemente consapevole della sua presenza nel corridoio: manifesta e inequivocabile, la sua reazione aveva riempito lo spazio tra loro come una tempesta pronta a scatenarsi e inondare la terra, risvegliando in lei qualcosa di mai conosciuto prima, un desiderio tanto intenso da far quasi male.

Ma tutto quanto riguardava donne e femminilità non l'aveva neanche sfiorata negli ultimi anni –

Elijah non era certo stato un modello di comportamento – e adesso quel digiuno la lasciava davvero confusa su come gestire la situazione con Matt.

Si rimise a letto, tutt'altro che sorpresa quando il sonno non arrivò.

Matt tornò nell'ampio salotto in cui aveva provato ad addormentarsi. Rinfoderò l'arma, poi si lasciò cadere sul divano, stropicciandosi gli occhi con il palmo destro. Il breve contatto con la guancia gli ricordò che avrebbe dovuto radersi, ma ancor più che necessitava di una sana immersione in un torrente ghiacciato. Una disdetta che il Red River fosse a dieci miglia a nord da lì.

E in ogni caso sapeva benissimo che la lunga cavalcata e una nuotata in acqua fredda non avrebbero cancellato dalla mente l'immagine di Molly che usciva di corsa dalla sua camera da letto vestita solo di una delle sue camicie e dei capelli scuri e arruffati a incorniciarle il viso meravigliosamente femminile.

Gli occhi appannati e la voce roca lo avevano quasi steso, ma era stato nel vederla girarsi che si era trovato sul punto di gettare al vento anche l'ultimo briciolo di determinazione. La risposta di quel corpo alla sua vicinanza era stata fin troppo apparente sotto il tessuto sottile. Nella mente vedeva ancora nitido il contorno scuro dei seni attraverso il candore della camicia. Solo la presenza degli altri due gli aveva impedito, a stento, di toccarla.

Si sforzò di evocare un'immagine della piccola Molly – dolce, innocente e vivace – qualcosa che risvegliasse solo dei sentimenti fraterni. Niente. Continuava a vedere gambe lunghe e tornite e più su il resto di un corpo, che ben poco aveva a che fare con una bambina di nove anni, celato da un semplice strato di sottile tessuto bianco.

«E perché mai il divano spetterebbe a te?» Logan entrò nella stanza e gettò il rotolo di coperte per terra.

«Perché sono arrivato prima, tu fai amicizia col pavimento, su. Domani ti racconto il resto.»

«Domani un corno. Ormai mi hai incuriosito. E poi, dopo Claire, ci metterò un po' a riprendermi.»

Matt si accigliò. «Non le hai mancato di rispetto, vero?»

Logan rise. «No… sempre che non le sia dispiaciuto vedermi in tutto il mio splendore.»

«Accidenti a te» ribatté Matt stanco. «Non avevi niente addosso.»

«Neanche una pezza.» Con quel sorrisino stampato sul viso, Logan appariva molto più giovane dei suoi venticinque anni. «Non credo Claire abbia grande esperienza in fatto di uomini, ma non si è rannicchiata in un angolo né è svenuta, bisogna dargliene atto. Anzi, non ho mai visto una donna tanto agile. Ha girato di colpo le gambe e con le piante dei suoi graziosi, delicati piedini mi ha quasi fracassato il petto. Un po' più in basso e con tutta probabilità non riuscirei ancora a camminare.»

Con una lieve smorfia di dolore, sedette su una delle poltrone e si toccò cauto il torace.

«Vacci piano con lei» lo ammonì Matt. «Temo abbia passato un brutto momento.»

«Come mai?»

«Non so granché, tranne che qualche mese fa Molly l'ha trovata massacrata di botte poco fuori Albuquerque.»

Logan rimase assorto per qualche istante, il contegno improvvisamente serio.

«Li hanno presi, i bastardi?» chiese in tono gelido.

«Non lo so.»

Matt guardò suo fratello minore e comprese che dietro quella personalità tanto affabile c'era un uomo determinato. Mai gli era capitato d'incontrare qualcuno con lo stesso innato senso di giustizia di Logan; per forza era diventato vicesceriffo. E la sua reputazione era ben nota: faceva con successo quel che doveva a prescindere dalle avversità. Matt si fidava delle sue doti da segugio quanto di quelle di Nathan o delle proprie.

Sia lui che Logan avevano imparato tecniche di sopravvivenza e caccia dal vecchio Joseph Orso Che Corre, un permaloso Kiowa che aveva lavorato presso il ranch dei Ryan sin dagli inizi del loro insediamento nel Texas. Quanto zio Joe aveva insegnato a entrambi sulla terra e le creature che la abitano, essere umano incluso, era molto più di quello che Matt aveva imparato negli ultimi dieci anni da solo.

Perdere il vecchio indiano qualche anno prima era stato quasi come perdere un padre. Non capitava tutti i giorni d'incontrare uomini simili. Chissà perché aveva abbandonato i Kiowa – Matt se lo chiedeva ancora – ma Joe si era sempre rifiutato di parlarne e lui sospettava che la ragione fosse legata a una qualche tragedia. Chi prima chi dopo, la sventura colpiva un po' tutti da quelle parti.

Lanciò un'altra occhiata a suo fratello. Era improvvisamente tornato da Virginia City l'anno prima, annunciando che intendeva restare al ranch a dare una mano. Matt non gli aveva mai chiesto perché, tuttavia aveva la sensazione che dovesse essergli accaduto qualcosa di serio per indurlo a lasciare la posizione di vicesceriffo così su due piedi.

Solo negli ultimi mesi, dopo parecchi anni di separazione, erano finalmente riusciti a trascorrere del tempo insieme, il che gli aveva dato modo di accorgersi che Logan poteva anche apparire accattivante, ma sotto quel fascino celava il fermo proposito di lavorare sodo e non permettere a nessuno di avvicinarsi troppo. Un aspetto, quest'ultimo, che li accomunava.

Non ricordava di aver mai incontrato alcuna donna per cui suo fratello avesse espresso interesse. D'altro canto, però, non restando mai in un solo posto abbastanza a lungo da formare un legame serio, Logan non ne aveva mai portata a casa nessuna.

A differenza sua che oggi ne aveva portate ben due, una delle quali gli era entrata nel sangue come non gli succedeva da tempo. Meglio mettersi l'anima in pace, però: il suo compito, infatti, era proteggere Molly proprio dai tipi come lui, non farne una preda da cacciare.

«Chi è l'altra?» chiese Logan. «Come ci sono finite qui lei e Claire?»

«Non ci crederai» rispose piano Matt «ma Molly è… Molly Hart.»

«Molly Hart?» ripeté Logan, visibilmente confuso. «La stessa che fu uccisa anni fa?»

Matt annuì con fare lento.

«E come diamine è possibile?» insistette Logan incredulo.

«Ti dirò ciò che so ma tienilo per te. Dubito Molly voglia che il passato continui a ronzarle intorno.»

Matt aveva raccontato tutto a suo padre a inizio serata perché sentiva che fosse necessario informarlo e adesso ne avrebbe parlato con Logan perché sapeva che di lui poteva fidarsi, che avrebbe tenuto la bocca chiusa. Nonostante i Comanche e i Kiowa non fossero più una minaccia, il sentimento di odio verso gli indiani era ancora profondo in quella zona del Texas, al punto che, talvolta, il senso di disgusto veniva esteso anche agli ex prigionieri bianchi che cercavano di tornare a vivere tra la propria gente.

Un fatto che proprio non riusciva a comprendere. Quei poverini erano spesso malridotti, tanto nel corpo quanto nella mente, e non aiutava che familiari e amici che avevano disperatamente agognato il loro ritorno non riuscissero poi a scendere a patti con quanto gli era accaduto. In particolar modo, se le vittime erano donne.

Quando Matt ebbe finito di raccontargli del ritorno di Molly tra i vivi, Logan scosse la testa, allibito.

«Meglio una sella vuota che un cattivo padrone» disse.

Matt lo guardò, confuso.

«È quello che ho sempre pensato di Davis Walker» spiegò suo fratello. «Trattava sempre da schifo i suoi cavalli. Qualcuno avrebbe dovuto dirglielo anni fa. Ma immagino che Cale, Joey e T.J. avessero di meglio da fare che rimettere il padre in riga.»

«Concordo sul fatto che Walker non sia il più irreprensibile dei cittadini, ma nessuno di noi è uno stinco di santo da queste parti.»

«Tu parla per te» ribatté Logan con un sorrisino.

«E certo, in fatto di santi tu sei decisamente il primo della lista» lo punzecchiò Matt. «Il grosso interrogativo è *perché*?» continuò, poi, in tono più serio. «Perché Davis Walker avrebbe assoldato una banda per attaccare gli Hart, ucciderli e portare via Molly? L'unico motivo di cui sappiamo noi è che sembrava avere un debole per la madre.»

«Direi che è sufficiente. Ho visto crimini peggiori commessi per molto meno.»

«Già» replicò Matt in tono stanco. «Anch'io.» Ma detestava il pensiero che Walker si fosse macchiato di quell'azione. E sapeva che la possibilità gravava anche su suo padre.

«Ne hai già parlato con papà?» chiese Logan.

«Prima. Non è riuscito a darsi spiegazioni. Voleva discuterne con mamma perché pensava che potesse ricordare qualcosa, però ha detto che dalla morte di parto della moglie Davis non è più stato lo stesso.»

«Quello di T.J.?» chiese Logan, inarcando un sopracciglio.

Matt annuì.

«Immagino questo spieghi la sua inclinazione ai piaceri. La madre non era lì a farlo rigare diritto.»

«L'intemperanza è quasi una delle migliori qualità di T.J.» commentò Matt, torvo.

«Beh, sei riuscito davvero a lasciarmi a bocca aperta, e non si verifica spesso ultimamente.»

«Dormiamo un po', adesso.» Matt si allungò sul divano. «Penseremo al da farsi domani.»

«Qualcosa mi dice che resterò su questo pavimento per un bel pezzo. Forse dovremmo trasferirci nella casa dei mandriani finché mamma non avrà finito di ridecorare le stanze sull'altro piano.»

«Che c'è, l'età ti sta rammollendo?»

«No, sono semplicemente realista. Non dirmi che non hai notato le due donne, giovani e graziose, che in questo istante dormono nei nostri letti…»

«Sta' alla larga da Molly.» La voce di Matt era sommessa ma velata di una tacita minaccia. Fu solo dopo aver pronunciato quelle parole che si accorse di quanto possessivo si sentisse nei suoi confronti. Respirando a fondo per calmarsi, aggiunse: «Scusa, mi sono espresso male. Penso solo che dovremmo prendercene cura finché non si sarà sistemata in qualche modo. Dovrà pur esserci un marito adatto a lei tra i giovani aiutanti che circolano da queste parti.»

Logan sollevò un sopracciglio. «Le stai cercando marito?» Rise. «E quando saresti diventato il suo angelo custode? Perché devo proprio dirtelo, Matt, il modo in cui la guardavi qualche minuto fa di angelico non aveva un bel niente.» La pronuncia strascicata di suo fratello era sempre accentuata quando pur rivolgendo complimenti assestava colpi nei posti più impensati.

«Che cosa vorresti dire?»

«Niente» rispose Logan con un'alzata di spalle. «Però non sono cieco, e so che ci vedi fin troppo bene anche tu. Ho notato, sai, che indossava solo una delle tue camicie. Vuoi trovarle un marito? Non credo che sarà un problema. Ma ti converrà essere davvero sicuro di quello che vuoi *tu* prima di provare a prendere il controllo della sua vita.»

«Ciò che voglio io non conta. Molly ha patito le pene dell'inferno. E io intendo assicurarmi che d'ora in avanti la sua vita sia migliore.»

«Penso che mi divertirò» rispose Logan, allungandosi sul pavimento.

«A far cosa?»

Un'altra risata. «A guardare te che fai da sensale.»

«Dormi.»

Suo fratello rispose con l'ennesima risatina, quindi ci fu silenzio.

CAPITOLO OTTO

Molly si svegliò con il sole che splendeva attraverso le finestre. Tra l'incontro con Matt nel cuore della notte, nonché le nuove sensazioni che la sua vicinanza aveva scatenato, e il fatto di non dormire in un letto da ben dieci anni, la sua nottata era stata per lo più insonne. Trovando il tutto troppo morbido, aveva gettato una coperta sul pavimento e solo nelle prime ore del mattino era finalmente riuscita ad addormentarsi sulle solide assi di legno.

Le immagini che le avevano affollato i sogni tornarono alla mente. Era al ranch dei suoi, prima della sera in cui tutto era improvvisamente cambiato. Nel sole del pomeriggio, con Emma di fianco, si gingillava accanto al recinto del bestiame. I ricci scuri di sua sorella erano così belli in quella luce dorata che nel sogno Molly non aveva potuto fare a meno di attorcigliarseli al dito.

Che gioia essere di nuovo insieme, Emma.

Sua sorella aveva sollevato la testa verso di lei con un sorriso che le aveva scavato una fossetta in una delle guance, come sempre accadeva quando era molto felice. Quella vista le aveva scaldato il cuore. Poi, nel recinto era apparso un uomo a cavallo: Matt, che cercava di domare l'animale. Ma non era giovane come in quell'estate di dieci anni prima. Era il Matt del presente.

Ricordare il sogno le procurò una fitta al cuore. Emma. Quanto tempo perso. Se tutto andava bene, però, l'avrebbe rivista presto. Nel tentativo di liberare la mente dalle nebbie del sonno, si stropicciò gli occhi.

Susanna le aveva lasciato ai piedi del letto un semplice abito marrone scuro e diversi capi d'intimo bianchi. Leggermente confusa, Molly infilò calze, mutandoni e un sottile sottogonna, quindi indossò una camiciola, abbottonandola alla bell'e meglio. Non vestiva a quel modo da quando era bambina, ma nel giro di poco fu pronta.

Gongolante per aver riacquistato un aspetto femminile, ruotò i fianchi facendo svolazzare l'orlo dell'abito intorno alle caviglie. Dieci anni erano passati dall'ultima volta in cui si era sentita così, pensò con un nodo in gola e gli occhi che bruciavano.

Inspirando a fondo per soffocare l'impulso di piangere, prese gli stivali. Erano così sbiaditi e sporchi… ma non ne possedeva altri. Tirò su i gambali, ben consapevole di quanto poco legassero con l'abito, e si chiese perché le importasse tanto. *Matt.* A importarle era come sarebbe apparsa ai suoi occhi.

Decisa a non intrattenere oltre quel pensiero, spostò l'attenzione sui capelli, che scendevano disordinati intorno al viso. Per l'intero periodo trascorso con Elijah, l'uomo aveva insistito che li portasse corti, e perciò non avevano ancora raggiunto la lunghezza desiderata. Iniziò a raccogliere la massa di ricci dietro la testa, quindi la lasciò ricadere con un gesto frustrato. La sua esperienza in fatto di acconciature che incontrassero il gusto altrui era praticamente nulla.

E per gusto altrui intendeva quello maschile.

Il gusto di Matt.

Sospirò, sconfortata. Si stava comportando da sciocca. Con tutta probabilità Matt non si sarebbe neanche accorto di lei.

Aprì la porta della camera da letto e si diresse sul davanti della casa. Dal vasto salotto provenivano delle voci e nell'udirle Molly indugiò un attimo sulla soglia, quindi entrò. La conversazione s'interruppe all'istante e i presenti si girarono a guardarla, mentre una vampata di calore si arrampicava su per il collo, incendiandole il viso.

Erano tutti in piedi, Susanna e Claire sul lato destro e Logan e Matt sul sinistro. Di quest'ultimo colse la presenza con la coda dell'occhio, ma non riuscendo a trovare il coraggio d'incontrare il suo sguardo, preferì concentrarsi sull'uomo più anziano che le stava proprio di fronte. Sebbene ricordasse di averlo incontrato solo un paio di volte da bambina, sapeva che era il padre di Matt.

Di figura imponente, Jonathan Ryan era alto quanto i suoi figli e con spalle altrettanto larghe, ma il viso rugoso e i capelli grigi mostravano gli anni di lotta contro quella terra. Fissò su di lei gli occhi verdazzurri – così simili a quelli di Matt – e raddolcì l'espressione. Prossima a un crollo emotivo, Molly sentì una stretta alla gola.

«Buon Dio» esordì piano Jonathan. «Non avevo mai visto nessuno tornare dal regno dei morti, ma tuo padre lo diceva sempre, che avevi la grinta di un ragazzo. Non mi sorprende tu sia sopravvissuta, Molly. Bentornata a casa.»

Le mani della giovane presero a tremare, così le nascose tra le pieghe del vestito, tormentando il morbido tessuto con le dita.

Jonathan si avvicinò e posò le proprie mani sulle sue spalle. «Puoi restare qui quanto vuoi» disse in tono risoluto.

Con il cuore che martellava nel petto, Molly annuì e si schiarì la gola, ritrovando finalmente la voce. «Sono contenta di rivedervi, signore.» Sembrava avesse ingoiato un rospo.

Jonathan la lasciò andare. «Devi essere affamata» disse. «Andiamo a fare tutti colazione; continueremo dopo.»

Molly lanciò un'occhiata a Claire, notando che anche l'amica indossava un abito, color crema, e aveva legato i capelli biondi con un nastro. Stava benissimo, mentre lei si sentiva una trasandata bambola di pezza.

Si stavano spostando verso la sala da pranzo, quando Logan si avvicinò e la strinse in un veloce abbraccio, cui il suo corpo rigido rispose in maniera impacciata.

«Ieri sera non sapevo che fossi tu» si scusò lui con voce e occhi colmi di calore. «Immagino che dirti "è un piacere rivederti" sia decisamente riduttivo.»

Lei spinse il busto indietro, iniziando a rilassarsi.

«Io, invece, ti ho riconosciuto subito» disse. «Con Matt vi somigliate troppo.» Apparso all'improvviso, questi riempì lo spazio tra loro, costringendo Logan a sciogliere l'abbraccio e a farsi da parte.

Senza respiro di fronte all'intensità del suo sguardo, Molly azzardò finalmente un'occhiata al suo indirizzo. Era infastidito, si accorse con sorpresa. Doveva essere per via del suo aspetto.

«Già, ma tra i due il bello sono io» scherzò Logan strappandole una risatina spontanea, del tutto irrefrenabile. La sua affabilità e la simpatia erano le stesse di sempre.

In silenzio, Matt lo invitò a precederli verso la sala da pranzo e mettendole una mano sulla schiena la guidò lungo il corridoio. A quel contatto il sorriso di Molly svanì.

Il suo aspetto non l'aveva mai neanche sfiorata durante i giorni e le notti – quelle interminabili settimane – in cui aveva contemplato il ritorno a casa. Certo, aveva sperato di vederlo ma immaginandolo così come lo ricordava lei. L'uomo che la toccava adesso era tutt'altra storia, come pure la reazione del proprio corpo.

Una parte di lei voleva girarsi e avvicinarglisi, tanto da sentirsi circondata dal suo profumo – sapone e sole uniti a un più vago odore maschile – e ammantarsi della sua forza. L'altra voleva scappare via senza mai voltarsi indietro. Non aveva esperienza in fatto di uomini, ma sapeva per certo che questo crescente desiderarlo non le avrebbe procurato altro che sofferenze.

Solo la rinuncia a qualsiasi legame affettivo aveva reso la

sopravvivenza degli ultimi dieci anni sopportabile… quasi. Niente, e nessuno, era mai rimasto una costante nella sua vita.

Ed essendo cambiate così tante cose, era chiaro che presto avrebbe dovuto riprendere il proprio cammino. Aveva pensato che il Texas fosse il punto d'arrivo, ma la sua casa non era più lì. I suoi genitori erano morti, il ranch era abbandonato e le sorelle vivevano altrove. Non le restava altro che occuparsi di Davis Walker.

«Il bello saresti tu solo a confronto con un armadillo» ribatté Matt mentre entravano nella sala da pranzo.

Estrasse una sedia per Molly e fece cenno a Claire di sederle accanto, quindi lui e Logan si accomodarono di fronte. Jonathan prese posto davanti all'ampia finestra – con la luce del sole che riempiva la stanza e prometteva un nuovo giorno – e Susanna sedette all'altro capo. Sulla grande tavola di legno scuro, con il bordo arricchito da elaborati intagli, erano disposti con cura scintillanti piatti bianchi e argenteria lustra. Le sedie ben assortite erano larghe e robuste. Un tavolo lungo era addossato a una delle restanti pareti, mentre su quella opposta grandeggiava un'alta credenza a vetri colma di bicchieri e stoviglie da tavola. Molly si sentì ansiosa. Mangiare non era mai stata una faccenda tanto complicata per lei. La sera prima con Claire e Susanna avevano consumato la cena in cucina, il che le era andato perfettamente a genio.

«A me gli armadilli sono sempre piaciuti» rispondeva intanto Logan in tono affabile.

«Claire» intervenne Molly, colpita da un pensiero improvviso «ti hanno già presentato Logan?»

«Sì» rispose l'amica, lanciando uno sguardo distaccato al fratello di Matt. «Proprio prima che arrivassi tu.»

Per tutta risposta, lui le sorrise e strizzò un occhio.

Era raro che Claire mostrasse delle reazioni, eppure le sue guance si erano colorate, notò Molly.

«Hai dormito bene?» chiese a bassa voce, avvicinandosi a quella che era diventata la sua compagna di viaggio e che sospettava sarebbe rimasta nella sua vita solo per poco, come tutte le persone che aveva conosciuto.

«Sì, grazie.»

L'imbarazzo che l'amica provava, nel trovarsi in quel posto sconosciuto tra gente estranea, doveva essere almeno il doppio del suo.

«Io continuo a dimenticare che sei mancino...» iniziando a mangiare, i gomiti di Matt e Logan si erano scontrati, e il secondo sembrava approfittarne «… ma tu fingi di non ricordare che sono più grande di te» sbottò Matt esasperato, schivando l'ennesima gomitata.

«Posso sempre batterti» si vantò Logan con la bocca piena di uova strapazzate. «Quando e come vuoi. Decidi tu.»

«E proprio quando pensi che siano ormai uomini, adulti e maturi, i tuoi figli ti ricordano che sono ancora dei ragazzi» disse Susanna sporgendosi verso Molly e Claire. «Che ne dite di scambiarvi di posto, voi due?» aggiunse a voce più alta.

Fu Matt a spostarsi e sedere proprio di fronte a Molly. Sentendo il suo sguardo su di sé, lei sollevò gli occhi e… quasi lasciò cadere la forchetta.

«C'è una cosa che ho sempre voluto sapere» disse Logan «e adesso che sei qui magari saprai darmi una risposta. Chi fu a rubarmi i vestiti quell'estate che eravamo tutti al ranch di tuo padre e dopo un pomeriggio passato a domare cavalli andammo a fare una nuotata nello stagno della tenuta?»

Molly tossì, ingoiando le uova a fatica. «Ecco, io…» esitò «credo sia stata Emma.»

«Emma?» ripeté Logan, stupito. «La piccola Emma di sette, otto anni?»

«Mia sorella minore» spiegò lei rivolta a Claire.

«E la creaturina più dolce che esistesse» aggiunse Matt. «Mi chiedo chi le abbia suggerito di rubarti i vestiti.» Il suo sguardo era puntato su Molly.

«Non puoi dare la colpa a me» si difese lei. «Fu un'idea sua. Anche se, forse, Joey o Cale le diedero un piccolo aiuto.»

Susanna rise. «E poi?»

«Alla fine, la signora Hart s'impietosì e mi lanciò un lenzuolo» rispose Logan.

Molly si schiarì la gola. «Adesso che ci penso, però, forse Emma lo fece per un'altra ragione. Avevamo sentito dire entrambe che… che avevi un segno in un certo posto del corpo. Una voglia? Penso che Emma fosse un po' troppo curiosa.»

Susanna sorrise. «Sì, ce l'ha sin dalla nascita. Ne ha una anche Matthew» aggiunse in tono discorsivo.

Molly vide i visi dei due fratelli incendiarsi e, sebbene non provasse interesse per la voglia di Logan, non poté fare a meno di chiedersi, arrossendo quanto loro, come fosse quella di Matt e in quale punto preciso si trovasse.

Spingendo da parte la curiosità, si ricordò d'un tratto che voleva chiedere a Jonathan e Susanna della morte dei suoi genitori.

«Hai avuto modo di parlare con mamma della notte in cui gli Hart morirono?» chiese Matt, che doveva aver intuito i suoi pensieri.

«Sì.» Jonathan posò la tazza del caffè con espressione severa e guardò Molly. «Vorrei poterti dire qualcosa di più preciso ma… in verità ciò che accadde ci sconvolse tutti quanti. Non ci fu ragione di sospettare qualcuno in particolare.» Fece una pausa, poi sospirò. «E tanto meno Davis Walker. Anche se, a suo tempo, mi sembrò strano che non indagasse con noi l'accaduto, né si offrisse di aiutarci a rintracciare te. D'altro canto, però, c'era già Matthew a cercarti giorno e notte.»

«Davvero?» L'attenzione di Molly si spostò su di lui. «Pensavo avessi detto che era stato Cale a trovare la ragazza uccisa.»

«Vero» disse Jonathan. «Matthew si sfinì a tal punto che fui quasi costretto a legarlo perché si fermasse a riposare. Fu allora che Cale trovò il corpo che pensammo fosse tuo.»

La tenacia di Matt non avrebbe dovuto sorprenderla e invece… I suoi occhi, il cui colore sembrava alternarsi tra il celeste e il grigioverde, incontrarono quelli azzurri di lei. Doveva essere stato davvero difficile per lui, tutti quegli anni prima, sforzarsi di trovarla senza riuscirci. Avrebbe voluto dirgli qualcosa ma le mancavano le parole.

«Vi ha mai confidato nulla mia madre?» chiese invece a Susanna, che le sedeva accanto.

La donna esitò. «Beh, no, non proprio. Matthew ci ha detto della lettera che Davis le scrisse e... Non credo tu lo abbia mai saputo ma, prima di sposare tuo padre, tua madre era fidanzata con Davis.»

«Non ne avevo idea» mormorò Molly, sbalordita.

«Perché nessuno ha mai detto niente?» chiese Matt.

«Ecco, non è mai sembrato il caso di parlarne» rispose Susanna. «Dopotutto era acqua passata. Quando vivevamo in Virginia, Davis e Robert erano buoni amici. Poi Rosemary s'innamorò di Robert e quell'amicizia subì un brutto colpo. Ma tutto sembrò sistemarsi per il meglio quando Davis sposò Loretta. Col senno di poi, naturalmente, trovo strano che una volta arrivati tutti qui in Texas Davis sia andato a vivere tanto vicino agli Hart.»

Molly ripensò alla lettera che aveva recuperato dalla scatola. Era possibile che nel Texas sua madre avesse ripreso a frequentare Davis? Che provasse ancora qualcosa per lui? La verità su quanto era accaduto tutti quegli anni prima era ormai sepolta con lei.

Ma Davis Walker era ancora vivo. Era il caso di rivolgerle a lui, quelle domande? Se necessario non avrebbe esitato, decise.

«E qui, in Texas?» chiese a Susanna. «Si vedevano ancora?»

Susanna scosse piano la testa. «Non lo so. Spero proprio di no.»

«Chiederò un po' in giro» disse Matt. «Chissà che non riesca a scoprire qualcosa.»

«Anch'io» dichiarò Jonathan. «Nel frattempo, voi due, giovani donzelle, sarete le benvenute finché vorrete. Di dove sei, Claire?»

«Territorio del Nuovo Messico, signore.»

«Certo che ne avete fatta di strada da sole. Hai una famiglia che ti aspetta?»

«In un certo senso» rispose Claire dopo una breve esitazione.

Jonathan annuì. «Bene, quando vorrai tornare a casa, troveremo la maniera di fartici arrivare.»

«Vi ringrazio. Ma non voglio arrecare disturbo a nessuno.»

«Sciocchezze. Tra qualche giorno avrà inizio il raduno primaverile del bestiame, ma a qualcosa penseremo.» Jonathan si alzò, gettando il tovagliolo sul piatto ora vuoto. «Forza, ragazzi, all'opera. Questo ranch non si gestisce da solo.»

«Dillo a me» borbottò Logan, levandosi anche lui da tavola. «Signorine.» Lanciò un sorrisino a Claire e lasciò la stanza.

Matt esitò.

«Tranquillo» lo rassicurò Susanna. «Baderò io a loro due. Pensavo che stamattina potremmo scrivere alle sorelle di Molly.»

«Grazie, signora Ryan» rispose lei con un sorriso riconoscente.

«Allora, mi faccio vivo più tardi» disse Matt. E con un'ultima occhiata nella sua direzione, si girò e uscì dalla stanza. La gamba destra era più rigida e la zoppia che aveva notato il giorno prima più pronunciata, osservò Molly.

Pensò di cercare risposte da Susanna ma poi decise di aspettare e chiedere direttamente a Matt. Se non altro avrebbe avuto una scusa per parlargli. Avevano un sacco di cose da raccontarsi, loro due.

E lei era sempre più curiosa di sapere che cosa gli era accaduto in quei dieci anni.

Sì. La sua non era che semplice curiosità.

O così continuava a ripetersi.

CAPITOLO NOVE

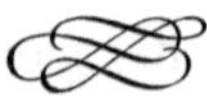

Era pomeriggio inoltrato quando Matt entrò nel fienile a cercare Molly. Avendo inizialmente scartato quel posto, ci era andato solo perché sua madre gli aveva riferito che la giovane voleva dare un'occhiata al cavallo. E infatti fu proprio nel recinto assegnato all'animale che la vide. Seduta vicino al cancello, era rilassata contro una delle pareti e sonnecchiava. Si fermò a guardarla.

Indossava lo stesso abito della colazione, la taglia era sbagliata ma il tessuto scuro modellava e accarezzava le sue curve… quelle che lui stava facendo del proprio meglio per ignorare. *Impegnati di più*, si ammonì, concentrando l'attenzione sui capelli castani che si arricciavano soffici intorno al viso. Lo sguardo accarezzò le lunghe ciglia sulla manciata di delicate lentiggini che le spruzzavano il naso piccolo e dritto e scese poi sulle labbra: morbide, rosate e… fin troppo invitanti. Che diamine ne era stato della bambina di un tempo?

Un improvviso senso di colpa lo travolse. Doveva essere stato a dir poco terrificante per lei: strappata alla propria famiglia e alla propria casa, costretta a vivere in una cultura tanto diversa dalla sua solo per vedersi portar via la promessa di libertà dalla mano violenta di uno sporco trafficante ed essere, infine, salvata da uno svagato minatore per venire trascinata verso sud nel bel mezzo del nulla.

Era un miracolo che fosse sopravvissuta.

E che conservasse ancora della dolcezza in sé, anche se lui ricordava bene la forza d'animo della bambina che aveva conosciuto e il suo entusiasmo per la vita. Non indugiava sui problemi, lei. E Matt era sicuro che fosse stato il suo atteggiamento a sostenerla di fronte a quelle devastanti sfide.

Tuttavia, nel vederla seduta lì, tranquillamente addormentata, la sua innocenza e vulnerabilità gli procurarono un dolore vivo che penetrò l'anima. Se solo fosse rimasto con lei quella sera di così tanto tempo fa, forse le avrebbe risparmiato le sofferenze degli ultimi dieci anni.

Uno sparo lacerò l'aria. Matt scattò in piedi, lanciando uno sguardo verso il ranch. Una luna piena illuminava la collina su cui aveva trovato Molly, intenta a scavare nel terreno per nascondervi la scatola con il necessario alla sopravvivenza. Ai lontani suoni di conversazioni e risate si sostituirono urla e altri spari.

«Che succede, Matt?» La voce di Molly, venata di paura, penetrò appena i suoi pensieri.

«Non lo so.» Con la coda dell'occhio vide il vestito chiaro di lei muoversi e spostarsi al suo fianco.

Era necessario che scendesse laggiù a far qualcosa. La mente corse al posto in cui aveva lasciato la pistola, nella casa dei mandriani, accanto alle sue bisacce. Doveva recuperarla al più presto. Si girò verso Molly e l'afferrò per le spalle.

«Non avvicinarti alla casa, hai capito? Resta qui e nasconditi. Tornerò a prenderti appena sarà sicuro.»

Molly annuì, ma i suoi occhi erano fissi sulla confusione a un quarto di miglio da loro.

Matt la lasciò.

E quella fu l'ultima volta che la vide viva.

L'ultima prima di ieri.

Molly si scosse, quindi aprì gli occhi. Accorgendosi della sua presenza, si alzò in tutta fretta, spinse indietro i capelli e si sistemò il vestito. «Quanto ho dormito?» chiese subito.

«Non lo so. Ma penso che faresti meglio a evitare sonnellini nelle stalle con i cavalli a due passi. Potrebbe essere pericoloso.»

«Pecos non mi farebbe mai del male» disse lei, dandole dei colpetti affettuosi sul collo. Ma aprì comunque il cancello e uscì dal recinto. «Me la regalò Elijah… una delle rarissime volte in cui riuscì a trovare dell'oro. La comperò da un commerciante che gli disse di averla avuta da uno dei migliori allevatori di cavalli del Messico.»

Pecos le strofinò il muso contro il collo e Molly rise. «Da un anno a questa parte è la mia migliore amica.»

Matt incrociò le braccia e appoggiò una spalla contro uno spesso palo di legno. «Ma perché non sei rimasta nascosta quella sera?»

Lei strofinò il muso di Pecos, visibilmente felice per la vicinanza dell'animale. «Mi lasciasti lì da sola e, sì, so che avrei dovuta restare nascosta, ma ero preoccupata per Emma.»

«E quindi scendesti verso la casa?»

«Senza farmi notare, perché c'erano uomini dappertutto. Ma uno se ne accorse e mi afferrò… quello che successe dopo non lo ricordo. Posso chiedertela io, una cosa?»

Lo vide annuire e trasse un profondo respiro.

«Come sono morti i miei genitori?»

Matt si passò una mano tra i capelli, quindi si calcò di nuovo il cappello in testa. Non era mai stato tipo da addolcire i fatti e non avrebbe iniziato adesso. Soprattutto non con Molly. Meritava la verità.

«Tuo padre morì con un colpo in testa. Tua madre al petto.» La quiete nel fienile era rotta solo dall'occasionale nitrito di Pecos. «A detta di tutti, l'impressione fu che tua madre si fosse lanciata davanti a tuo padre.»

In silenzio, Molly rifletté su quanto aveva appena ascoltato. «Dunque provò a salvarlo?»

«Questa è la conclusione generale.»

«Generale?»

«Proprietari di ranch, vicini e mandriani. Arrivarono da miglia di distanza per cercare i colpevoli. E ritrovare te.»

Gli occhi azzurri luccicavano, l'espressione era guardinga, seria e… triste. La bambina che correva a nascondersi tra le colline e le gole intorno al ranch degli Hart, che catturava serpenti meglio di chiunque tra gli aiutanti di suo padre, che un giorno sarebbe andata a vivere da sola nelle selvagge, sconfinate praterie del Texas… non c'era più.

«Raccontami della tua vita con i Comanche» disse lui.

Sulle labbra di Molly si disegnò una parvenza di sorriso. «Ricordi le storie che mi raccontava Cale sul rapimento di Cynthia Ann Parker?»

«Sì.» E ricordava anche le volte in cui gli aveva detto di smetterla di riempirle la testa con racconti che di sicuro avrebbero spaventato qualsiasi bambina, ma che ormai avevano già catturato l'attenzione di Molly.

«Fu rapita da casa quand'era ancora piccola e crebbe con una tribù di Comanche. Sposò Peta Nocona e gli diede tre figli. Hai sentito parlare del maggiore, Quanah Parker?»

Matt fece cenno di sì. Due anni prima, con un sorprendente atto di resa, Quanah Parker aveva condotto nella riserva la propria tribù, i Quahadi. L'uomo aveva compreso meglio di altri che i Comanche non sarebbero stati in grado di opporsi alla marea del cambiamento che sommergeva quella terra e aveva scelto che la sua gente continuasse a vivere. Era stata una decisione coraggiosa che Matt non poteva fare a meno di rispettare. I Comanche erano nomadi e il prezzo di una vita nella riserva spesso molto alto. Per la maggior parte degli indiani, infatti, essere costretti a vivere in un unico posto equivaleva a schiacciarne lo spirito.

«Io ero con Kwaina» proseguì Molly. «E mi sono spesso sorpresa di quanto ironico fosse.»

«Lo conoscevi?»

Lei scosse la testa. «No, non proprio. L'ho visto una manciata di volte. Era con la banda che mi portò via, ma non amava la violenza ed era contrario alla tortura dei prigionieri.»

«Ti hanno torturata?» chiese subito lui, nuovamente in preda al panico. Il pensiero gli procurava nausea.

«No, fui fortunata. Corre Coi Bisonti mi portò a vivere nella sua tenda con le sue due mogli, Donna Coyote e Nuvola Di Pioggia, e le due figlie, Siede Per Terra e Acqua Che Scorre. Con noi c'era anche un nonno, Uccello Che Vola Alto. Fu lui a darmi il mio nome comanche, *Canauocué Juhtzú*.»

«Uccellino?»

«Sì» rispose Molly con evidente sorpresa. «Uccellino Dei Cactus, per l'esattezza. Parli la lingua dei Comanche?»

«Non direi. Ho imparato qualche parola qua e là.»

«Arrivai al punto di non saper parlare altro.»

«Avevi dimenticato l'inglese?»

«Credo si possa dire così. Non lo usavo più e presto lo persi.» Si strinse nelle spalle. «Elijah, però, mi aiutò a recuperarlo» quindi con un sorriso imbarazzato aggiunse: «rinfrescandomi la memoria con le parolacce, prima di qualunque altra cosa.»

Matt fece una risatina. «Immagino tu ce l'abbia con me per essere stato il primo a insegnartele.»

«Il primo ma non il solo» ribatté lei. «Cale, Logan, Joey… anche il loro vocabolario era alquanto colorito.»

«Vocabolario alquanto colorito? Non male per una che fino a poco fa aveva dimenticato l'inglese.»

«Elijah prendeva la cultura sul serio.»

«Ti ha insegnato a leggere?»

«No» rispose lei con una risata. «Ho dovuto insegnarglielo io.»

«Si direbbe impegnativo.»

«Lo era» concordò lei. «Ma di tempo libero ne avevo tanto.»

«Spiegami di nuovo perché Corre Coi Bisonti volle restituirti.»

«Dopo parecchi inverni con i Quahadi» disse, senza smettere di accarezzare Pecos «Nuvola di Pioggia suggerì che partecipassi a una cerimonia di passaggio da ragazze a donne, cioè una gara in cui le prime, reggendosi alla coda di un cavallo, provano a correre con l'animale. Ma io non volevo. Mi consideravo ancora una prigioniera e speravo sempre di essere salvata o di riuscire a trovare la maniera di scappare.»

Quelle parole lo colpirono nell'intimo. Non c'era mai stata alcuna possibilità per lei perché nessuno aveva mai saputo che era rimasta in vita e sperava di essere salvata.

«Partecipare avrebbe fatto di me una donna comanche» continuò Molly. «E io rifiutavo di accettarli fino a quel punto. Alla fine, però, convinto che fosse una buona idea, Corre Coi Bisonti insistette. Alla gara avrebbe partecipato anche la figlia maggiore, Siede Per Terra, e siccome avevamo più o meno la stessa età, non ebbi scelta.»

Matt imprecò tra sé. «Avresti potuto morire calpestata.»

«Non nego la paura, ma me la cavai abbastanza bene. Anzi, un po' troppo, visto che iniziai a ricevere moltissime attenzioni indesiderate da parte di parecchi guerrieri dell'accampamento.»

«Come mai?»

«Mi consideravano ormai disponibile e, a quanto pare, il fatto che fossi una prigioniera bianca non faceva nessuna differenza.»

Matt non si sorprese. Molly era bellissima. Qualsiasi uomo, rosso o bianco, l'avrebbe notata.

«Infine, un guerriero chiamato Mangiaserpenti lasciò davanti alla tenda di Corre Coi Bisonti venti cavalli. Era un'offerta straordinaria e lui ne fu molto contento. Ma non gli era chiaro quale figlia Mangiaserpenti volesse in moglie. Per quel numero di cavalli, Corre Coi Bisonti era pronto a cederci tutt'e tre: me, Siede Per Terra e Acqua Che Scorre.»

«Quanti anni aveva Acqua Che Scorre?»

«Qualcuno meno di me.»

Matt scosse la testa. Costringere delle ragazze a sposarsi in età così giovane era, nella sua mente, un atto barbarico. Che Molly, poi, fosse una di loro non faceva che accrescere il disgusto.

«Ma venne fuori che Mangiaserpenti voleva solo me» proseguì lei. «Il che non aveva alcun senso, visto che il numero di mogli era molto importante per la maggior parte degli uomini comanche.»

Matt, però, lo vedeva chiaramente, ciò che a Molly sfuggiva: Mangiaserpenti voleva lei, e lei sola, e si era assicurato che Corre Coi Bisonti non potesse rifiutargliela. Un repentino moto di gelosia possessiva s'impadronì di lui, una sensazione talmente sconosciuta che non poté fare altro se non fissarla, stordito dalla crudezza di quello stato d'animo.

«Siede Per Terra non fu affatto contenta» riprese Molly, ignara della sua reazione. «Si sentì ignorata, e a ragione. Era raro che i prigionieri ricevessero delle offerte… anzi, per sbarazzarsene di solito era il padre a proporre una ragazza o una donna a un guerriero. Così, Siede Per Terra iniziò a essere molto scontrosa.»

«Tu lo volevi, Mangiaserpenti?» Le parole lasciarono la bocca prima ancora che lui potesse ripensarci.

«No.» Molly accarezzò di nuovo il cavallo. «Dissi a Siede Per Terra che poteva essere sua moglie, se lo desiderava, ma Mangiaserpenti insistette che avrebbe accettato *solo* me. Fu allora che Corre Coi Bisonti decise di restituirmi alla mia gente. Disse che era affezionato a me e non voleva davvero lasciarmi andare, ma che la mia presenza gli stava creando una situazione familiare difficile. Avrebbe potuto limitarsi a cedermi a un altro nucleo della tribù, ma per qualche ragione era disposto a fare molto di più.»

Matt era grato a Corre Coi Bisonti per aver trattato Molly con tanta bontà, ma perché lasciarla proprio con Jose Torres?

«E Mangiaserpenti come reagì?»

«Per niente bene. Faceva parte del gruppo di guerrieri che mi portò nel territorio del Nuovo Messico e, per un attimo, pensai che mi avrebbe rapita, ma tra loro, ad accertarsi che non ci fossero problemi, c'era anche Corre Coi Bisonti.»

«Già, peccato non sia rimasto ad accertarsi che Torres si prendesse cura di te.» Il pensiero rendeva fosco il suo umore.

«Già. Perché zoppichi?»

Il nuovo argomento lo colse di sorpresa, non ne parlava mai. A sua madre aveva detto molto poco, a suo padre anche meno. Ma Molly aveva appena condiviso con lui il proprio passato difficile e non sarebbe stato giusto ignorare la domanda.

«Alcuni degli ultimi anni li ho trascorsi con i Rangers e circa sei mesi fa sono stato catturato, mentre tentavo di arrestare un messicano chiamato Cerillo che scorrazzava lungo buona parte del confine tra Texas e Messico ammazzando e saccheggiando. Sono rimasto ferito alla gamba ed è guarita da poco.»

«Ti ha torturato?» La preoccupazione velava gli occhi azzurri di Molly. «Per sei mesi?»

«No, in realtà sono stati più o meno quattro.» Matt si sforzò di sorridere, ma era ancora angustiato dai ricordi di quel periodo che tuttora, al risveglio da sogni fin troppo vividi, lo lasciavano tremante e madido di sudore nel cuore della notte.

«Sei fuggito?»

«No, mi ha portato via un amico» rispose, consapevole di dovere la propria vita a Nathan Blackmore.

«Sei sopravvissuto. A volte conta solo questo in una situazione di cui è bene dimenticare il resto.»

Matt aveva la sensazione che si riferisse tanto a lui quanto a se stessa.

Sopravvivenza. Quando la vita era ridotta a quella, il resto importava ben poco.

«Andiamo a cenare» disse. «Gli altri si staranno sicuramente chiedendo dove siamo.»

Molly diede un ultimo saluto a Pecos, quindi lasciò il fienile con Matt al seguito. Il vento sferzava tutt'intorno e l'oscurità iniziava a stendere il proprio manto sulla terra. Si girò di scatto e prima di riuscire a fermarsi Matt le finì contro.

«Mi fa piacere che tu stia bene» disse, sollevando il viso

sorridente verso di lui e sistemandosi una ciocca ribelle dietro l'orecchio. «I tuoi genitori e Logan sono sicuramente grati di riaverti qui. E io lo sono per averti rivisto.»

Quella confessione lo lasciò senza parole. Accidenti, era tutto così ingiusto. I dieci anni che Molly aveva perso non sarebbero mai più tornati. Eppure lei era rimasta viva… una donna in carne e ossa a un soffio da lui.

«C'è… qualcuno?» la sua voce si affievolì.

«Qualcuno?»

«Qualcuno di speciale per te.»

«Una donna, intendi?» Era incantato dall'espressione seria di lei. «No» rispose, scuotendo la testa.

«Mai?»

Matt si fermò a riflettere su quella domanda, il peso del passato spingeva contro le barriere del presente. Fece nuovamente cenno di no e lei annuì in segno di accettazione, mentre una raffica di vento spintonava i loro corpi.

«Credi nel bene comune?» chiese poi, fissando lo sguardo oltre la sua spalla.

«Dubito di aver capito cosa intendi.»

«Che le opere di questa vita sono parte di un disegno preciso.»

«Credimi, Molly, non vedo nessuna buona ragione in quanto è successo a te. E se potessi tornare indietro, maledizione, mi assicurerei di portarti via e legarti da qualche parte pur di tenerti al sicuro.»

Lei rise, ma il suono si rivelò alquanto scoraggiante. «Mi conoscevi bene, allora, ma non penso che alla fine avresti potuto evitare quello che accadde. I Comanche credono che i morti continuino a vagare per la terra. Forse i miei genitori avevano altre faccende da sbrigare. Magari un giorno li rivedrò.»

«Per dieci anni ho pensato che fossi morta» disse lui con la voce velata e gli occhi fissi nei suoi. «E quante volte ti ho sognata.» L'improvviso nodo alla gola gli impediva quasi di parlare. «Il mio desiderio più grande era riportarti in vita.»

Procurandogli un sussulto, Molly gli prese la mano e si sporse inaspettatamente in avanti a baciargli la guancia. Il calore delle sue labbra gli attraversò spedito il corpo, mentre la sorpresa di quelle morbide curve che gli si premevano contro gli sconvolgeva i sensi.

«Grazie per esserti ricordato di me» disse in un sussurro, quindi si allontanò.

Un'altra folata si abbatté violenta su Matt, in quel momento vulnerabile ed esposto. Voleva di nuovo il calore di Molly e la tenerezza del suo tocco.

Incapace di muoversi, rimase lì.

Sì, c'erano state altre nella sua vita. Donne e donnine, alcune belle, altre semplicemente interessate alla foga tra le lenzuola. Non era certo tipo da negarsi, non se la compagna era esperta e disponibile.

Ma con Molly si sarebbe negato eccome, a costo di morirne. Era ingenua e meritava di meglio. Aveva il diritto di esplorare i propri desideri da sola.

Le voleva bene – gliene aveva sempre voluto – ma non avrebbe approfittato dell'eventuale affetto lei potesse ancora provare per lui. Lo aveva baciato, sì, ma con la gratitudine di una sorella, e lui avrebbe fatto bene a ricordarlo. Le serviva ben più che un arido Ranger tormentato da incubi, avvizzito e sfiancato prima del tempo.

CAPITOLO DIECI

Reduce dall'intera mattinata a riparare il tetto crollato di una delle capanne ai confini della proprietà, Matt tirò le redini nei pressi della casa padronale e smontò da cavallo. Con lo stomaco che brontolava per la fame, era sul punto di entrare quando notò Molly a cavallo nel più grande dei due recinti. Era con un uomo che non riconosceva. Legò il proprio animale e fece per avvicinarsi, ma Logan uscì dal fienile e gli tagliò la strada.

«Chi è quello lì con Molly?» chiese.

Logan assottigliò lo sguardo. «Allora, vediamo un po'. Il nome è Howie, credo. Howie Martin. Sì, proprio così.»

«E chi sarebbe, questo Howie Martin?» insistette lui minaccioso. Quel lampo negli occhi del fratello non gli piaceva.

«Lavora al ranch dei Callahan. È passato a riportarci alcuni dei nostri bovini che vagavano sulla loro terra, così ho deciso di cogliere la bella occasione.»

«Cioè?» Sapeva che Logan stava deliberatamente provando a irritarlo.

«Un potenziale pretendente per Molly.»

Matt si fermò di colpo, suscitando la risata del fratello. «Hai detto che dovevamo cercarle marito, no?» gli ricordò Logan con una pacca sulla spalla mentre si avviavano insieme verso il recinto.

Seduta a pelo su Pecos, Molly parlava con Howie che intanto cercava di montare, anche lui senza sella, sul proprio cavallo. Il giovane, biondo e dall'aspetto ingenuo, non sembrava però in grado di calmare l'animale.

«È una brava cavallerizza» bisbigliò Logan a Matt. «Le ho suggerito io di insegnare ad Howie a cavalcare senza sella. Penso sia alquanto attratto da lei, non trovi? Anche se per adesso non parlerei ancora di matrimonio. Non vorrei scappasse via.»

«Ma se non sembra neanche abbastanza grande da radersi.» L'intrusione da parte di Logan lo infastidiva. Discutere della cosa giusta da fare per Molly era un conto, passare all'azione tutt'altro.

«Sì, lo so» ammise suo fratello. «Non a caso gli ho chiesto l'età. Diciannove anni. Giuro» aggiunse serio. «E ti dirò di più: ha anche precisato, in presenza di Molly, che i Callahan gli danno quarantacinque dollari al mese. Si direbbe perfetto.»

E con un sorriso da un orecchio all'altro si allontanò, lasciando Matt a imprecare tra sé.

«Howie, siete voi a dovervi calmare» diceva intanto Molly. «Se il cavallo non smette di agitarsi, non riuscirete a salire.»

«Ma voi siete saltata in groppa al vostro mentre era in movimento» replicò il giovane in tono esasperato.

«Beh, voi non siete ancora pronto per fare altrettanto.»

I capelli di Molly erano raccolti alla base del collo e nascosti dal cappello. L'aggraziata curva della sua postura aveva catturato lo sguardo di Matt, ma era stata la fugace apparizione della gamba nuda sotto la leggera gonna blu a incantarlo, provocando in lui un senso di fastidio. Il tessuto saliva troppo! E perché non portava le calze?

Peggio ancora, perché cavalcava a pelo indossando un abito?

«Molly» chiamò ad alta voce.

Allarmata, lei girò la testa, quindi sorrise e salutò con la mano.

Nello stesso istante, Howie riuscì a sollevarsi in groppa al proprio cavallo e… nel giro di pochi secondi si ritrovò a terra, gemente.

«Howie?» Molly riportò l'attenzione sul giovane. «State bene? È tutta questione di equilibrio. Credevo cavalcaste dall'età di sei anni.»

Scuotendosi la polvere dal fondo dei pantaloni, lui si rimise in piedi. «Sì, ma con una sella a cui aggrapparsi è molto più facile.»

«Howie» s'intromise Matt «a quest'ora i Callahan si staranno chiedendo che cosa ti è successo. Farai meglio a tornare.»

«E voi chi siete?»

«Matthew Ryan.»

A quel nome, gli occhi del giovane si fecero enormi. «Davvero? È un piacere immenso incontravi, signor Ryan» disse, spostandosi immediatamente verso il bordo del recinto dove Matt se ne stava tranquillo con le braccia rilassate sulla staccionata di legno. «Ho molto sentito parlare di voi, signore, di quando eravate con i Rangers.» Gli strinse la mano esultante. «Siete una leggenda da queste parti. È vero che avete ucciso un orso mentre lottavate contro centinaia di Kiowa? E che avete eliminato uno scaltro trafficante con un solo colpo tra gli occhi a cinquecento iarde di distanza?»

Molly si avvicinò a cavallo e, azzardando un'occhiata, Matt si accorse che sorrideva.

«Solo frottole, Howie. Non credere a tutto ciò che senti» rispose.

«Diamine se mi piacerebbe ascoltarla da voi, qualcuna delle vostre avventure» dichiarò il giovane con entusiasmo.

«Magari un'altra volta.» Quell'adorazione gli provocava imbarazzo. Non c'era niente nella sua vita che avrebbe etichettato come avventura. Non con tutte le morti e la violenza che aveva conosciuto.

«Posso portare degli amici?» insistette Howie, aggrappandosi a quella speranza.

Altri potenziali mariti per Molly. Mmm, non dubitava Logan

ne sarebbe stato molto felice. Al momento, però, Howie sembrava più interessato a lui che a una bella fanciulla. Anzi, l'aveva quasi dimenticata. Il ragazzo aveva davvero bisogno di fare ordine tra le sue priorità, pensò. E Logan avrebbe riso a crepapelle anche di questo, ma lui si sentì stranamente rassicurato.

«Ci penserò su» rispose. «Adesso vai.»

«Sissignore.» Gli diede un'altra energica stretta di mano. «A presto, signor Ryan» aggiunse, guidando il cavallo fuori dal recinto e verso il punto in cui aveva lasciato la sella. «Ah sì» esclamò poi «arrivederci, signorina Molly. Grazie per la lezione.» Agitò la mano più volte in segno di saluto, quindi strinse il sottopancia della sella, montò a cavallo e si diresse a sud.

«Logan mi ha chiesto di insegnargli» disse Molly, accigliata. «Sono tutti così scarsi a cavallo negli altri ranch?»

Matt fece una smorfia. «Non di solito.» Si spostò lungo la staccionata fino al cancello, osservando al contempo Molly che smontava con grazia da Pecos. La gonna, finalmente, era dove avrebbe dovuto essere, notò mentre teneva il cancello aperto in attesa che lei lo varcasse.

«Vai sempre a cavallo senza sella e vestita a quel modo?» chiese.

«No, certo che no. È stato più scomodo di quanto pensassi.»

«Prima di essere distratto, cercavo qualcosa da mangiare. Vieni con me?»

«Distratto da cosa?» chiese lei, affiancandolo e adattando il proprio passo al suo.

«Da te.»

L'aveva guardata dritto negli occhi e il suo viso aveva risposto con un delizioso rossore, procurandogli un indicibile piacere. Sorrise e lanciò uno sguardo intorno al ranch che nel corso degli anni suo padre aveva costruito dal nulla.

Matt aveva quindici anni quando l'intera famiglia aveva lasciato la Virginia per il Texas, in cerca di una nuova vita dopo la guerra civile. Ricordava la piccola capanna in cui avevano vissuto e rivedeva ancora se stesso e Logan che aiutavano il padre a catturare e legare i *longhorn*, dei bovini selvatici dalle corna lunghe che vagavano dappertutto in grandi numeri. Era la prima volta che rifletteva sull'incredibile scommessa del vecchio.

E tutto per amore di una donna. La devozione di suo padre per Susanna Ryan era impareggiabile da quelle parti. Sapeva essere una gran carogna quando voleva, ma non faceva mistero del perché lavorasse tanto sodo. «Tutto per te, tesoro» gli aveva sentito dire Matt in più di un'occasione. E la risposta di sua madre era stata sempre la stessa: un timido sorriso, una reazione che soltanto lui era capace di strapparle.

«C'è una vecchia baracca sulla nostra terra, non lontano da qui» disse a Molly guidandola sul retro della casa. «È il posto in cui abbiamo vissuto appena arrivati dalla Virginia. Magari uno di questi pomeriggi potremmo andare a darle un'occhiata.»

«Noi, invece, per un periodo vivemmo in un carro. Le nostre famiglie non avevano che poca roba quando arrivammo.»

«Penso spesso che sarebbe stato meglio se Robert Hart non vi avesse mai portate qui.»

Un'espressione malinconica attraversò il viso di Molly. «Mi sentii a casa appena messo piede per terra.»

Matt fissò i suoi occhi azzurri.

Casa.

«Ancora della stessa idea?» chiese, mosso da grande curiosità. Dopo quanto le era successo, c'era da meravigliarsi che non odiasse tutto e tutti per il calvario degli ultimi dieci anni.

Lei esitò. «Non ne sono sicura. Il concetto di casa non mi è più così familiare.»

Girandosi, salì i pochi gradini della veranda sul retro e varcò la soglia della cucina. Matt la seguì. Nell'udire la porta che si apriva, l'anziana cuoca messicana si guardò oltre la spalla: i due si stavano togliendo contemporaneamente i cappelli.

«Scusa il disturbo, Rosita» disse Matt «sto cercando qualcosa da mangiare.»

La donna spinse le labbra in fuori, si passò le mani sporche di farina sul grembiule e gli andò incontro. «*Señor* Matt, io appena finito.»

La guardò. Era assai piccola di statura, ma tutt'altro che mite o inerme. Lei e suo marito Juan, uno dei migliori cowboy, vivevano al ranch da anni. I loro figli erano sparsi qua e là, un po' come lui e Logan, gli aveva fatto notare non molto tempo prima sua madre, che altro non desiderava se non vederlo sistemato da qualche parte, preferibilmente nei paraggi. "Giusto per avere intorno i miei nipoti" diceva.

Ma lui proprio non ci si vedeva con tanto di prole. Di fronte a scene di bambini al centro di fuochi incrociati con gli indiani e alla generale spietatezza del posto, si era convinto che fosse meglio lasciare quel tipo di affanni ad altri.

«Questa *señorita* che parlare Juan?» Rosita spostò la propria attenzione su Molly. «Lui dice voi *muy bien* con cavalli. Cavalcare come un indiano. Mio Juan no colpito da molte persone, ma voi… per tutto pranzo lui parla solo de voi.»

«Grazie» rispose Molly.

«Tutt'e due siede ora» ordinò la donna accompagnandoli a un lungo tavolo fiancheggiato da due panche di legno. «Io vi dare da mangiare.» Tornò alla stufa e iniziò a trasferire del cibo in due scodelle. «Come se chiamare?»

Matt sedette accanto a Molly, sullo stesso lato del tavolo. Non perché starle di fianco fosse oltremodo piacevole, naturalmente, ma perché così facendo avrebbero potuto parlare entrambi con Rosita senza darle le spalle.

«Io? Matt» rispose con aria innocente. «Pensavo lo sapessi già.»

Rosita gli lanciò un'occhiataccia. «Oh, ragazzi Ryan! Così sfacciati no trovare mai moglie. Io dico mio Juan che vi insegnare un poco de garbo. *Sí, sí*» replicò con fermezza, sollevando le braccia in maniera enfatica «garbo. E allora no *señorita* resistere, giacché buon Signore donato voi bella faccia. Quasi no buono, dico io» concluse posando davanti a loro le fumanti scodelle dal buon profumo.

«Grazie, il mio nome è Molly.»

«Di donde venire?» chiese la donna, seria.

Molly si schiarì la gola e lanciò uno sguardo a Matt. «Messico?»

«È una vecchia amica» intervenne lui. «È stata via per molti anni.»

Rosita lo ignorò. «Donde in *Méjico*?»

«Beh, ho vissuto soprattutto in montagna.»

Incurante del cucchiaio che reggeva in mano e gocciolava salsa sul pavimento, la donna si piantò un pugno su ciascun fianco. Molly si lasciò sfuggire un sospiro. «Prima» aggiunse «ho vissuto molti anni con i Comanche.»

La cuoca messicana spalancò gli occhi.

Troppo affamato per aspettare che le donne finissero di parlare, intanto, Matt iniziò a mangiare lo stufato di fagioli, mais e pomodori con peperoncino.

Rosita gli mise davanti anche un piatto di tortillas di farina e una brocca d'acqua. Lui ne versò un bicchiere per Molly e uno per se stesso.

«Perciò cavalcare così bene» disse infine la cuoca. «Comanche, loro esperti con i cavalli. Insegnare anche a donne?»

Portandosi il cucchiaio colmo di stufato alle labbra, Molly annuì, quindi prese d'improvviso a tossire.

«Piccante, *sí*» disse Rosita. «Bere acqua.»

Molly bevve una lunga sorsata, poi con gli occhi che ancora lacrimavano prese una tortilla.

«Ti abituerai alla cucina di Rosita» la rassicurò Matt con un sorriso. «Ti terrà in buona salute.»

«Credo di essermi appena ammalata» ribatté lei a corto di fiato.

Matt rise. «Che cosa mangiano i Comanche?»

«Bisonte, bacche, frutta secca, ancora bisonte...» trangugiò altra acqua. «È squisito, Rosita. Grazie.» Ma la sua voce era ancora provata.

La minuta donna sorrise e respinse il ringraziamento con un gesto della mano. «Mangiare tutto. Troppo magra. Indiani far patire fame?»

«Non di proposito» rispose lei. «Ma ci sono stati inverni più lunghi di altri.»

Finita la propria porzione, Matt fece per alzarsi in modo da servirsi ancora una volta ma la mano di Molly sul braccio lo bloccò. Spingendogli davanti la propria scodella, lo invitò a riprendere posto.

«Dovresti mangiare di più. Ha ragione Rosita: sei troppo magra.»

«Non è meglio che essere troppo grassi?» replicò lei con una luce divertita negli occhi.

La risposta di Matt fu uno sguardo così torvo da indurla a prendere un'altra tortilla e addentarla, mentre lui attaccava lo stufato.

«No segni comanche» notò Rosita che intanto si affaccendava nella grande cucina. «Loro no vi marcare?»

Molly scosse la testa. «No. Mi trattavano bene, quasi sempre.»

«Quanti anni quando vi portare via?»

«Nove.»

«Fortunata di tornare.»

«Vero, sì.»

«Io saputo de uomini attaccati da indiani. Loro prendere scalpo. Qualcuno no morire.» Rosita scosse la testa. «Adesso portare cappello per nascondere.»

«Qualcuno in particolare?» chiese Matt, curioso.

«Juan incontrato uomo al ranch Bautista qualche mese fa. Brutto come cane rognoso. Juan, lui sicuro uomo scotennato tanti anni fa.»

«Ti ricordi il nome?» domandò ancora Matt.

Rosita si fermò a pensare. «Lui dire... Whitaker. *Sí*, se chiamare proprio così.»

Matt rifletté su quell'informazione. Un collegamento con Walker sembrava improbabile, ma era comunque un punto di partenza. Ne avrebbe prima parlato con Dawson. Il caposquadra conosceva buona parte dei ranch dell'area e con tutta probabilità sapeva chi questo Whitaker fosse e per chi potesse aver lavorato in passato.

«A cosa stai pensando?» lo interruppe Molly.

«Nulla di cui ti debba preoccupare.» Voleva coinvolgerla il meno possibile nella ricerca dell'uno o più colpevoli dell'assassinio dei suoi genitori.

Alzandosi, prese il cappello e si congedò. «*Muchas gracias*, Rosita.»

Molly lo imitò in tutta fretta e lo seguì fuori e giù per i gradini. «Aspetta» disse. «Pensi che questo Whitaker possa avere qualcosa a che fare con l'aggressione di dieci anni fa?»

Matt si sistemò il cappello in testa, quindi si fermò a guardare la giovane che gli correva alle spalle. «Molly, fammi un favore.»

«Cosa?»

«Fidati di me. Me ne occupo io. Tu restane fuori.»

«Perché?» chiese lei, in tono palesemente irritato.

«Perché dovresti guardare al tuo futuro, non cercare delinquenti capaci di delitti tanto crudeli. Pensa a trovare marito, invece, e a metter su una casa piena di bambini.»

«È per questo che pensi sia tornata? Per trovare un marito e vivere felice e contenta?» Calcandosi il cappello in testa, posò le mani sui fianchi snelli fasciati da un vestito color del cielo che, senza dubbio, sua madre le aveva procurato e che, suo malgrado, le stava meglio dell'altro marrone.

Con quelle curve, Molly non avrebbe avuto alcun problema ad avere un bel po' di bambini. Ma il pensiero che fosse un qualsiasi altro uomo a godere dei suoi tratti tanto femminili lo irritava.

«Prometti di portarmi con te se decidi di andare a trovare questo Whitaker?» La sua voce era decisa.

«Non ti prometterò un bel niente.»

«Hai bisogno di me» protestò lei. «Sono l'unica testimone. Potrei ricordare qualcosa di utile. Sono tornata nella speranza di rivedere la mia famiglia e, invece, non ho trovato che dei tumuli. Non mi resta niente, Matt. Niente, eccetto il mio cavallo, qualche misera provvista e quel poco che rimane dell'oro di Elijah. Forse è per questo che pensi stia cercando un uomo che si prenda cura di me, ma l'idea non mi passa neanche per la mente. Per adesso voglio solo la verità. Poi, potrei anche iniziare a considerare il futuro.»

Nei suoi occhi c'era risolutezza, ma Matt v'intravedeva anche delle ombre. Le cicatrici degli ultimi dieci anni, finora nascoste a una profondità che non aveva neanche sospettato, affioravano adesso in superficie.

Voleva spazzare via la paura da quello sguardo tormentato. Voleva tenerla al sicuro. Voleva… cose che non avrebbe dovuto volere.

«Ci penserò.» Almeno quel tanto glielo avrebbe concesso.

«Ehi, Matt» si sentì chiamare a gran voce dai pressi del recinto. «Sta arrivando Blackmore» annunciò Dawson.

Matt lo ringraziò e tornò a guardare Molly, il cui viso, ombreggiato dal cappello, mostrava ancora segni di preoccupazione.

Un tempo era stata uno spiritello capace di provocare in lui emozioni del tutto inaspettate: affetto, tenerezza, desiderio di proteggerla. E adesso era una donna capace di provocare… accidenti, davvero non voleva indugiare su quei pensieri. Non gli avrebbe fatto alcun bene.

«Perché non vieni a conoscere Nathan?» disse, dirigendosi verso l'uomo che si avvicinava in sella a un cavallo scuro. Magari avrebbe catturato l'interesse dell'amico e... sulla scia di quel pensiero giunse l'irrazionale impulso di portarla dentro casa e sottrarla agli occhi di qualsiasi uomo del ranch, Nathan incluso, ma s'impose di resistere a quella spinta.

Non poteva tenere il piede in due staffe. Tuttavia, la sua mente iniziava a propendere verso la possibilità che lui sapeva non essere affatto possibile, una circostanza che dubitava sarebbe riuscito ad accettare se mai le avesse permesso di verificarsi.

Di fianco a Molly, aspettava che l'uomo che gli aveva salvato la vita si avvicinasse, quando la dura verità lo schiaffeggiò in pieno viso.

Voleva Molly tutta per sé.

CAPITOLO UNDICI

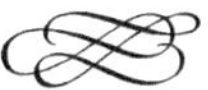

Era metà pomeriggio e Molly seguiva Matt e Nathan; i tre cavalli imboccarono un sentiero lungo il letto di un torrente circondato da cespugli di pioppo. La giornata calda sotto il cielo sgombro di nuvole preannunciava l'imminente arrivo della torrida estate.

Molly spinse lievemente indietro il cappello e offrì il viso a un bagno di sole. Avendo vissuto tutti quegli anni a stretto contatto con l'ambiente, la notte al ranch dei Ryan, per quanto piacevole fosse stata, aveva alterato i suoi ritmi. Adesso che era fuori, in spazi aperti, però, si sentiva più a suo agio.

Non riuscendo a percepire nulla della conversazione tra Matt e Nathan, concentrò l'attenzione sulle varietà di uccelli che sfrecciavano tra la moltitudine di alberi tutt'intorno al torrente.

Durante il periodo di vita con i Comanche, aveva spesso osservato i tantissimi volatili che abbondavano in quelle zone remote. E ne aveva invidiato la libertà. Talvolta, di notte, quando la solitudine e le paure hanno la meglio, si era ritrovata a immaginare di essere uno scricciolo nel cielo, veloce e libero. L'anima abbandonata al vento che si librava sopra la terra. O così aveva fantasticato lei. Forse non erano stati che sciocchi sogni a occhi aperti, ma le avevano impedito d'impazzire ogni volta che lo strazio dell'essere stata strappata alla propria famiglia aveva minacciato di sopraffarla.

Il nonno comanche, Uccello Che Vola Alto, si era subito accorto del suo interesse per quelle creature e gliene aveva parlato spesso. Uomo tranquillo e dalla voce dolce, un tantino curvo ma ancora forte, era sempre stato pronto a dare una mano negli spostamenti di campo, aiutando lei e le altre donne e ragazze a smontare i tepee e assicurare con cinghie i pesanti pali di cedro su cavalli e asini, che non cavalcava quasi mai preferendo invece camminare perché alle sue vecchie ossa piaceva l'esercizio, aveva più volte dichiarato.

«Guardi i *tiriejuhtzú* con occhio attento» le aveva detto un giorno.

Molly si era limitata ad annuire.

«Per comprendere gli *juhtzú* è necessaria una mente sveglia, capace di distinguere anche i minimi dettagli in un più vasto paesaggio. Può essere una medicina difficile da mandare giù perché bisogna stare attenti a non tenere troppo la testa tra le nuvole. Sei una sognatrice, *tiriejuhtzú*?»

Molly aveva capito quasi tutto ciò che le aveva detto. Prestando attenzione quando le donne e i bambini parlavano, il suo apprendimento della lingua comanche era di giorno in giorno migliorato. Ma lei, che aveva sempre esitato a esprimersi in quell'idioma per timore di perdere il legame con le proprie origini, aveva preferito rispondere con un semplice "*Jaa*".

Uccello Che Vola Alto aveva annuito in segno di approvazione e mettendole una mano sulla spalla aveva espresso la propria comprensione.

Il vecchio un po' le mancava e il pensiero di non sapere mai se fosse ancora vivo la rattristava. Le aveva insegnato così tanto sulle tradizioni dei Comanche, sull'ambiente e soprattutto sugli uccelli. Per la prima volta, si sentì pervasa dal senso di gratitudine per averlo conosciuto.

In sella ai propri cavalli, Matt e Nathan attraversarono il torrente tra schizzi e sprazzi, quindi imboccarono un sentiero battuto che serpeggiava tra svariate collinette basse coperte da ginepri e pioppi neri. La primavera era in fiore e il verde ammantava la terra.

Molly era contenta che Matt non l'avesse esclusa da quell'escursione. Desiderava proteggerla dall'orrore di quanto era accaduto ai suoi genitori e questo le scaldava il cuore, ma era troppo tardi. Aveva bisogno di essere lì. Alla fine, doveva averlo capito anche lui.

Una volta risolta questa faccenda, si sarebbe concentrata sul futuro. Un pensiero che la lasciava alquanto disorientata. Dove sarebbe andata? Claire aveva deciso di restare all'SR invece di accompagnare loro tre al ranch dei Bautista, ma Molly sapeva che a un certo punto l'amica avrebbe dovuto far ritorno nel territorio del Nuovo Messico. Forse sarebbe stato il caso di affiancarla e proseguire poi verso la California per andare da Emma e da sua zia. Non aveva più ragione di restare nel Texas, eppure quel pensiero le opprimeva il petto.

Era tornata a indossare pantaloni perché decisamente più comodi, ma i vestiti le mancavano. Non che volesse apparire donna a tutti i costi, era più che altro il fatto che Matt continuasse a trattarla come una bambina di nove anni a bruciarle un po'. E magari aveva ragione lui. Forse stava davvero cercando marito e non se ne rendeva conto.

In quel caso, però, come mai non si curava dei pensieri di Nathan circa il suo abbigliamento ed era, invece, tanto ossessionata dal parere di Matt?

Lanciò un'occhiata al primo. Quando l'altro aveva fatto le presentazioni, si era comportato in maniera abbastanza cordiale, ma era stato subito palese, persino a lei che così poco sapeva degli uomini, che mancasse di disinvoltura e schiettezza. Un cappello nero copriva i capelli scuri e una cicatrice sulla guancia sinistra gli conferiva un'aria minacciosa. Non era difficile immaginare come se la fosse procurata.

Era magro e alto quanto Matt, ma nei suoi occhi c'erano ombre a cui l'anima sembrava incapace di sfuggire. Conversare del più e del meno con lui si era presto rivelato inutile, data l'apparente assenza di spensieratezza tanto nell'atteggiamento quanto nella personalità.

I due amici rallentarono l'andatura dei cavalli per consentirle di affiancarli sul lato destro.

«Tu e Nathan avete qualcosa in comune» disse Matt, avvicinando il proprio animale al suo. Molly assaporò il breve contatto delle gambe che si sfioravano.

«E quale sarebbe?» replicò incerta.

«Anche Nathan è stato catturato da una banda di Comanche.»

«Davvero?» Sorpresa, si piegò in avanti cercando con lo sguardo l'uomo all'altro fianco di Matt. «A quanti anni?»

«Da quanto mi ha detto Matt, più dei tuoi» rispose Nathan. «Sei stata fortunata a sopravvivere. E ancor più a trovare la strada del ritorno.»

«Direi di sì.» Sapeva che nel corso degli anni il destino le aveva giocato contro, ma per qualche ragione non aveva mai perso la convinzione che un giorno sarebbe tornata dai suoi. «Con quale tribù eri?»

«Kotsoteka. Sono rimasto prigioniero per diciotto mesi, prima di fuggire.»

«E come ci sei riuscito?» Come aveva fatto a realizzare il sogno che lei aveva solo accarezzato notte dopo notte?

«Con l'aiuto di una delle donne.»

«Com'è possibile? Alle donne non era consentito di partecipare ai consigli, né tantomeno di ricevere medicine.»

«Non ero un ragazzo quando mi catturarono. Una delle donne mi prese a benvolere e mi convinse a fingermi stupido. Dopo qualche tempo, i guerrieri lasciarono che li accompagnassi nelle partite di caccia, così presi deliberatamente a smarrire la via di ritorno al campo. Rientravo ogni volta un po' più tardi finché un giorno non rientrai affatto. Naturalmente, immaginarono che mi fossi perso e non si diedero la briga di cercarmi, almeno fino a quando non fu troppo tardi.»

«Come facesti a sapere dove andare una volta libero?» Se anche lei fosse riuscita a scappare – e a un certo punto di occasioni ne aveva avute parecchie – il timore più grande sarebbe stato quello di smarrirsi e finire abbandonata a se stessa.

«Sapevo dove mi trovavo e, da qualche tempo, man mano che la tribù si spostava di posto in posto, avevo iniziato a fissare nella memoria i vari punti di riferimento, tanto che ci misi appena quattro giorni a piedi a raggiungere un insediamento di bianchi.»

«Quella cicatrice è opera loro?» Un'ora prima non avrebbe mai immaginato di avere così tanto in comune con Nathan. Sapeva che i prigionieri maschi, soprattutto i più anziani, erano spesso maltrattati. Alcuni venivano picchiati, sottoposti a pesanti lavori e addirittura mutilati.

«Poca cosa rispetto a tutto il resto.» Un muscolo guizzò nella mandibola di Nathan e l'espressione tornò a incupirsi.

«Hai sempre saputo come tirarti fuori dai guai» disse Matt.

«Semplice fortuna. Fu quella donna a salvarmi la vita, il che smentisce gran parte delle teorie texane che vogliono tutti i Comanche dei barbari.»

«Ma lo sono davvero» osservò Molly. «Anche se meno dei Tonks. I bambini comanche sussurravano storie di come questi bollivano braccia e gambe di qualsiasi comanche catturassero, per poi mangiarle. Da quel che ne so io, i Quahadi non mangiavano i loro nemici, ma mi ricordo di una volta in cui alcuni dei guerrieri tornarono da uno scontro trascinandosi dietro un prigioniero Ute. Pover'uomo, lo torturano così tanto che… mi sentii rivoltare lo stomaco. Non riuscivo a guardare.» Aveva ancora chiaro nella mente l'attimo in cui alcune delle anziane gli avevano tagliato le palpebre e, in una scena raccapricciante, il sangue aveva preso a scorrere sul viso dagli occhi sbarrati. Era tornata di corsa al tepee di Corre Coi Bisonti e si era sforzata di non rimettere.

«In te non proverei alcun dispiacere per quell'Ute, Molly.» La voce di Matt era venata di rabbia. «Non dubito abbia partecipato anche lui alla sua buona parte di massacri.»

«È probabile.» Gli lanciò un'occhiata, chiedendosi perché ultimamente apparisse più nervoso del solito. Ma d'altra parte che ne sapeva, lei, di ciò che era normale per lui?

«Come sei tornata in Texas?» chiese Nathan, osservandola. «Matt mi ha detto che un minatore ti aveva portata in Messico.»

«Elijah Hardin mi salvò la vita, e io gli ero debitrice. Provai a dirgli della mia famiglia, ma all'inizio parlavo poco inglese.»

Convinta di aver sentito Matt imprecare a denti stretti si girò a guardarlo, ma lui teneva il viso dal lato opposto, mentre sulle labbra di Nathan aleggiava un sorriso. Il comportamento dei due era strano. Se il buonumore del primo sembrava svanire attimo dopo attimo, la natura del secondo si mostrava leggermente più umana di quanto non fosse apparsa all'inizio.

«Difficile mantenere viva una lingua se nessuno ti risponde nella stessa» disse Nathan.

Molly annuì. «Per un po' mi sforzai di non parlare comanche. Immagino fosse il mio modo di ribellarmi, ma alla fine l'inglese mi abbandonò. Poi andai a stare con Elijah e lui mi aiutò a recuperarlo.»

«Che ne è stato di lui?» chiese Nathan.

«Trascorreva gran parte del tempo a cercare oro nelle sue miniere» disse, ricordando la propria esistenza solitaria con il vecchio introverso. «Considerati tutti i rischi che correva tra pozzi di miniere e grotte, fu per uno strano capriccio del destino che una notte morì nel sonno. Mi svegliai una mattina e lo trovai freddo e rigido.»

Fece un profondo respiro e proseguì: «Così, lo seppellii, raccolsi le nostre cose e mi avviai oltre il Messico. Una delle ragioni per cui non avevo mai lasciato Elijah, o i Comanche, era che non pensavo di riuscire a trovare la via di uscita da quella regione selvaggia. Invece, con mia sorpresa, sapevo più di quanto credessi. Come te, avevo preso nota mentale di alcuni punti di riferimento e avevo osservato le stelle per molti anni.» Poi, quasi avesse avuto un ripensamento, aggiunse: «Cacciare serpenti a sonagli era spesso monotono.»

«Cos'è che hai appena detto?» Il tono di Matt era quasi accusatorio.

«Beh, prova a immaginare la noia quando vivi tra i monti con un vecchio e nessun altro con cui parlare» si difese Molly. «Le notti erano le peggiori. Era così facile lasciare che la solitudine prendesse il sopravvento, e io mi rifiutavo di temere le creature notturne. Così, invece di aspettare che mi saltassero addosso, andavo a cercarle io dopo il tramonto. Non per ucciderle, naturalmente. O meglio, con qualche serpente ero costretta, ma era inevitabile.»

«Perché diamine non era il vecchio a proteggerti?»

C'era sdegno nella voce di Matt, Molly fece una smorfia. «Io ci tenevo a restare viva ed Elijah non sarebbe stato capace di proteggere un cane neanche se avesse voluto. E poi, non ricordi com'ero brava con la fionda? Me ne costruii un'altra.»

«Già, me la ricordo, quella cosa lì, e ricordo anche il serpente a sonagli che stavi per uccidere a nove anni. Se non ti avessi afferrata in tempo, ti avrebbe attanagliata senza più mollare.»

«Forse.» Meglio non dirgli dell'incidente con l'altra creatura a sonagli mentre era con i Quahadi. O le sue orecchie avrebbero preso fuoco, pensò con un sorriso.

«Promettimi» disse Matt in tono autoritario «che non ti avvicinerai più a un serpente.»

«Neanche se fossi affamata?» ribatté lei, incapace di resistere alla tentazione di stuzzicarlo come anni prima. La sua capacità di sopportazione era sempre stata notevole, considerata la raffica di domande con cui lo aveva spesso assillato, seguendolo dappertutto per imparare quanto più possibile. Non sapeva bene che cosa provasse adesso, le scintille tra di loro erano innegabili e la rendevano insicura ma anche più viva di quanto non le capitasse da molto tempo.

Nathan rise e Molly ricambiò con una smorfia divertita; non era poi così antipatico, dopotutto.

«Pensi davvero che ti permetterei di mangiare un serpente?» chiese Matt. «So prendermi cura di te meglio di quanto credi.»

«Ma io non ti ho mai chiesto di prenderti cura di me. Per dieci anni non lo ha fatto nessuno e me la sono cavata comunque.»

«Tanto vale arrendersi, Matt» intervenne Nathan. «E, poi, quasi sicuramente cucina meglio di te.»

Matt non rispose e, nonostante l'umore nero, continuò a cavalcare con fare disinvolto, reggendo le redini con naturalezza tra le mani inguantate.

«Tu cosa mangiavi mentre eri prigioniero di Cerillo?» chiese Molly.

Anche Nathan, palesemente curioso, spostò la propria attenzione sull'amico.

«Non molto.» Matt teneva lo sguardo sul terreno davanti a sé. «Un serpente sarebbe stato un banchetto.»

«Adesso comprendi» disse lei piano.

Gli occhi verdazzurri di Matt la fissarono. «Come ci sei riuscita? Come hai fatto a non impazzire?»

Molly si accigliò per la concentrazione. «Vedendo la sofferenza degli altri prigionieri, imparai a tenere la bocca chiusa e a eseguire gli ordini. Mi facevano lavorare molto, ma era così anche per le loro donne. Vivevano una vita difficile. Di tanto in tanto, le mie madri comanche si mostravano gentili con me, e questo aiutava. Ma ogni notte guardavo le stelle e immaginavo che da qualche parte anche la mia famiglia osservasse quello stesso cielo, che anche tu guardassi nella stessa direzione.» Gli sorrise. «Era un modo per sentirvi vicini.»

«Sei stata più forte di molte altre giovani e donne» disse Nathan.

«Anche tu. E Matt» aggiunse, notando il suo sguardo

addolcirsi. Era lieta di averlo ritrovato, pensò pervasa da un immenso senso di gratitudine.

«Sentito, Ryan?» lo punzecchiò Nathan. «Ci ha paragonato entrambi a giovani e donne.»

«Tu parla per te» biascicò Matt.

«E allora facciamo che la prossima volta ti lascio in quell'inferno pensato apposta per il tuo soggiorno.» Ma non c'era traccia di animosità nelle parole di Nathan, solo un tocco di rivalsa.

«Sai di avere la mia eterna gratitudine per non averlo fatto» mormorò Matt.

Molly avrebbe voluto dire qualcosa che alleviasse i ricordi nella sua mente, ma l'esperienza le aveva insegnato che a volte il tempo era l'unico rimedio capace di smussare gli angoli di un passato doloroso.

Sul finire del pomeriggio arrivarono al ranch Bautista, annidato nella valle circondata da *butte* a cima piatta. Uomini a cavallo facevano su e giù all'interno di un recinto in cui un gruppo di grossi *longhorn* era tenuto in cattività. Stavano preparando il bestiame alla marchiatura, rifletté Matt, ricordando a se stesso che presto anche l'SR avrebbe dovuto iniziare il proprio raduno primaverile.

Dalle risposte ricevute, appresero che Whitaker si trovava nella casa dei mandriani, un edificio di legno a un solo piano. Avvicinandosi, Matt chiese a Molly di aspettare fuori mentre lui e Nathan interrogavano il cowboy. L'esperienza gli aveva insegnato che un uomo con le spalle al muro diventava aggressivo, nonché bugiardo, e lui voleva risparmiarle un incontro potenzialmente sgradevole.

Ma all'ultimo momento, provò l'istinto di lasciarla entrare. Pur indossando di nuovo i pantaloni e l'ampia camicia di quando l'aveva ritrovata qualche giorno prima, appariva ancora fin troppo femminile per la sua tranquillità d'animo. E proprio non gli andava che gli uomini del ranch la importunassero. Nonostante gli assillanti dubbi, però, le ordinò di restare fuori.

Va da sé che, a giudicare dall'espressione ribelle del viso, Molly ne fu tutt'altro che felice ma rimase comunque in sella a Pecos. Aveva tenuto a freno la lingua, pensò Matt con gratitudine, ma il lampo di rabbia che le aveva attraversato gli occhi, e che a lui non era sfuggito, la diceva lunga: era furibonda. Ciò nonostante, decise che tra la sua rabbia e la sua dolcezza preferiva affrontare la prima. Sì, sarebbe stato più facile gestire la sua ira che i suoi innocenti gesti di amicizia e riconoscenza. Dopo il bacio sulla guancia, infatti, a riprova del Texas Ranger duro e insensibile qual era, aveva ancora le vertigini.

Seguito da Nathan entrò nella casa dei mandriani. Diversi uomini si aggiravano al suo interno, con l'aria carica di fumo, sudore e afrore di corpi non lavati.

«Stiamo cercando un uomo chiamato Whitaker» esordì Matt rivolto ai presenti che restituirono i loro sguardi.

«E perché?» chiese uno dei più giovani.

«Vogliamo solo fargli un paio di domande.» Matt li studiò per capire se avessero intenzione di piantare grane.

Il giovane cowboy indicò con la testa un uomo più anziano e tarchiato dietro il lungo tavolo al centro della stanza. «Grazie mille, Jenkins» ribatté quello, torvo. «Sei un gran vigliacco.»

Jenkins e gli altri si allontanarono, chiaramente maldisposti verso Whitaker, e Matt aspettò che fossero tutti fuori. Seppur distanti, dall'esterno giunsero dei fischi, segno che i giovani mandriani si erano accorti di Molly e… che lui doveva concludere quell'incontro quanto prima.

«Ho saputo che dieci anni fa lavoravi per Davis Walker nel suo ranch vicino al Red River» disse.

Con la barba non fatta e la pelle scurita dal sole, il viso di Whitaker era ombreggiato dal sudicio cappello che portava.

Quando parlò, Matt si accorse che gli mancavano alcuni denti davanti.

«Chi sei?» chiese l'uomo in tono fermo.

«Il nome è Matt Ryan. Dieci anni fa ci fu un attacco al ranch degli Hart, a ovest da qui. Due persone furono uccise e una bambina rapita. Tu ne sapresti qualcosa?»

«Santiddio, non mi ricordo cos'ho fatto ieri, figurati dieci anni fa.» Whitaker rise disgustato.

«Attaccasti il ranch degli Hart su ordine di Davis Walker?»

«Sei fuori strada, figliolo. Non ho niente da dirti. E perché diamine vorresti ficcare il naso in una faccenda tanto vecchia, poi? Ti procurerà solo guai.»

Matt lo fissò, l'istinto gli diceva che in qualche modo quell'uomo era coinvolto. Magari un colpo di pistola alla gamba lo avrebbe aiutato a vuotare il sacco più in fretta, ma sarebbe stato sgradevole.

Accorciando la distanza che li separava, gli strappò il cappello dalla testa con un gesto sciolto, che confermò quanto Rosita gli aveva raccontato dell'uomo che era stato scotennato. La sommità del capo di Whitaker era sfregiata e a chiazze, con dei capelli grigi che spuntavano qua e là solo sui lati.

«Figlio d'un cane!» ruggì quello. «Sta' alla larga da me o t'ammazzo!»

«È una promessa?» ribatté Matt in tono neutro. «Che ti è successo alla testa?»

«Sembra un taglio di capelli all'indiana» intervenne Nathan. «E neanche troppo recente.»

«Sopravvivere senza scalpo non è un crimine.» Whitaker afferrò il cappello dalle mani di Matt e se lo rimise sulla testa.

In un baleno, Matt estrasse la rivoltella e spinse Whitaker contro il muro alle sue spalle, con il braccio sinistro che gli mozzava il respiro e la mano destra che gli puntava la canna dritto tra gli occhi.

«Non sono un uomo paziente. Voglio sapere perché Davis

Walker ti disse di attaccare gli Hart e perché rapisti una delle loro figlie.»

«Va bene» rantolò Whitaker. «Ti dirò quello che mi ricordo. Ma toglimi queste dannate mani di dosso.»

Matt mosse un passo indietro e l'anziano barcollò, strofinandosi il collo e tossendo. Gli teneva ancora la pistola puntata contro e intanto Nathan approntava il proprio fucile.

«Ci fu solo detto che Walker voleva che attaccassimo gli Hart. Lui non venne mai a parlarci di persona. Ci avrebbe pagato una bella cifra, ma alla fine restammo tutti fregati.»

«Ho sentito dire che la maggior parte degli altri fu uccisa» disse Matt. «Tu, se non altro, sei fortunato a essere ancora vivo.»

L'uomo rimase in silenzio.

«Chi ti disse di attaccare gli Hart?» insistette lui.

«Non lo so. Non gli ho mai parlato. Ci fu un passaparola tra gli uomini. Avevamo tutti bisogno di soldi e, comunque, Hart rubava i bovini di Walker. Meritava una lezione.»

«Uccidendolo?» chiese Matt. «Come fai a sapere che gli rubava il bestiame?»

«Lo sapevano tutti.»

Matt avrebbe chiesto a suo padre, ma gli sembrava improbabile che Robert Hart fosse un ladro. Perché mai lo avrebbe fatto? Possibile che avesse un bisogno tanto disperato di denaro?

«Perché portasti via la bambina?» chiese in tono imperioso.

«Ci dissero che c'era un extra se rapivamo la figlia di mezzo e la mollavamo vicino al Brazos River.»

«Chi te lo disse?» Matt iniziava a perdere il controllo.

Whitaker fece spallucce. «Non me lo ricordo. È stato molto tempo fa. Ci si passò la voce tra noi.»

«Fosti tu a sparare a Robert Hart?» chiese Nathan alle spalle di Matt.

«Ma cosa vuoi che mi ricordi. C'era una gran confusione. E la maledetta moglie gridava e si agitava.»

«Perciò uccidesti anche lei, vero?» Matt era ormai sul punto di spaccargli la faccia a suon di pugni.

«Gli si gettò davanti, quella stupida» urlò Whitaker. «Non ci fu modo di salvarla. Cristo santo! Non potete dare la colpa a me. E poi non può più fregare niente a nessuno di loro.»

Matt celò il proprio disgusto di fronte all'atteggiamento tanto insensibile dell'uomo.

«Ma non fui io a spararagli» proseguì quello in tutta fretta. «Fu uno degli altri, che non potrete acciuffare visto che i Comanche lo fecero fuori poco dopo.»

«Che cosa disse Walker quando seppe di quello che era accaduto?»

«E pensi che sia rimasto per scoprirlo?» strillò. «Non sono mica stupido.»

«Questo è da vedersi.» Matt si chiese se credere o meno al racconto di Whitaker. L'istinto gli diceva che con tutta probabilità non avrebbe cavato nient'altro di utile dall'uomo, quasi certamente gli aveva detto tutto ciò che ricordava.

«Chi è quella ragazza?» chiese Whitaker, nella sua voce si era fatto nuovamente strada un pizzico di allarme.

Matt non ebbe bisogno di girarsi per sapere che si riferiva a Molly. Da quanto era lì? Uno sguardo veloce al pallore del viso e all'espressione incredula gli disse che aveva ascoltato abbastanza.

«È lui» sussurrò. «Quello che mi prese.»

«Di che parla? Chi è?»

«Sono la figlia di mezzo» rispose lei con rabbia, lasciandolo senza parole salvo una sonora imprecazione.

CAPITOLO DODICI

Matt e Nathan, con Molly che li seguiva fiacca e priva di entusiasmo, cavalcarono verso sud per circa mezzo miglio. La sfumatura arancio del cielo indicava l'imminente tramonto del sole e nell'aria iniziavano a bisbigliare i suoni della notte. Da quando avevano lasciato Whitaker, pensò Matt, Molly si era fatta troppo silenziosa.

«Come intendi procedere con Davis Walker?» si decise a chiedere Nathan appena furono a qualche lunghezza di cavallo da lei.

«Che io sia dannato se lo so» rispose Matt, proseguendo in silenzio mentre l'ultimo spicchio di sole scompariva all'orizzonte.

Nella tenue bruma del tramonto, rifletté sulla donna che cavalcava alle sue spalle, la stessa che nel giro di appena qualche giorno gli aveva cambiato la vita.

«Che progetti hai per Molly?» insistette Nathan quasi gli avesse letto nella mente.

«Legarla alla colonna del letto» borbottò lui.

«Uno qualsiasi o il tuo?»

Matt gli lanciò uno sguardo. C'era una scintilla maliziosa negli occhi dell'amico.

«Non è come pensi tu» rispose. «Voglio fare la cosa giusta per lei.»

«Te la sposi?» chiese Nathan inarcando un sopracciglio.

Un lieve cenno di diniego con la testa, quindi: «Non posso.»

«Perché? È già sposata?» Era chiaro che l'amico non avesse intenzione di cambiare argomento.

«No.» Matt aveva la sensazione di trattare con un bambino, ma ricordò a se stesso che non poteva attribuire a Nathan il conflitto interiore che lo assillava a proposito del futuro di Molly. «Ne ha passate tante. Ha bisogno di un uomo di cui potersi fidare, non di uno che voglia solo finire tra le lenzuola con lei.»

Nathan rise, visibilmente sollevato. «Bene. Adesso iniziamo a vederci chiaro.»

«Che vorresti dire?»

«Volevo semplicemente capire cosa provassi per lei.»

«Un bel niente» replicò Matt con forza. «Niente che meriti attenzione, almeno. È vulnerabile. E io non ne approfitterò.»

«Immagino ti senta colpevole per quanto le è successo dieci anni fa.»

«E perché non dovrei? L'ho lasciata sola mentre Whitaker e gli altri uomini attaccavano la sua casa. Non le sono stato di alcun aiuto durante gli anni trascorsi con i Comanche.»

«Il tuo problema, Matt, è che ti accolli sempre troppe responsabilità per ciò che accade in questa vita. L'hai fatto un'infinità di volte anche quando eravamo nell'esercito. E, sebbene tu non lo abbia mai detto, sono certo che Cerillo sia riuscito ad acciuffarti anche per questa ragione. Dimentica. Hai davanti a te una donna che non capita d'incontrare tutti i giorni. Vuoi davvero sciupare tutto per un senso di colpa o perché ti senti troppo onesto per toccarla?»

Quell'ultima parte non c'entrava niente. Anzi, piuttosto il contrario. La verità è che temeva sarebbe stata la mossa più disonorevole che potesse compiere.

Anni prima, la sua amicizia con Molly era stata sincera. Aveva provato affetto per lui allora e, magari, ne provava ancora adesso. Ma servirsi di quell'affetto per i propri fini non l'avrebbe forse lasciata confusa? E lei avrebbe corrisposto solo perché lui lo desiderava? L'idea di costringerla proprio non gli andava giù. Non dopo quello che gli ultimi dieci anni avevano causato.

Alla fine, Molly avrebbe accettato il passato e con buona probabilità si sarebbe allontanata da lui. E come darle torto? Ma a voler essere onesto – qualcosa che sembrava determinato a evitare in relazione al crescente sentimento che provava per lei – doveva ammettere che, forse, non stava affatto proteggendo Molly, bensì il proprio sedere in caso lei lo avesse lasciato, di nuovo. Solo che questa volta sarebbe stato di sua spontanea volontà. Alla faccia delle intenzioni onorevoli!

«E qui ci separiamo.» Nathan tirò le redini orientando il cavallo verso est. «Una volta finito a Fort Worth, pensavo di andare in California da mia sorella, perciò passerò al ritorno. Molly, è stato un piacere.» Si toccò la tesa del cappello con due dita, rendendo omaggio alla giovane mentre li raggiungeva.

«Grazie, Nathan.» La sua voce calda suscitò una profonda reazione in Matt. «Soprattutto per il tuo aiuto di prima, con Whitaker.»

«Riguardati» rispose lui. «E accetta un consiglio: lascia andare il passato e pensa al futuro. In fin dei conti, dubito valga la pena rischiare la vita dando la caccia a gentaglia come Whitaker per arrivare a Davis Walker. Tanto so per esperienza che prima o poi sarà il suo stesso passato a prenderlo a calci nel sedere.»

Molly sorrise, ma il contegno era teso. «Lo terrò a mente.» Si schiarì la gola, quindi aggiunse: «Devo essere onesta, mi hai davvero sorpresa. All'inizio ho creduto fossi duro e insensibile, ma ti sei mostrato l'esatto contrario. Ho sinceramente pensato di esserti antipatica.»

«Niente di più lontano dalla verità. Anzi, se non ne approfitta Matt, potresti rivedermi.»

Un'espressione confusa le attraversò il viso.

«Che ne dici di levarti di torno, Blackmore?»

Nathan rise e, avvicinando il proprio cavallo corvino a quello dell'amico, gli bisbigliò: «Tenta la sorte, Matt. Dopo Cerillo meriti di essere felice.»

Gli diede una leggera pacca sulla spalla e scomparve nell'oscurità che si affrettava ad avvolgerli, in groppa al suo cavallo nero come la mezzanotte e in perfetta armonia con essa. Le sue parole ancora sospese nell'aria.

Tenta la sorte.

Matt fissò Molly che a sua volta osservava Nathan allontanarsi, il desiderio di lei non gli lasciava più alcun dubbio. Ma era giovane, e sola. Sapeva che se non fosse stata lei a offrirglisi di sua spontanea volontà, non sarebbe più riuscito a vivere con se stesso dopo averla toccata.

Ancor più determinato, affiancò il cavallo al suo e si diressero a ovest.

Con Molly al seguito, Matt guidava il proprio animale nell'oscurità, spingendosi avanti senza sosta. Stava cercando un piccolo torrente prima di fermarsi per la notte, quando in prossimità dell'acqua che scorreva s'imbatterono in un altro accampamento.

Sulle prime, provò ad aggirare i tre o quattro uomini, che circondavano un vivace fuoco mentre i loro cavalli brucavano più distanti nel cupo guizzo della luce arancione, ma poi, incredulo, ne scorse uno in particolare.

«Che succede?» In sella a Pecos, Molly si avvicinò al suo castrato screziato di grigio.

«Si direbbe gli spiriti ci stiano dando la caccia, stasera, uno di quegli uomini è Davis Walker.»

Molly girò di scatto la testa. «Ne sei sicuro?»

«Sì» rispose lui stanco. Trasse un profondo respiro, quindi

aggiunse: «Proseguiamo per la nostra strada, Molly. Al momento non abbiamo niente di utile da dire. In fin dei conti, Whitaker non ci ha raccontato molto più di quanto non sapessimo già; davvero non ci sono altre prove contro Walker.»

«Non è giusto.» La sua voce tremava per la rabbia. «Lui li ha vissuti, i dieci anni che ha rubato alla mia famiglia.»

«Ehilà! Serve qualcosa?» urlò uno degli uomini intorno al fuoco, accorgendosi infine della loro presenza.

«Davis! Matt Ryan qui» rispose lui nel tono più neutro che gli riuscì. Sperava che lo scambio fosse breve e che Molly non facesse o dicesse nulla di avventato. «Forse è bene che parli solo io» suggerì sottovoce.

Uno sguardo veloce al suo viso, ben visibile nella luce del fuoco, e il guizzo nei suoi occhi gli disse che non approvava. Ma anche che aveva paura.

«Non preoccuparti. Ti proteggerò io.»

«Non è per me che temo. Sta' attento, ti prego.»

Le parole e l'apprensione con cui le aveva pronunciate lo lasciarono stordito, ma Walker li aveva quasi raggiunti e non ci fu modo di mantenere viva quella discussione. Seppur riluttante, smontò da cavallo.

«Matthew Ryan? Beh, che io sia dannato. Come stai?» Tese il braccio e lui fu costretto a stringergli la mano.

Non vedeva Davis Walker da parecchi anni, ma non sembrava molto cambiato. Era ancora alto, con un ventre ormai debordante sopra la cintura. I capelli ora radi si andavano ingrigendo, tuttavia gli occhi restavano scaltri. Non era un uomo da sottovalutare, pensò Matt con una stretta alle viscere. E Molly, nei suoi paraggi, non ce la voleva.

«Sto bene» rispose evasivo.

Davis indicò gli altri uomini che erano rimasti accanto al fuoco. «Hal Lewis, Charlie Brewster e George Sawyer. Te lo ricordi Georgie, sì? Anni fa lavorava al ranch degli Hart, quando c'eravate anche voi ragazzi.»

Pur senza girarsi a guardarla, Matt sapeva che Molly si era irrigidita nel sentir nominare il ranch dei genitori. Lanciò un'occhiata a Sawyer, annuendo piano.

Se lo ricordava, sì, anche se dieci anni prima non era stato che un ragazzo appena più grande di Matt e Cale. Di tempo ne era passato, ma lui era cambiato poco. Nei suoi occhi c'era un che di vagamente selvaggio e il corpo segaligno appariva pronto all'attacco. Ricordando che già allora gli era sembrato un po' folle, Matt trovò che la sua opinione di Sawyer restava pressoché uguale. Ma che ci faceva con Walker, adesso? Qualcosa in quella faccenda non lo convinceva, tuttavia le riflessioni avrebbero dovuto aspettare.

«Non mi ero accorto che sei in dolce compagnia» osservò Davis, notando la presenza femminile. «Hai finalmente messo la testa a posto?»

«No.» Mentire, facendo credere agli altri uomini che gli apparteneva, sarebbe stato più sicuro per Molly, ma dubitava lei avrebbe compreso; voleva andarsene alla svelta e irritarla non avrebbe aiutato.

«Volete unirvi a noi? In mattinata torniamo al mio ranch… potremmo cavalcare insieme.»

«No, grazie» rispose Matt. «Intendiamo fare ancora parecchia strada.»

Davis ammiccò, ridendo. «E ci credo, io, che preferisci appartarti. Come darti torto?»

«Perché non restate voi, signorina?» intervenne George Sawyer, con un lampo di sfida negli occhi.

L'antipatia di Matt per quell'uomo crebbe. «Dobbiamo davvero andare, adesso.»

«Come vi chiamate, signorina?» insistette quello.

«Andiamo, Georgie, vacci piano.» Davis tornò a ridere. «Si direbbe non abbia mai visto una donna prima d'ora.»

«Non così carina.»

«È con me» ribatté Matt in tono piatto e risoluto. Non riusciva a capire perché Sawyer lo stesse sfidando, e i suoi occhi puntati su Molly lo infastidivano.

«Mi è arrivata voce che di recente, giù a sud, ti hanno ferito, Matthew» disse Davis, in un palese tentativo di cambiare argomento. «Ma sembri abbastanza in forma, adesso. Hai intenzione di tornare coi Rangers o vuoi restare ad aiutare tuo padre?»

«Non ho ancora deciso.»

«Se solo Cale tornasse a casa a dare una mano al suo vecchio. Tuo padre è fortunato ad avere te e Logan, anche se per poco.»

«Dov'è Cale di questi tempi?»

«E che accidenti ne so! L'ultima volta che ho avuto sue notizie andava a caccia di fottute taglie per il Colorado. Di sicuro guadagna bene, ma io non vedo neanche un centesimo. Mai avuto granché rispetto da quel ragazzo. E poi saprebbe restare abbastanza a lungo nello stesso posto solo per una cacata. Beh, se non altro ho ancora T.J. e Joey.»

D'un tratto consapevole del proprio linguaggio, lanciò uno sguardo a Molly. «Vogliate scusarmi. Qualche volta perdo le staffe. Come vi chiamate, cara?»

Matt pensò in fretta a un nome falso, ma lei lo batté sul tempo. «Molly» rispose in tono chiaramente provocatorio.

Matt imprecò tra sé.

«Molly. È un bel nome. Un tempo ne conoscevo una.» Davis indugiò per un attimo su quel pensiero, quindi batté una mano sulla spalla di Matt. «Meglio lasciarle nel passato, certe cose, eh?»

L'impulso di prenderlo a pugni fu immediato, una reazione innaturale per Matt che non aveva mai agito d'impeto neanche nel vivo della battaglia. Restando immobile, però, controllò il respiro e ricordò a se stesso che gli altri uomini avrebbero potuto sopraffarlo, e Molly sarebbe rimasta sola. Doveva pensare innanzitutto a lei.

«Beh, signorina Molly» disse George in tono ributtantemente mellifluo «se mai vi stancaste di essere la donna del signor Matt, potreste sempre venire a scaldare le mie, di lenzuola. Mi prenderei ottima cura di voi.»

«Non fate caso a Sawyer» intervenne Davis disgustato «è uno spaccone.»

D'un tratto, un movimento tra il fogliame secco alle spalle del gruppo attirò l'attenzione di Matt, mettendo i suoi sensi in stato di massima allerta. Ma prima che riuscisse a determinarne la causa, qualcosa gli sfiorò la testa sfrecciando in uno dei cespugli. Molly smontò in fretta da cavallo e corse in quella direzione. Fionda in mano.

«No, Molly!» Matt tirò fuori la pistola.

Troppo tardi. Tutti gli uomini, incluso lui, sentirono il sonaglio nello stesso istante.

Molly, intanto, si era avvicinata al perimetro scuro dell'accampamento e con strana destrezza afferrò veloce il serpente. Una mano gli serrava da dietro la testa a forma di cuore, mentre l'altra tratteneva il corpo lungo e spesso che si dimenava frenetico.

«Buon Gesù» esclamò Matt, correndole dietro in preda al panico «mettilo giù.»

Molly si girò a osservare l'espressione attonita degli uomini.

«Come vedete, signor Sawyer» disse con voce carica di sprezzo «so come prendermi cura di me stessa.» A giudicare dalla maniera in cui controllava il rettile grosso e contorto, era più forte di quanto Matt pensasse. Tese in fuori il braccio che reggeva la creatura e gli uomini fecero un balzo indietro. «Gli avrei mozzato la testa, ma uccidere un serpente all'interno di un accampamento porta sfortuna. Una vecchia superstizione indiana. E io non vorrei certo essere causa di cattiva sorte per nessuno di voi.»

Lasciò andare piano il serpente mentre gli uomini, inciampando nei propri passi, arretravano nel tentativo di allontanarsi in fretta dal velenoso essere che scivolava via nella notte scura.

Matt rimase dov'era.

Quella dannata donna voleva ammazzarsi e lui l'avrebbe volentieri scossa fino a farla ragionare, ma non erano soli.

Si piegò a recuperare la fionda quindi, senza neanche degnarlo di uno sguardo, passò davanti a Davis e agli altri uomini ancora agitati e disse: «Andiamo.»

Matt indugiò, sforzandosi di controllare i nervi. «Signori.» Si girò e la seguì.

CAPITOLO TREDICI

Cavalcando alle spalle di Matt nella notte fosca, Molly si affidò alla guida di Pecos. Era stanca e infreddolita, ma non si sarebbe fermata finché non fossero stati il più lontano possibile da Davis Walker e gli altri uomini. Pur non avendone parlato con Matt, sembrava che lui fosse della stessa idea.

La scarica di adrenalina innescata dalla cattura del serpente era scemata, lasciandole le membra indolenzite, e sulla mente gravava ancora il ricordo dell'incontro con il potenziale responsabile dell'omicidio dei suoi genitori. Era davvero troppo al momento, doveva sforzarsi di placare i pensieri. Ma per qualche ragione, questi si ostinavano a convergere verso la notte in cui Corre Coi Bisonti e gli altri guerrieri comanche l'avevano portata all'accampamento di Jose Torres.

Per un attimo aveva pensato alla possibilità che Mangiaserpenti la rapisse. In un secondo momento, invece, aveva avuto quasi la certezza che volesse ucciderla.

L'affare con Torres fu concluso. In cambio di Molly, Corre Coi Bisonti chiese coperte, armi e munizioni. Nell'opprimente oscurità, non c'era che la luce delle torce a illuminare i visi dall'aspetto contorto e selvaggio dei Comanche, dipinti com'erano con colori di guerra. Molly non aveva mai visto degli uomini

Quahadi apparire tanto simili ad animali selvatici. In piedi di fianco a Torres, provò un senso di nausea. Era ubriaco e continuava a lanciarle occhiate lascive.

Incrociò lo sguardo di Mangiaserpenti. Tra urla e schiamazzi, il suo la trapassò rabbioso. A quel punto, i guerrieri presero a girare intorno a lei e a Torres, gli zoccoli dei cavalli le facevano tremare la terra sotto i piedi. Era confusa da quel comportamento, ma un'occhiata all'espressione allarmata di Torres confermò il sospetto che si trattava di un atto di aggressione da parte dei Quahadi.

In seguito, l'avrebbe ricordata con spietata soddisfazione, la paura negli occhi del trafficante, ma in quell'istante si chiedeva agitata a chi mirassero di preciso. Quando sentì su di sé gli occhi scaltri di Mangiaserpenti, seppe che il bersaglio non era Torres. E con il cuore in gola, attese la fine.

I guerrieri continuarono a girare in tondo, strillando e ululando, in un movimento costante che la stordiva. Poi, Corre Coi Bisonti intervenne, cavalcando al centro di quella vorticosa frenesia. Con un'ultima occhiata al suo indirizzo e un'espressione quasi rammaricata sul viso, spinse gli altri guerrieri nella notte carica di presagi e si allontanò per ultimo. Molly lo seguì con lo sguardo, nel silenzio improvviso e assordante, non restava che l'eco del proprio respiro affannoso.

Quella notte era stata risparmiata, e non solo con Mangiaserpenti. Grazie al cielo, dopo la chiassosa esibizione dei guerrieri anche Torres aveva perso i sensi.

Molly ascoltò i suoni della notte: il cri cri dei grilli, il bubolare di un gufo, l'ululato distante di un coyote. Quelle creature non la spaventavano. Sapevano essere prevedibili, una volta compreso il loro sistema di comportamento. Ma gli uomini, no, e alcuni avevano alterato il corso della sua vita in maniera tanto drastica che adesso si chiedeva come avesse mai fatto a sopravvivere.

Quando un vecchio malandato gettò ai piedi di Torres una gran borsa colma di oro, Molly quasi non credette che volesse davvero comprare lei. Chi avrebbe mai pensato valesse tanto? Soprattutto nel vederla seduta lì per terra, con il viso gonfio per le botte che Torres le aveva dato.

Ma il trafficante afferrò l'oro, quindi si sbarazzò di lei con un calcio tra le scapole. Inciampando, Molly andò dal vecchio; non osava sperare che non le facesse del male, tuttavia sotto la massa incolta di capelli grigi che gli copriva la testa, i suoi occhi la ispezionarono con un lampo di bontà.

«Hai un nome, signorina?» chiese.

La sua mente si sforzò di afferrare il senso di quei suoni familiari ma ormai distanti.

Il vecchio puntò un dito contro se stesso. «Elijah Hardin.»

*Molly annuì, quindi lo imitò. «*Canauocué Juhtzú.*»*

Elijah sembrò scontento. «Vedo bene che sei bianca, nonostante quei vestiti indiani e lo spesso strato di sporcizia che ti copre. Hai un nome bianco?»

Il significato delle parole si divertiva a sfuggirle di mano, lasciandole solo frammenti di un tempo in cui aveva parlato quella lingua. Con gli occhi colmi di lacrime, lottò per tirare fuori il nome che aveva continuato a esistere solo nei suoi sogni, un ricordo ossessionante di tantissimi anni prima. «Molleeharrt.»

«Così va meglio.» Elijah annuì. «Non puoi più parlare indiano. Capito? Non sta bene.»

Disperata, Molly frugò la mente, ma senza successo, non riusciva a ricordare nessun'altra delle parole inglesi pronunciate da bambina. Servendosi della lingua comanche, provò a chiedergli di riportarla a casa, ma quel tentativo sembrò peggiorare l'umore di Elijah.

*«*Ne tzaréja Komantcia. Ne tza que Komantcia.*» Si sforzava di dirgli che aveva vissuto con i Comanche ma in realtà non era una di loro. Lui, però, la fraintese.*

«Non puoi tornare indietro» disse, mentre si allontanava trascinandosi dietro i suoi due muli. «Sei bianca, non è giusto. Andiamo. Devi venire con me, e basta! Ho scucito un bel po' per la tua libertà, perciò mi ripagherai cucinando e facendo delle pulizie per qualche tempo. Poi, penseremo a cosa farne di te.»

*«*Ne miar equihtzí neririeté…muyienaet. Taabetzaróehquit!*» Indicò l'est così che la comprendesse. La sua casa era in quella direzione. «*Taabetzaróehquit!*» Doveva andare verso levante.*

«Andremo d'accordo solo se la pianterai di parlare indiano» borbottò Elijah, dirigendosi a sud.

Molly rimase dov'era, immobile, in preda alla frustrazione che minacciava di sopraffarla. Che cosa fare? Con il viso inondato di lacrime, si girò a guardare Torres che contava le monete d'oro. Non aveva davvero altra scelta. Sapeva che da sola non sarebbe mai sopravvissuta e di sicuro non avrebbe mai ritrovato la strada di casa. Ricordava solo che era a est!

Incapace, ancora una volta, di cambiare il percorso della sua vita, nonché troppo debole per superare l'ennesimo ostacolo, seguì Elijah alla velocità che il corpo coperto di lividi le consentiva.

Il vecchio era un tipo un po' strambo e benché la lasciasse letteralmente abbandonata a se stessa per giorni interi, mentre lui scavava gallerie, trascorreva il resto del tempo a divertirla con le sue dubbiose opinioni su gente e luoghi. Così, la ragione per cui viveva una vita da eremita le fu presto chiara. Ma, sera dopo sera, alla luce del fuoco, le aveva insegnato l'inglese con grande impegno, finché la lingua che aveva sempre conosciuto non era tornata prepotente in superficie. La sua improvvisa morte la sconvolse.

Quel luminoso mattino d'estate, Molly si svegliò e notò che il vecchio era ancora addormentato sulle coperte. Avevano un piccolo rifugio, ma quando il tempo era sereno dormivano spesso all'aperto.

Nelle settimane precedenti erano stati fortunati, e qualche tempo prima, incrociando un mercante, Elijah aveva comprato una gallina, così di tanto in tanto consumavano un uovo fresco.

«Svegliati, Elijah» lo chiamò, cercando la padella di ghisa. Si avvicinò a toccargli una spalla ma non vedendolo muoversi affatto, si fermò a guardarlo bene. Non respirava.

«Oh, no.» S'inginocchiò al suo fianco e provò a scuoterlo. «Elijah, svegliati.» Cosa doveva fare? Come poteva aiutarlo?

«Ti prego, Elijah.» Le lacrime le offuscavano la vista. «Ti prego, non mi lasciare» singhiozzò, sforzandosi, poi, di mantenere il controllo ma era chiaro che il vecchio fosse morto. Chinando la testa sulla sua spalla rigida, diede libero sfogo al dolore. Era disperata per la sua perdita, e la sofferenza degli ultimi dieci anni ebbe la meglio.

Molto tempo dopo, intontita dall'angoscia, sedette accanto ai resti dell'uomo e fece mente locale sul proprio stato di completa solitudine. Fu un momento terrificante. D'improvviso, però, ricordò una delle loro ultime conversazioni.

Le aveva detto che essendosi accorto di averla ingiustamente tenuta con sé per tutto quel tempo, era ora di ricondurla dalla sua famiglia e aveva promesso che sarebbero partiti presto verso il Texas.

Delle lacrime sfuggirono agli occhi gonfi e rotolarono lungo le guance.

Uno stormo di scriccioli piombò in picchiata dall'alto e atterrò sopra un cespuglio spinoso. Ciascuno dei paffuti uccellini vi si posò con la corta coda puntata dritta verso il cielo. Il loro canto una serie ritmica di note musicali.

Trr trr trr terit tirit.

Osservò le creaturine dal capo marrone con i loro becchi lunghi, leggermente ricurvi, e una striscia bianca appena visibile su ciascun occhio. Il resto dei corpi era un misto di chiazze marroni, bianche e nere con la soffice parte del ventre venata di chiaro.

Stava chiedendosi come sarebbe stato far parte del loro stormo, non sentirsi soli, quando d'improvviso gli scriccioli ripartirono alla volta del cielo, svolazzando verso nord. Molly lo considerò un segno.

Era ora di tornare a casa.

Ma prima doveva seppellire Elijah. E poiché la sua conoscenza in quell'ambito era limitata a quanto aveva appreso dai Quahadi, procedette con una sepoltura degna di un guerriero comanche.

Vestì Elijah con gli abiti migliori – una camicia chiara e sbiadita e un paio di pantaloni striati di sporco – posizionò le ginocchia contro il petto e avvolse il corpo in una coperta spessa, fermandola con una corda. Impiegando buona parte del pomeriggio, poi, tra conati di vomito e sudore, lo trascinò verso il più vicino sperone roccioso.

Si assicurò che fosse rivolto a est e riempì lo spazio che lo circondava con grandi sassi e sterpi secchi. Gli pose accanto gli averi più preziosi: piccone, tabacco e un sacchetto con dell'oro; quel che ne restava, insieme all'argento, lo tenne per sé. Forse era egoista, ma sapeva che ne avrebbe avuto bisogno per tornare in Texas.

I muli non riuscì a trovare la forza di ucciderli… e poi le sarebbero serviti anche quelli. Pazienza, Elijah avrebbe dovuto entrare nell'aldilà a piedi. Sperava solo che non sarebbe stato troppo arrabbiato con lei.

E continuava a sperarlo. Dopotutto, ad Albuquerque ne aveva ricavato un buon prezzo.

MATT SI FERMÒ e smontò da cavallo.

Nel guardarlo, Molly si sentì pervasa da un senso di sicurezza, di protezione. Era una sensazione strana, che non provava da molto tempo.

Non aveva l'obbligo di aiutarla, eppure lo aveva fatto. E sospettava che avrebbe continuato a farlo. Non doveva per forza difenderla, ma non le era sfuggito il lieve movimento della mano accanto alla fondina quando George Sawyer aveva preso a trattarla come merce. Se fosse stato necessario, era certa che Matt si sarebbe battuto per lei contro tutti quegli uomini, incluso Davis Walker.

Avere un simile alleato dalla sua parte era un'esperienza nuova. Così come la paura che potesse accadergli qualcosa.

Mentre lui toglieva le selle dai cavalli, li conduceva a un ruscello lì vicino, quindi li sfamava e spazzolava, Molly raccoglieva della legna e rifletteva sui sentimenti confusi che provava nei suoi confronti. Una volta avviato il fuoco, prese una piccola pentola di rame e andò a riempirla al torrente, poi la mise a bollire. Tirò fuori parecchie buste da quanto di proprio aveva con sé e iniziò a preparare il cibo.

Dopo aver impastoiato gli animali su uno spiazzo erboso poco distante da loro, Matt si avvicinò al fuoco e lasciò cadere la bisaccia lì vicino.

«Ho già da mangiare» disse con voce dura e secca.

«No» rispose Molly, sorpresa da quel comportamento brusco. «Vorrei prepararti qualcosa io.»

«Serpente bollito?» Il tono adesso era decisamente sprezzante.

«Scusa?»

«Non sei cambiata affatto, Molly. Corri ancora dietro a serpenti e stupide idee. Finirai ammazzata» dichiarò forte e chiaro, lasciando le parole sospese nell'aria che li divideva.

Scossa da quell'esplosione, Molly si sentì come investita da un secchio di acqua gelida. «Pensi che dare la caccia a Davis Walker sia stupido?»

Matt gettò il cappello per terra e si passò una mano tra i capelli scuri. «Non so che cosa pensare di Walker. Credimi, mi piacerebbe davvero assicurare il colpevole alla giustizia, ma a che prezzo? Sei viva, Molly, al di là di ogni aspettativa. Forse dovresti semplicemente andare via, senza guardare indietro. Iniziare una vita nuova in qualche altro posto, sposarti, avere figli, essere felice. E restare viva.»

«Vuoi che vada via» ripeté lei, fissando rigida il fuoco. «Che lasci il Texas... che lasci te?» aggiunse prima di riuscire a fermarsi.

I loro occhi s'incontrarono e il desiderio che lesse in quelli di Matt fu tanto esplicito da scuoterla fin nel profondo. La voleva. Non vi era dubbio. Molly si sentì impaurita e vittoriosa al tempo stesso: la considerava una donna. Quel pensiero le regalò una sensazione che scaldava il ventre, subito seguita da un'incontenibile ansia legata al nuovo stato di cose tra loro.

Matt scosse la testa. «Non guardarmi così.»

«Così come?»

«Non accadrà un bel niente tra noi due.»

«Ma che dici?»

«Non porterebbe a nulla di buono.»

Molly si alzò, rossa per l'umiliazione. «E che cosa ti fa pensare che sia *io* a volere che accada qualcosa?»

Con la paura che gli lampeggiava negli occhi, Matt la fissò dall'altra parte del fuoco. Sì, paura, proprio così. Ma perché?

«Sei stato un buon amico per me» gli disse piano. «E apprezzo tutto quello che hai fatto sin dal mio ritorno in Texas. Io… non mi aspetto nient'altro.» Subito dopo averle pronunciate, però, seppe che le ultime parole erano una bugia. «Mi dispiace tu abbia frainteso» continuò a mentire. Ma lui ci aveva visto giusto. E che Dio l'assistesse, a un certo punto in quegli ultimi giorni se ne era innamorata perdutamente.

I suoi occhi in penombra saettarono tra lei e il fuoco. Con la mandibola tesa, Matt sembrò sul punto di dire qualcosa, ma non lo fece.

Bisognosa di allontanarsi, di nascondersi finché non si fosse schiarita le idee, Molly tornò al torrente. A se stessa disse che avrebbe raccolto altra acqua, ma quando immerse la mano si accorse di non essersi portata dietro nessun contenitore.

In preda all'imbarazzo com'era, provò a ricomporsi. Possibile fosse stata così trasparente da lasciare che lui le indovinasse i pensieri con tanta facilità? Non le restava che seppellire i sentimenti, così come aveva imparato fin troppo bene nel corso degli ultimi dieci anni. Facendosi forza, tornò al loro piccolo accampamento.

Matt sedeva accanto al fuoco, gli occhi fissi su di lei. «Molly.» La sua voce infranse il silenzio fino ad allora rotto solo dal crepitio delle fiamme che li separavano.

«Non ho più fame» lo interruppe lei. «Penso che dormirò.» Senza neanche guardarlo, si distese sul proprio rotolo, tirò la coperta fin sulle spalle e si abbandonò con fermezza all'oblio dei sogni.

Ormai del tutto ignorato, Matt fissò lo sguardo sulla schiena di Molly. Era la soluzione migliore, lo sapeva. Così giovane, così innocente. Per un minuto, anzi per un mero istante, aveva pensato che gli stesse offrendo… che cosa? Ciò che più desiderava? Fesserie, nient'altro che un cumulo di fesserie. Molly e ciò che lui più desiderava non potevano figurare nello stesso pensiero, disse fra sé, rimproverandosi per averci anche solo provato.

Gli si era affezionata, certo, e come biasimarla? Aveva bisogno di amicizia, lei, non della sua brama. Qualche ora prima aveva provato rabbia nel vederla rischiare la vita con quel dannato serpente, ma adesso ne provava anche verso se stesso per aver osato riconoscere la possibilità che tra loro ci fosse qualcosa. Anzi, glielo aveva addirittura detto e lei non aveva lasciato dubbi sull'imbarazzo che provava di fronte a una simile prospettiva.

Nathan gli aveva consigliato di tentare la sorte, ma lui non poteva approfittarsi del cuore di Molly o della sua fiducia, e non lo avrebbe fatto. La vita l'aveva già tradita abbastanza e, gli venisse un colpo, non ci avrebbe messo del proprio.

DOPO UN NOTTE INSONNE, Molly aprì gli occhi all'alba. Un velo di nebbia avvolgeva il campo, ricordandole le interminabili giornate trascorse con i Comanche. Indossò un lungo soprabito per proteggersi dal freddo di quell'ora e si avviò alla ricerca di altra legna da ardere, lanciando appena una mezza occhiata alla sagoma addormentata lì vicino.

In men che non si dica aveva avviato il fuoco, riscaldato dell'altra acqua e aggiunto ingredienti dalle sue bisacce: bacche di mesquite, semi di girasole e parecchi fichi d'india.

Matt si svegliò. «'giorno.» Sedette e si strofinò il viso.

«Buongiorno.» Era concentrata a rimestare il cibo. «Ce n'è anche per te, se ti va» disse, indicando la pentola di rame. «Ma è cibo indiano.»

Lui si accovacciò e tese le mani verso il fuoco per riscaldarle. Aveva dormito vestito e la camicia indaco, adesso fuori dai pantaloni, era spiegazzata. «Non ho niente contro il cibo indiano. Grazie per averlo preparato.»

Molly sbuffò. Era suo amico; non voleva litigarci. Forse era ora d'imparare a convivere con l'irrealizzabile desiderio di un qualcosa in più. «Ho riflettuto.»

Matt la guardò.

D'accordo, forse non ci sarebbe stato altro che affetto fraterno tra loro due, ma di fronte alla sua totale attenzione non riusciva comunque a impedire al proprio cuore di accelerare i battiti. Tutto in lui rimandava a un livello ben più primordiale e selvaggio di quanto fosse decoroso entro i confini di una semplice amicizia.

«Vorrei tornare nel posto in cui i Comanche attaccarono gli uomini e mi portarono via» disse.

Seduto per terra, Matt prese gli stivali e li scosse per assicurarsi che non nascondessero creaturine notturne. «Pensi di riuscire a trovarlo?»

«Non ne sono sicura. Tu per caso ricordi la zona?»

«Forse.» Infilò prima un piede e poi l'altro nelle calzature di soffice pelle. «Cosa pensi ci troveremmo?»

Lei si strinse nelle spalle. «Non lo so, ma è un buon punto di partenza.»

«D'accordo» acconsentì lui. «Ma prima dovremmo fermarci all'SR.»

Molly annuì. «Chiederò a Claire se vuole unirsi a noi.»

Era ormai chiaro che restare da soli non fosse più una buona idea. E, infatti, non dubitava si sarebbe resa nuovamente ridicola.

CAPITOLO QUATTORDICI

Poco dopo mezzogiorno, Molly in testa e Matt alle sue spalle, giunsero in vista dell'edificio principale dell'SR. Durante il viaggio di ritorno non si erano scambiati che una manciata di parole e Matt era di umore abbastanza cupo.

Lo notò all'istante, lo sconosciuto cavallo marrone legato davanti alla casa. Logan doveva aver trovato un altro potenziale marito per Molly, pensò ancora più irritato.

Smontarono entrambi e Matt tese le redini dei due cavalli a Lionel, un ragazzo assunto di recente, quindi fece per raggiungere Molly, ma lei lo aveva già preceduto in casa. Una volta all'interno, vide che l'ospite, un uomo con capelli corti color del grano e tratti molto simili a quelli di Davis Walker, le stringeva la mano. Era Cale.

L'attenzione di quello si spostò sul nuovo arrivato. «Matt, è un piacere rivederti.»

«Ne è passato di tempo» rispose lui, sorridendo e stringendogli a sua volta la mano. «Come stai?»

«Tutto sommato, non mi lamento.»

Matt notò che erano presenti anche Logan e Claire, nonché i suoi genitori. «Ho visto il tuo vecchio, ieri sera.»

«Ci sto andando adesso» rispose Cale. «Passavo di qui e ho pensato di fermarmi a salutare.»

«Matthew» s'intromise sua madre «com'è andata al ranch Bautista? Avete trovato l'uomo che cercavate?»

Matt annuì, poi vedendo che Molly era sul punto di togliersi il soprabito, si avvicinò per aiutarla. L'espressione sul suo viso lo fece sentire invadente, ma prese comunque l'indumento.

«Fu Whitaker a portarla via» disse, andando ad appendere lo spolverino nell'atrio e tornando subito in salotto. «A parte questo, però, non ha fornito nessuna prova conclusiva.» Non sapeva quanto fosse saggio aggiungere in presenza di Cale.

«Posso essere d'aiuto?» chiese quest'ultimo.

«Non gli abbiamo ancora detto niente» dichiarò Susanna.

Cale assottigliò lo sguardo. «Perché ho l'impressione di essere incappato in qualcosa?»

«Hai sempre avuto il dono del tempismo, tu.» Logan sedette sul divano accanto a Claire.

«Cale» intervenne Jonathan «ti abbiamo presentato Molly, ma… abbiamo omesso di chiarire la sua identità.»

Senza muoversi dal posto che occupava accanto alla porta della stanza, lei si tolse il cappello. Matt la osservava e notando il suo imbarazzo nel riavviarsi i capelli, avvertì il desiderio improvviso di attirarla a sé.

Cale tornò a guardarla. «Ci conoscevamo già?»

«Sì» rispose lei, esitante. «Sono Molly Hart.»

Lui indurì l'espressione e spostò lo sguardo su Matt. «Non lo trovo divertente.»

«Non è uno scherzo, figliolo» disse Jonathan. «Sembrerebbe che, in tutti questi anni, ciò che pensavamo fosse accaduto a Molly era sbagliato. Il corpo che trovasti non era il suo.»

Cale scoccò un'altra occhiata nella sua direzione. «Come diamine è possibile?»

«Uccisero un'altra bambina» rispose Molly. «Era suo il corpo che trovasti.»

«E tu dove saresti stata?»

«Ho vissuto con i Comanche per otto anni.»

Cale la fissò, chiaramente basito.

«È tornata a noi da poco» disse Susanna. «È stato un colpo un po' per tutti.»

«Davvero violento per me» ribatté Cale. «Ero sicuro che il corpo fosse suo. Chi era l'altra?»

«Si chiamava Adelaide» rispose Molly. «Quella notte era molto agitata e non smetteva di urlare. Gli indiani la uccisero in maniera davvero brutale.»

«Ma c'era la croce» insistette lui, imperioso.

«Gliela lasciai io, per facilitarne il viaggio.»

Cale ammutolì, i suoi occhi lampeggiavano come appartenessero a una fiera costretta in un angolo. Quanto più si sforzava di riflettere sul ritorno di Molly dalla morte tanto più i tratti spigolosi del suo viso si facevano duri e inflessibili. Matt lo capiva, solo qualche giorno prima aveva provato la stessa totale incredulità.

«Andiamo» gli disse. «Dammi una mano fuori, vuoi?» Gli avrebbe raccontato dei sospetti su suo padre senza che gli altri sentissero.

Nell'uscire, i suoi occhi indugiarono sull'adorabile viso di Molly. Una leggera scottatura arrossava le lentiggini sparse sul suo nasino. Gli occhi azzurri ricambiarono lo sguardo con ansia e preoccupazione, indubbiamente gravate da pensieri del passato.

Un passato irrisolto, carico di dolore, perdita e un cuore infranto.

Quello di Molly, disse a se stesso. Quanto lui aveva provato allora – e provava ancora adesso – era di secondaria importanza rispetto alla donna che gli stava davanti.

La donna.

Già. Non più la bambina che per anni era vissuta nei suoi ricordi, bensì la donna in carne e ossa che lo tentava come nessun'altra prima di allora. Non sapeva spiegarselo, ma un rabbioso buonsenso gli impediva di indugiare sul notevole significato di quel ritorno nella sua vita.

Gli uomini decisero che sarebbe stato meglio cavalcare fino al luogo del rapimento di Molly la mattina seguente. Cale partì per il ranch di Walker, ma acconsentì a tornare all'alba per aiutarli a individuare il punto preciso, in fin dei conti era stato lui a trovare il corpo della piccola Adelaide.

Matt evitò la cena. A dire il vero, dacché erano tornati, quel pomeriggio, Molly aveva notato come fosse riuscito a evitare del tutto anche lei. Chissà, magari aveva delle faccende da sbrigare in giro per il ranch. Non c'era davvero ragione di essere tanto suscettibile.

Con indosso camicia da notte e vestaglia avorio, lasciò la camera da letto – insieme a Claire occupavano adesso le stanze degli ospiti al secondo piano che Susanna aveva fatto rinnovare di recente – andò in punta di piedi alla stanza di fianco alla sua e bussò.

La porta si aprì.

«Ho bisogno di un po' di compagnia» disse. «Non stavi dormendo, vero?»

Claire scosse la testa. Indossava una camicia simile alla sua, con la treccia bionda che scendeva sulla spalla. «Entra» la invitò, facendosi da parte. «Leggevo un po'. Susanna è stata tanto cara da lasciarmi scegliere qualcosa dalla collezione nell'ufficio del signor Ryan.»

Molly sedette sulla sponda del letto con la sopraccoperta di pizzo. La stanza di Claire era bella quanto la sua, l'arredamento delicato e invitante. Di fronte al camino in pietra, un grande letto a quattro colonne occupava la metà del pavimento, con una toeletta, due comodini e uno stretto scrittoio a completare la mobilia, mentre tende di cotone verde chiaro coprivano la finestra sulla parete di fianco.

Le piacevano, le loro camere, ma era per quella di Matt che provava una malinconica brama, immaginandolo lì, addormentato nel proprio letto. Meglio concentrarsi su altro.

«Come stai?» chiese all'amica. Non avevano avuto molte occasioni di parlare ultimamente.

«Bene.»

«Pensi ancora di tornare a casa?»

Seduta su una sedia di fronte a lei, Claire annuì. «Sì. Credo che partirò presto.»

«Me lo aspettavo.» Molly era sorpresa che l'amica fosse rimasta con lei tutto quel tempo. «Ti va di parlare di quello che ti successe prima che ti trovassi?»

Claire esitò. «Hai cose più importanti a cui pensare. Credi davvero che Davis Walker sia responsabile dell'attacco?»

Molly sollevò i talloni nudi sulla base del letto e mise i gomiti sulle ginocchia, quindi poggiò il mento sul palmo di una mano. «Non so. Quell'uomo, Whitaker… sono certa che fu lui ad afferrarmi quella sera. Aveva una voce particolare. E poi ieri notte, al ritorno, Matt e io abbiamo visto Davis.»

«E allora?»

«È stato per puro caso. Matt voleva evitarlo del tutto, ma lui ci ha visti.»

«Sapeva chi fossi?»

«No. Non credo.»

«Cosa pensi di fare?»

Molly si morse il labbro. «Restare qui, per adesso. Non ho nessun altro posto, almeno non finché non avrò ricevuto notizie da Mary o Emma. Poi, immagino che andrò a trovare una delle due. Se vuoi» disse guardando Claire «posso tornare con te a Santa Fe. Te lo devo per avermi accompagnata qui.»

«A dire il vero, sono di una città a est da lì, si chiama Las Vegas e si trova proprio sul Sentiero di Santa Fe.»

«Bene, allora ci andrò con te.»

«Non è necessario. Il signor Ryan mi farà scortare da uno dei suoi aiutanti. E poi, la vita qui con loro è confortevole. Dovresti restare.»

«Già, confortevole» borbottò lei.

«Perché? È successo qualcosa?»

Esitante, Molly si sistemò una ciocca di capelli dietro l'orecchio. «Un malinteso.»

«A proposito di cosa?» Claire andò a sederle accanto sul letto.

«Matt e io, ehm, eravamo da soli ieri sera e...»

L'espressione allibita sul viso dell'amica la bloccò. «Oh no» riprese poco dopo «non è come pensi. Cioè, credo che Matt pensasse che io *pensassi* che dovessimo, ma non era così.»

«Non sono sicura di seguirti.»

«Neanch'io. Trovi che Matt sia bello?»

«E perché no? Tu?»

«Io... penso di sì.»

«Capisco.»

«Sì?» Molly non era abituata a confidenze tra amiche.

«Sei mai stata con un uomo?»

Lei scosse la testa. «Tu?»

«No, ma diciamo che, forse, so qualcosa in più sull'argomento.»

«E com'è possibile?»

Anche Claire sollevò i piedi sul telaio del letto. «Ho un sogno. Abbastanza difficile da realizzare.»

«Quale?»

«Voglio diventare dottore.»

«Beh, non è difficile» disse Molly.

Claire fece un sorriso impacciato, poi scosse la testa. «Non ho soldi, e sono una donna. Non potrei frequentare la scuola di medicina con uno solo di questi punti a sfavore, figuriamoci entrambi. E c'è dell'altro: sono cresciuta in un bordello.»

«Davvero?» Molly non sapeva come si comportassero le donne in un posto del genere, ma era abbastanza certa che Claire, tranquilla e dalla voce tanto dolce, non fosse una di loro.

«Ti prego, non dirlo ai Ryan» si affrettò a supplicarla l'amica.

«È per questo che sei stata picchiata?»

«È una lunga storia. Mia madre gestisce un saloon, e… ci sono sempre uomini che vengono e vanno. Alcuni sono buoni. Altri no. Promettimi che non lo racconterai ai Ryan. Sono stati cari con me e davvero non vorrei che pensassero il peggio.»

Molly le strinse la mano. «Te lo prometto.»

I tratti di Claire si distesero per il sollievo. «E adesso, torniamo al tuo dilemma. Da quanto ho potuto osservare, la maggior degli uomini – quelli come Matt e Logan – preferiscono donne che non siano troppo false.»

«Troppo false?»

«Sì, che non s'imbottiscano gli abiti per far apparire il seno più abbondante di quel che è, o che non s'imbellettino tanto le guance da sembrare delle ciliegie candite.»

«E questo dovrebbe aiutarmi?»

Claire sbuffò e poggiò il mento sul palmo di una mano, quindi sospirò. «Non ne ho idea. Gli uomini entrano nel saloon e pagano per fare del sesso. È un fatto abbastanza semplice. Succedeva così anche con i Comanche?»

«Non che io sappia, ma c'è da dire che la maggior parte degli uomini aveva parecchie mogli. Se una di loro scontentava il guerriero, lui passava semplicemente a un'altra, immagino.»

«Conveniente, per gli uomini almeno. Ma le donne?»

«Non spettava a loro decidere» rispose Molly.

«Già, non gli spetta mai.» Spostò la treccia sul petto e prese a giocherellare con le punte. «Vuoi che Matt si accorga di te?»

«Non lo so.»

«Beh, c'è la questione della gravidanza da considerare.»

«Scusa?» disse Molly piano.

«Tu lo sai, che cosa accade tra un uomo e una donna, giusto?»

Molly ripensò agli accoppiamenti tra cani nel campo dei Quahadi, prima che la maggior parte di quelle bestie venisse mangiata, come, naturalmente, accadeva durante i rigidi inverni. «Ho una vaga idea.»

«Se hai rapporti con Matt, potresti rimanere incinta. Pensi che ti sposerebbe?»

Molly si strinse nelle spalle. Non ci aveva mai pensato prima.

«Ci sono modi per evitarlo» proseguì Claire «ma gli uomini sono particolari, quando si tratta di donne che intendono sposare. Se fai l'amore con Matt e poi lo lasci, un altro potrebbe non essere disposto a sposarti. Peggio ancora, corri il rischio di ritrovarti con un figlio senza essere sposata.»

Quante complicazioni, rifletté Molly, e nessuna a cui avesse mai pensato prima. Ma forse Matt lo aveva fatto. Era di sicuro più esperto in queste faccende.

«Se decidi che ne vale ancora la pena, però, ti converrà gettare l'esca.»

«In che senso?» chiese Molly, più che mai curiosa.

«Fa' in modo che ti desideri in maniera incontrollata.»

«Come?»

Claire sospirò. «Beh, il sesso è probabilmente in cima ai desideri della maggior parte degli uomini, ma tu farai bene a non giocare quella carta. E poi, può trovarne a volontà.»

Quel pensiero era sconcertante, a tal punto che Molly provò una fitta di gelosia verso ogni donna senza nome e senza volto che Matt avesse mai incontrato o potesse incontrare in futuro.

«Che ne diresti di farlo ingelosire?» suggerì Claire come se le avesse letto il pensiero.

Molly scosse la testa. «Già so poco su come attrarre gli uomini, figuriamoci farli ingelosire. E poi… funziona davvero?»

Ripensandoci, Claire fece cenno di no. «Mmm… forse hai ragione tu. E se facessi la preziosa?»

«È abbastanza contento di evitarmi, ultimamente. Se facessi come dici, finirei col non vederlo più.»

Claire rise, strappandole un sorriso.

La sua situazione non era cambiata, ma Molly si sentiva decisamente meglio per averne parlato con qualcuno.

«Forse dovresti portarlo via, in qualche posto sperduto con nessuno in giro, solo voi due» tornò a suggerire Claire. «Se non riesce a trovare la strada del ritorno, sarà costretto a fare affidamento sulla compagna di viaggio. E se tu non lo sfami, s'indebolirà e capirà di non poter vivere senza di te.» Era chiaro che quell'idea le piacesse molto.

Molly ridacchiò come non le capitava dai giorni con le sorelle, ormai troppo tempo prima. «È un Ranger, Claire. Fino a che punto pensi che riuscirei a fargli perdere la via del ritorno?»

«Beh, se battesse la testa su un sasso…»

Seguirono altre risate.

«Mi prometti una cosa?» disse Claire.

Asciugandosi gli occhi, Molly fece cenno di sì.

«Dimmelo, se riesci a trovare qualcosa che funzioni.» L'espressione dell'amica era quasi malinconica. «Mi piacerebbe molto sapere che il lieto fine esiste davvero.»

«Già, anche a me» rispose Molly, di nuovo seria.

Un lieto fine. Nei loro mondi? Impossibile.

CAPITOLO QUINDICI

Il mattino seguente, dopo colazione, partirono. Jonathan e Susanna, Logan e Claire, Cale, Matt e Molly in testa a tutti, con Cale pronto ad aiutarla quando la sua memoria vacillava un po'. Matt la seguiva da vicino e benché lei cercasse d'ignorare la sua presenza, le stava sempre alle costole.

Forse provava davvero qualcosa per lei, si disse, scaldata da quel pensiero. Forse i suggerimenti di Claire non erano poi così ridicoli com'erano parsi la sera prima. Magari aveva solo bisogno di una spintarella nella direzione giusta. La sua mente indugiò in quelle riflessioni per l'intera durata della lunga cavalcata mattutina a ovest, verso il territorio per tanto tempo dominio dei Comanche.

Man mano che riconosceva i paesaggi, i ricordi a loro legati riaffioravano. Su insistenza di Susanna, aveva indossato un abito di cotone blu scuro a fondo svasato, ma lo sentiva comunque stretto e piuttosto limitante nei movimenti, al punto da provare il bisogno impellente di strapparselo di dosso e cavalcare a pelo in sottoveste, proprio come faceva quando era con i Quahadi. Che strano desiderare, anche solo per un istante, di tornare a quei tempi. Il forte desiderio, però, era presente e la trascinava in un passato che pensava di aver archiviato nella sua mente ormai da tanto.

In sella a Pecos che saliva su per una collinetta, Molly scrutò l'orizzonte da sotto la tesa del cappello. «Penso fu in questo punto che i Comanche attaccarono.»

«Il corpo della bambina lo trovai a circa cinque miglia da qui, in direzione nord» disse Cale Walker.

Molly lo guardò. Era alto, ben piazzato e saldo quanto Matt. I tratti del viso erano più delicati, ma lo sguardo che leggeva nei suoi occhi celesti era altrettanto ostinato. Sapeva che era più o meno coetaneo di Matt – all'incirca ventisette o ventotto anni – tuttavia, al pari di questi, sembrava più vecchio della sua età, induriti com'erano entrambi dalla vita e dalle sofferenze. Si chiese che genere di tristezza affliggesse Cale.

«Dividiamoci e diamo un'occhiata in giro» suggerì Matt.

«Già, penso che andrò nel posto in cui trovai il corpo» concordò Cale. «Ci rivediamo tutti qui.»

«Bene» rispose Matt. «Logan, perché tu e Claire non perlustrate la zona a sud della valle? Pa', tu e Ma' andate a est. Io seguo te, Molly.»

Annuirono tutti quanti, quindi si avviarono nelle rispettive direzioni.

Dopo un po' che cavalcavano, Matt e Molly entrarono in un boschetto di ginepri e mesquite sul fondovalle. Incapace di trattenersi, quando lui accostò il proprio cavallo al suo, Molly disse: «Se stai cercando di evitarmi, dovresti impegnarti di più.»

Matt le lanciò un'occhiata tagliente. «Non sto affatto cercando di evitarti.»

«Tranquillo. Quando sarà tutto finito, probabilmente andrò da mia zia Catherine a San Francisco. Lì dovrei essere in grado di trovarmi un buon marito e avere una nidiata di bambini. Sei più sereno, adesso?»

Non ci avrebbe giurato, ma le sembrò di sentirlo imprecare a denti stretti. «È *questo* che vuoi da me, giusto?» insistette.

«Voglio soltanto che tu sia felice.»

«Temo che per me la felicità non sia più possibile. Lo sarebbe per te? Che cosa speri per il futuro?»

Silenzio. Continuarono a cavalcare e finalmente, dopo aver indugiato a lungo su quella domanda, Matt si decise a rispondere. «Adesso che ci penso, immagino di non essermi mai preoccupato troppo di obiettivi futuri» confessò alquanto perplesso.

«Arruolarti nell'esercito era un obiettivo» suggerì lei.

«In un certo senso.»

«E unirti ai Rangers?»

«Aveva un suo scopo.»

«Cioè?»

«Aiutare gli indifesi.»

«È un sogno ammirevole.»

Matt scosse la testa e Molly ne approfittò per lanciargli un'occhiata furtiva. Risoluto e possente, era un avversario da non sottovalutare, e di aspetto tanto gradevole da procurarle una fitta al cuore. I tratti marcati del profilo, il corpo alto e asciutto così a proprio agio sul suo destriero… le visioni prendevano fuoco nella mente e nel cuore. Matt non era che un sogno di forza virile e bellezza, un uomo e al tempo stesso una visione. Vicinissimo, eppure impossibile da raggiungere.

«Quello che penso io, Molly» i loro sguardi s'intrecciarono «è che ho trascorso gli ultimi dieci anni a fuggire da te.»

La sua ammissione la confuse. «Non capisco.»

«Quando ti credetti morta» disse lentamente e scegliendo con cura le parole «si spense qualcosa anche in me. Eravamo amici, allora, e di sicuro sai quanto tenessi a te. Non puoi immaginare il mio dolore quando Cale tornò con quel corpo, quando tutti pensarono che fossi morta in maniera tanto crudele e atroce. Una parta di me ne rimase uccisa. E per dieci anni, ho continuato a fuggire da quel ricordo, sforzandomi di tenerlo a bada, d'impedirgli di tormentarmi» disse, respirando a fatica. «Il senso di colpa mi dilaniava» aggiunse in un sussurro.

Man mano che lo ascoltava, Molly iniziava a comprendere. La

consapevolezza di quanto avesse tenuto a lei le riempiva il cuore e al tempo stesso lo svuotava, perché adesso conosceva bene la ragione per cui non l'avrebbe mai toccata.

«Non ti userò per curarmi le ferite. Hai sofferto abbastanza di tuo, ma farò tutto quel che posso per aiutarti a trovare la felicità.» Tanto le parole quanto il suo sguardo la trapassarono.

Che cosa gli era accaduto? Sembrava non credesse più a niente.

«Ti sbagli» ribatté lei rabbiosa, rifiutandosi di fargliela passare tanto liscia. «È vero, ho sofferto, ma non quanto te, perché nonostante tutto io credo ancora al potere dello spirito umano. A differenza tua. Ed è vero che non sei più il Matt che ricordo io, perché lui non si sarebbe mai arreso. Avrebbe vissuto la sua vita, l'avrebbe abbracciata. Sì, ce n'è di crudeltà nel mondo – e ho il sospetto tu ne abbia vista molta più di me – ma che senso ha vivere se le permettiamo di batterci? Mi hai chiesto come ho fatto a sopravvivere tutti questi anni. Beh, la risposta è tutta in un'unica parola: speranza. Senza quella, avrei ceduto e sarei morta già dopo i primi giorni con i Comanche. Invece, ho tenuto duro. E sono tornata.»

«Ma a una realtà molto diversa da quella che ti aspettavi» insistette Matt, in tono frustrato.

«Sì» concordò lei. «Vero. I Quahadi, però, mi hanno insegnato una cosa. Il mondo è in continuo cambiamento. La terra, le stagioni, tutto porta con sé qualcosa di nuovo. E se non sei in grado di adattartici, muori. Tutto qui. Non puoi avere paura del cambiamento.»

Ma era proprio quella che leggeva nei suoi occhi: *paura*. «Che ne è stato di te?» chiese incalzante, sorpresa lei per prima dal rancore che provava nei suoi confronti. «Perché sei così timoroso?»

«Se proprio vuoi saperlo, non è timore, bensì rimpianto. Torni nella mia vita e metti tutto a soqquadro, poi mi guardi col desiderio innocente di una bambina.»

«Non sono una bambina» fu la risposta piccata.

«Il problema è proprio quello. Sto facendo l'impossibile per comportarmi bene, maledizione, ma tu sei determinata a stuzzicarmi.»

«Ah, così non sarei che una scocciatura per te, eh?»

«Non è ciò che intendevo.»

Gliel'avrebbe fatta vedere lei, la *bambina*. Spronando Pecos al galoppo, se lo lasciò alle spalle. Ormai sembrava non riuscissero più neanche a conversare senza litigare.

Pecos si stava aprendo un varco tra la sterpaglia circostante quando, all'improvviso, s'impennò e quasi disarcionò la sua cavallerizza. Stringendo con forza le redini, Molly intravide un gran trambusto, animali dappertutto. Fu allora che Pecos iniziò a correre a rotta di collo.

Molly pensava di aver visto un orso, ma grida di incitamento e latrati riempirono l'aria. Azzardando un'occhiata alle sue spalle, si accorse che non si trattava di un orso, bensì di un fuggi fuggi di bestiame inseguito da un branco di coyote e lupi. Pecos saettava avanti e indietro, evitando cactus e sterpi. Il cappello di Molly volò via dalla testa, mentre gli animali impauriti continuavano a correre senza tregua.

Ci furono degli spari, ma lei non avrebbe saputo dire da che parte arrivassero. Intanto, Pecos continuava la sua corsa furiosa verso sud. Su una lieve altura davanti a sé, Molly vide Logan e Claire, ancora in sella ai propri cavalli, che la guardavano. L'amica, il cui abito da amazzone scuro si confondeva con il colore bruno del cavallo, si sforzava di trattenere l'animale agitato mentre Logan puntava il fucile in direzione di Molly.

«Sta' giù!» urlava. «Spostati!»

Molly ci avrebbe anche provato, ma aveva ben poco controllo sul sentiero che Pecos sceglieva. L'animale correva seguendo semplicemente il proprio istinto. Senza preavviso, infatti, tagliò a sinistra, scaraventandola per terra. L'impatto fu tale da toglierle il respiro ma, consapevole di essere ormai in pericolo, si sforzò di rimettersi in piedi.

Il bestiame, almeno dieci o quindici capi, arrivava sparato verso di lei quando, apparendo dal nulla, Matt lo superò ponendosi alla sua testa. Si piegò sul fianco e tese il braccio in fuori. Molly sapeva che intendeva sollevarla in groppa al proprio cavallo, così si preparò ad afferrarlo, ma scivolò su un piede e cadde indietro, lasciando andare la presa. Matt impennò il cavallo e i suoi piedi toccarono terra mentre le urlava qualcosa che, però, lei non riuscì a capire. I suoi occhi erano fissi sugli animali che ormai le erano quasi addosso.

In preda al panico, provò ad arrampicarsi sul fianco della collina, ma la terra non era abbastanza compatta. D'un tratto, sbuffando, i *longhorn*, e Matt, la investirono. Una frazione di secondo e si ritrovò col viso schiacciato nel terreno e Matt addosso. L'aveva coperta con il proprio corpo.

Quelle enormi bestie destinate a calpestarla erano passate su di lui.

Si girò sotto il suo corpo che ancora la copriva, e, adesso distesa sulla schiena, lo chiamò. «Matt? Matt?» Sentiva il suo viso sul seno. Gli afferrò la testa con entrambe le mani e provò a tirarla su. «Stai bene?»

Lui sollevò gli occhi su di lei, chiaramente intontito, e cercò di riprendere fiato. «Mai stato meglio» disse con voce strozzata, ma a Molly non sfuggì la smorfia di dolore che gli attraversò il viso quando provò a muoversi piano.

Nel frattempo, Logan e Claire si erano precipitati giù per la collina. «Non ti muovere, Matt» disse suo fratello.

«Non ci penso neanche» rispose lui a fatica.

Aveva perso il cappello, così Molly gli toccò il viso per affondare poi le dita tra i suoi capelli. Era evidente che soffrisse e, mettendogli una mano sulla fronte, cercò di confortarlo.

«Penso che il tuo piede sia fracassato» annunciò Logan.

«Ma va'» bofonchiò Matt.

«Le costole come stanno?»

«Sono state le gambe ad avere la peggio.»

«Claire, dammi una mano» disse Logan, cercando di raddrizzare la gamba di Matt.

Molly vide la sua fronte imperlarsi di sudore e le vene del collo gonfiarsi mentre lottava con se stesso nel tentativo di contenere la sofferenza che quell'operazione gli provocava. D'istinto, gli strinse le braccia intorno alle spalle, desiderosa di farsi carico almeno in parte del suo patimento. Senza pensarci, abbassò il viso sui suoi capelli e prese a baciargli la testa, a mormorargli parole. Lui la strinse a sé e le lacrime le bruciarono gli occhi.

«Adesso ti giro» disse Logan.

Riluttante, Molly lasciò andare Matt che si allontanava da lei. Claire le fu subito al fianco. «Ti sei fatta male?»

Molly si mise a sedere. «No, sto bene» disse, sentendosi solo un po' ammaccata.

Intanto, si avvicinavano e smontavano in fretta da cavallo anche Jonathan e Susanna. «Che diamine è successo?» chiese questa, correndo a chinarsi accanto a loro due.

«Quei maledetti coyote hanno spaventato una mandria di buoi.» Logan guardò ancora una volta tutt'intorno. Nubi scure si erano formate nel cielo e il vento soffiava sempre più forte.

«Dobbiamo riportare Matt al ranch» disse Molly.

«Posso cavalcare» rispose lui. «Dovete solo accompagnarmi al cavallo.»

Jonathan diede la sua arma a Susanna, quindi aiutò Logan a mettere Matt in sella, mentre Claire sosteneva Molly nel rialzarsi.

«Che cos'è stato?» chiese Cale unendosi a loro.

«Un serra serra di zoccoli» rispose Logan. «Il piede di Matt potrebbe essere fratturato.»

«Vuoi che gli dia un'occhiata?» chiese l'altro.

«Accipicchia, non sapevo fossi un dottore» disse Matt, sistemandosi in sella con una smorfia di dolore.

«Ho trascorso del tempo con un guaritore apache. Ma quasi quasi ti lascio soffrire.»

Matt imprecò a denti stretti.

«Forse Claire può essere d'aiuto» offrì Molly, con uno sguardo di supplica verso l'amica.

Quella esitò un istante, poi rispose: «Ho un pizzico di esperienza nel sistemare ossa rotte.»

Cale annuì. «Sempre meglio quattro mani che due sole. Prima, però, suggerisco di tornare all'SR; probabilmente, ci sarà bisogno di fasciare il piede. E poi la tempesta si sta avvicinando e sarebbe bene non indugiare oltre. Ma qualcosa di utile l'ho trovato.»

«Che cosa?» chiese Jonathan, trattenendo il cappello contro una folata di vento.

«Un mucchio di ossa, sepolte sotto un crinale. Si direbbe appartengano a parecchi uomini. Non ne sono certo, ma potrebbe trattarsi di quelli uccisi dai Comanche… quelli che portarono via Molly. Qualcuno si è affannato a nascondere i corpi.» Cale spostò lo sguardo sulla tempesta ormai imminente, sembrava preoccupato. «Per forza non li abbiamo mai trovati.»

«Lascia che gli parli io, figliolo» disse Jonathan. «Non sappiamo se tuo padre c'entri davvero in questa storia.» I suoi occhi si posarono su Molly. «Non sto ignorando ciò che tu pensi possa essere accaduto, Molly, ma questa è una faccenda seria. Non ha senso lanciare accuse senza prima avere delle certezze.»

Lei annuì, Jonathan aveva ragione.

«Andiamo» li spronò Susanna ad alta voce. Il vento soffiava più forte adesso. «Il piede di Matthew ha bisogno di cure.»

Logan recuperò Pecos, come pure i cappelli di Matt e Molly, e ripresero tutti il lento viaggio di ritorno all'SR, con Jonathan e Susanna a capo del gruppo, Matt e Molly – incurante di eventuali commenti da parte degli altri, o dello stesso Matt – al suo fianco, Claire, Logan e, per ultimo, Cale.

La pioggia, ormai, veniva giù a catinelle, ma visto che il tempo cambiava spesso quando meno te lo aspettavi, ciascuno di loro aveva pensato bene di portarsi dietro uno spolverino. Inzuppati, con i cappelli che grondavano acqua, procedevano piano attraverso le pianure aperte. Molly era preoccupata per Matt e sua madre si girava spesso a guardarlo, ma lui le assicurava sempre di stare bene. Con il piede penzoloni sul fianco del cavallo, soffriva ma non cedeva. E Molly ammirava la sua forza.

«Perché non lasci a me le tue redini, Matt?» urlò al di sopra della pioggia torrenziale. «Ti stancheresti meno.»

Lui la guardò. «Va bene così» disse in tono fermo.

«Non è un crimine accettare aiuto.»

«Che faccia tosta!»

«Che vorresti dire?»

«Io non chiedevo altro che di aiutarti» ribatté lui. «Ma sembra che non piaccia neanche a te.»

Molly esplose in una risata improvvisa. E cos'altro avrebbe potuto fare? Aveva freddo, era fradicia e stanca. I suoi genitori erano morti, non aveva casa e Matthew Ryan era davvero incavolato con lei. Però aveva un piede malandato, ricordò a se stessa, dunque, a conti fatti, il cattivo umore era giustificabile. Se solo fosse riuscita a dimenticare ciò che aveva provato quando l'aveva stretta a sé e lei si era concessa il piacere di toccarlo. Voleva farlo ancora. Voleva il calore, il contatto. Voleva lui, e nessun altro.

«Che c'è di tanto divertente?» chiese lui torvo.

«Quand'è che hai sviluppato quel caratteraccio?»

Lui s'imbronciò. «Non parlare così. Sei una donna, adesso, non una bambina.»

«Ma bene, grazie al cielo te ne sei finalmente accorto.» Lo guardò dritto in viso con un sorrisino di scherno.

«Già, me ne sono accorto, eccome se l'ho fatto» borbottò lui, girandosi perché non lo sentisse ma… troppo tardi.

La speranza in lei era tornata a riaccendersi.

CAPITOLO SEDICI

Arrivarono all'SR quasi a fine giornata. Opprimenti nuvoloni scuri continuavano a coprire il cielo, ma la pioggia era finalmente cessata. Molly salì a togliersi gli abiti fradici mentre Susanna, Claire e Cale si occupavano di Matt, che padre e fratello avevano messo a letto.

Susanna era stata tanto cara da procurarle diversi abiti e capi di biancheria, una camicia da notte e due paia di scarpe nuove. Molly mise gli abiti inzuppati su una sedia e indossò in fretta un vestito giallino abbottonato sul davanti, quindi consapevole della ragione di tanta foga, si precipitò al piano di sotto: voleva assicurarsi che il piede di Matt sarebbe guarito senza problemi.

Sentendo Jonathan e Claire in salotto, si affacciò a dare una sbirciatina. Una donna anziana sedeva comodamente su una delle poltrone imbottite con una coperta in grembo.

«Molly» la chiamò Jonathan. «Vieni a conoscere la signora McAllister.»

La giovane si fece avanti e restituì la stretta di una mano dalle dita storte e le nocche enormi, poi chiedendosi se per caso le stesse infliggendo dolore, allentò la presa. Il viso della signora McAllister era solcato da rughe profonde, con una pesante massa di capelli grigi raccolti in cima alla testa e le labbra sottili che si stiravano in un sorriso finto. Appariva minuta e fragile, ma il vaglio dei suoi occhi, mentre la scrutava da capo a piedi, lasciava intendere che la donna fosse ben diversa dall'immagine che sembrava voler trasmettere.

«Puoi chiamarmi Elizabeth» disse con accento marcatamente meridionale.

«Lieta di fare la vostra conoscenza.» La donna si decise a lasciarle andare la mano e Molly mosse un passo indietro.

«La signora McAllister è stata sorpresa dalla tempesta» disse Jonathan. «Si fermerà qui da noi per la notte.»

«Grazie infinite, Jonathan» rispose quella in tono soave. «Apprezzo sempre la vostra ospitalità, e poi sarà un piacere trascorrere del tempo con Susanna. Mi sento così sola in quell'enorme vecchia casa da quando Charles non c'è più. A prescindere da questo, davvero non mi aspettavo una simile tempesta. È arrivata all'improvviso.»

«Sarà meglio che dia un'occhiata a Matthew» si scusò Jonathan. «Molly, terreste compagnia alla signora McAllister, tu e Claire?»

«Ma certo» rispose Molly.

«Claire, ci organizzeremo in modo che tu parta domattina» aggiunse Jonathan prima di svanire nel corridoio.

«Vai via domani?» chiese Molly sorpresa.

«Penso sia ora. Il signor Ryan ha chiesto a Lester Williams di accompagnarmi.»

Molly annuì, lieta che Claire tornasse a casa, ma al tempo stesso rattristata al pensiero della sua partenza. L'amica aveva intrecciato di nuovo i capelli ancora bagnati e indossava adesso un vestito a strisce bianche e blu.

Colta da una sensazione di freddo, Molly si avvicinò alle fiamme che bruciavano allegre nel camino di pietra.

«Una giovane donna non dovrebbe vagare da sola nel deserto» disse Elizabeth. «Troppi indiani.»

«Pensavo che quasi tutti gli indiani di questa zona fossero stati trasferiti nelle riserve, non è forse vero?» chiese Molly.

«Così dicono, ma fossi in voi non ci crederei. Mi gioco il servizio buono di mia madre che là fuori ce ne sono ancora parecchi.»

Molly era indecisa su come rispondere, ma qualcosa nel tono di Elizabeth le diceva che sarebbe stato meglio lasciar perdere quell'argomento.

«E allora, qualcuna di voi due è fidanzata con un Ryan?» chiese la donna.

Molly si accigliò. «No, signora. I Ryan sono stati tanto cortesi da ospitarci per un po', solo questo.»

L'altra annuì. «Già, la loro ospitalità è ben nota da queste parti. Sono brava gente. Voi due di dove siete?»

Esitante, Molly sentiva di dover salvaguardare il proprio passato, ma Claire le risparmiò il fastidio di mentire.

«Nuovo Messico.»

«Oh, è ancora un territorio, giusto? Ho sentito dire che non ha leggi ed è pieno di banditi, criminali e altri maledetti pellerossa. Sono come vermi, quelli, strisciano dappertutto. Non riesco proprio a soffrire la loro presenza» concluse, agitando una mano nodosa con fare disgustato.

Claire, il cui sopracciglio era schizzato in su, guardò Molly, che rimase zitta.

«Peccato che Matthew si sia fatto male» proseguì Elizabeth. «È caduto da cavallo?»

«No, signora.» Molly si schiarì la gola. «Sono stati gli zoccoli di una mandria» disse, quindi rivolta a Claire: «Come sta il piede?»

«Niente di rotto, solo lividi e gonfiore. Cale glielo sta fasciando. Si riprenderà.»

Elizabeth annuì con aria d'intesa. «Non mi crede nessuno quando dico che i bovini sono senza dubbio animali pericolosi. Matthew, però, è giovane e forte. Sono sicura che si rimetterà presto. Spero da sempre che la mia Lizzie sposi uno di quei ragazzi.»

«Lizzie?» ripeté Molly. Un fitta di gelosia le fece vibrare lo stomaco. O forse aveva solo bisogno di cibo.

«La mia cara, dolce bambina.» Elizabeth sorrise. «Studia in un collegio di Richmond. È la mia unica figlia e mi manca davvero tanto. Ma tornerà presto e allora non dubito che saranno in molti a corteggiarla. È molto bella. Peccato che Matthew abbia dovuto lasciare i Rangers, ma forse è stato proprio Dio a volerlo.» Sussurrando, come se stesse confidandole un caro segreto, aggiunse: «Sono sicura che Lizzie attirerà la sua attenzione, e a me non dispiacerebbe affatto se diventasse una Ryan.»

Ne aveva avuto davvero abbastanza, pensò Molly. Con un sorriso forzato, disse: «Sarà meglio che vada a controllare se Susanna ha bisogno di aiuto. Dovete essere affamata, signora McAllister.» Dubitava di poter resistere un minuto di più in compagnia della donna che continuava a parlare di sua figlia e Matt. «Vedo se Rosita ha iniziato a preparare la cena.» Si girò in fretta e, con uno sguardo di scusa diretto a Claire, lasciò la stanza per fuggire in cucina.

Matt era disteso con dei cuscini sotto la testa. Cale gli aveva fasciato il piede, ma era gonfio e lo sentiva pulsare, inspirò ancora per calmarsi. Per fortuna non era la stessa gamba che Cerillo gli aveva messo fuori uso. Adesso erano entrambe rovinate, ma non era pentito di quanto aveva fatto. Anzi, non riusciva neanche a pensare a ciò che sarebbe potuto succedere se non avesse protetto Molly da quelle bestie impazzite.

Logan entrò nella stanza con della legna e andò a ravvivare il fuoco nel camino sul lato opposto. Di lì a poco, le fiamme si fecero più intense.

«Ma' non vuole che ti raffreddi» disse il fratello, rialzandosi.

Indossava ancora gli abiti fradici di quando erano rientrati, notò Matt. «Sarai tu a raffreddarti se non vai a darti una sistemata.»

«Non ci sei mai arrivato, eh?» lo stuzzicò Logan. «Sei il suo preferito. In quanto a me, potrebbe trovarmi svenuto nella dispensa con tanto di polmonite, ma insisterebbe comunque che mi alzassi e andassi a raccoglierti delle pesche.»

Cambiando posizione, Matt soffocò un gemito. «E allora dove accidenti sono le mie pesche?»

Logan rise. «Prenditelo da solo, il tuo cibo. Pa' ha chiesto a Dawson di farti una stampella. Dovrebbe essere pronta domani.» Quindi, di punto in bianco, disse: «Claire parte domattina.»

Un lampo di preoccupazione attraversò il viso di Matt. «Va' via anche Molly?»

Logan scosse piano la testa. «Pa' ci manda Lester con lei» rispose, quindi si chiuse nel silenzio.

Man mano che il panico di qualche istante prima scemava, Matt si sentiva pervaso da una crescente sensazione di sollievo. Conciato com'era adesso, non sarebbe stato in grado di correrle dietro. Dannazione. Come doveva comportarsi con lei?

«L'accompagnerei io stesso» disse Logan pensoso «ma Pa' conta su di me per il raduno del bestiame, soprattutto adesso che tu sei fuori uso.»

«Lester è un brav'uomo. Sono sicuro che Claire si troverà bene.» Si sentiva un po' egoista, ma anche felice che Molly restasse.

«Già.» Logan si girò di nuovo verso il fuoco, tornando ad attizzarlo. «Dabbasso c'è la signora McAllister.»

«Che dire? Essere costretto a letto ha i suoi vantaggi, dopotutto.» Matt cambiò nuovamente posizione. Il piede era sollevato su un cuscino, ma ogni qualvolta provava a spostare il bacino, il dolore s'irradiava in tutte le direzioni.

«Infatti.» Logan si alzò e mise le mani sui fianchi. «Fortunato in tutto e per tutto, tu. Hai fame?»

«Non lo so.» Lasciò andare la testa indietro e chiuse gli occhi.

Quel riposo forzato non gli piaceva per niente. Non aveva fatto in tempo a riprendersi dalla lunga degenza per la ferita all'altra gamba che già si ritrovava nella stessa situazione.

«Mando su Molly a tenerti compagnia.»

Matt aprì un occhio a metà, chiedendosi che cosa avesse in mente suo fratello. Eppure, vederla non gli sarebbe dispiaciuto. Anche se avrebbe dovuto. Il fatto era che si sentiva troppo stanco e aveva troppo dolore per quelle considerazioni. Vederla sarebbe stato bellissimo e basta.

«Da due ore, ormai, chiede di te ogni cinque minuti» aggiunse Logan, avviandosi verso la porta. «Penso che Ma' sarebbe contenta di chiudervi a chiave nella stessa stanza, ma non ne farei parola con la signora McAllister. Ti vuole tutto per la sua Lizzie.»

Sfregandosi il viso, Matt non provò neanche a soffocare un gemito. «Non sono materiale da marito.»

«Figurati se non lo so, io. Sei un cocco di mamma.»

Matt rispose tirandogli dietro un cuscino, ma colpì solo la porta che si chiudeva.

Prima di entrare, Molly bussò servendosi dell'altra mano per tenere in equilibrio il vassoio del cibo. Ci fu una risposta smorzata – o era stato un grugnito? – e lei la prese come un'autorizzazione. Chiudendosi la porta alle spalle con un calcio, la prima cosa che notò fu un cuscino per terra, quindi sollevò lo sguardo e quasi lasciò cadere il vassoio.

Seduto sul letto, con il piede adagiato su un guanciale, Matt era senza camicia e, palesemente, senza pantaloni, con le coperte ammassate intorno alla vita. Il suo aspetto le riportò alla mente l'istinto di sopravvivenza di ogni creatura: forza controllata a stento e occhio vigile man mano che la potenziale preda si avvicinava. Il torace esposto alla vista era ampio, muscoloso e villoso. Gli occhi scintillanti la scrutavano, con fare intenso e decisamente primitivo.

«Ma sei sempre di umore così nero, tu?» chiese in tono di difesa. Poi, accorgendosi di essere stata sgarbata, aggiunse: «Scusa, sono sicura che il piede ti faccia male.» Girò attorno al letto e gli tese il vassoio. «Ti ho portato del cibo.»

«Grazie» rispose lui, posandolo al centro del letto.

«Logan diceva che un po' di compagnia ti farebbe bene, ma se vuoi che vada…» Sentiva che restare da sola con lui avrebbe potuto non essere una buona idea. Se la signora McAllister avesse saputo della nudità di Matt, sarebbe svenuta all'istante. Quell'immagine le dipinse un sorriso sulle labbra.

«Che c'è di tanto divertente?» chiese lui.

«Forse non dovrei dirlo» rispose lei, gettando uno sguardo alla porta chiusa oltre la spalla. «Ma scommetto che la signora McAllister troverebbe alquanto impropria la mia presenza in questa stanza… con te praticamente nudo» aggiunse a scanso di equivoci.

Matt rise, come non aveva ancora fatto da quando si erano ritrovati.

E Molly ne fu felice.

«In quel caso, devi assolutamente restare» rispose lui. «Quella donna ficca il naso negli affari di troppe persone.»

«Proprio come immaginavo.» Si girò, trascinò vicino al letto una pesante sedia di legno e sedette. «Che cos'ha detto Cale del tuo piede?»

«Che non pensava fosse conciato troppo male.» Matt ingoiò un pezzo di pane e bevve mezzo bicchiere di latte. «Ma forse ci vorrà una settimana prima che inizi a sgonfiarsi.»

«Devo ringraziarti per esserti lanciato a proteggermi. Quelle bestie sono spuntate dal niente.»

«Già. Non ci vuole molto a spaventarle. La tempesta e i coyote sono stati una pessima combinazione.»

«Pensi che le ossa trovate da Cale siano quelle degli uomini che ci attaccarono?»

«Non lo so.» Preferendo le dita alla forchetta, Matt si portò alla bocca patate e carote in successione continua, finendole in un attimo. «Non c'era nient'altro che avrebbe potuto aiutarci a identificarli. Ma se fossero quegli stessi uomini, allora qualcuno si è preso la briga di nascondere i corpi. In altre parole, è andato subito a cercarli e se n'è sbarazzato prima che arrivassimo noialtri.»

«Hai un'idea di chi potrebbe essere stato?»

Matt scosse la testa. «No. Onestamente, potrebbe trattarsi di chiunque.»

Molly rimase in silenzio.

«Logan diceva che Claire partirà in mattinata» riprese Matt, lanciandosi in bocca straccetti di carne di pollo.

«Così pare.»

«Pensi di andare con lei?»

«No, penso che dovrei restare ancora per un po'. Voglio davvero sapere che cosa è successo ai miei genitori.»

«Potremmo non scoprirlo mai.» Si pulì le dita unte con il tovagliolo e spinse da parte il vassoio. Aveva spazzato tutto il cibo in un lampo.

«Lo so» rispose lei, accigliandosi di fronte al piatto vuoto. «Hai ancora fame?»

«No.» La fissava senza mai staccare gli occhi, mettendola in imbarazzo.

«Allora, forse è bene che vada.» Si alzò.

«Non per forza» disse lui piano «a meno che tu non lo voglia.»

«Non so bene cosa voglio» rispose onesta Molly dopo una breve esitazione.

Mosse un passo verso il letto, poi scuotendo la testa fece per scappare via ma Matt la trattenne. Le dita lunghe e callose le bruciavano la pelle dei polsi. Il cuore batteva forte, si sentiva stordita e sul punto di svenire.

«Molly.» La sua voce profonda l'accarezzò. Il suono del proprio nome sulle quelle labbra fu sufficiente ad accendere in lei un desiderio tanto violento da lasciarla quasi senza fiato. «Non ho risposte a questo.»

«Non ricordo di aver fatto domande.» La sua voce, roca e smaniosa, non sembrava sua.

«Sei giovane e io fin troppo esperto per non comprendere ciò che provi.»

Non riusciva ancora a guardarlo. «Dunque preferisci donne con esperienza?» Claire aveva detto che gli uomini andavano nei bordelli e pagavano per fare del sesso, preferibilmente con donne che sapevano come dare piacere. Ci andava anche Matt? E in quel caso, che speranze aveva, lei, di rispondere a simili aspettative?

«Molly» disse lui in tono più urgente, facendo in modo che si girasse a guardarlo. «Quello che preferisco io non ha niente a che fare con questa situazione. Sei una donna giovane e bella che negli ultimi dieci anni ha passato le pene dell'inferno. È mio dovere proteggerti.»

«E da quando?» Buon Dio, quanta stizza in quelle parole.

«Da dieci anni fa» rispose lui impaziente e inspirando a fondo.

La mano, grande e abbronzata, le stringeva ancora il polso. Molly pensò di sottrarsi a quella presa, ma il pollice le accarezzava le nocche, muovendosi avanti e indietro in maniera ben più che amichevole. D'improvviso comprese che forse neanche Matt era sicuro di ciò che avrebbe dovuto esserci tra loro; magari provava la sua stessa confusione e attrazione. Fu proprio quel pensiero a infonderle un coraggio che sconfinò quasi nell'impudenza quando, rispondendo alla sensazione del momento, prima che il buonsenso la bloccasse, si chinò in avanti e lo baciò.

Un contatto breve, labbra contro labbra che subito si staccarono e rimasero a un soffio le une dalle altre. Matt non si mosse. E la delusione fu bruciante. Era stata troppo sfacciata e adesso ne subiva l'umiliazione. Titubante, rimase lì, come una statua di ghiaccio.

«Mi dispia…»

Duro e inflessibile, Matt le coprì la bocca con la propria, poi le affondò le mani nei capelli e trattenendole la testa la baciò. Molly gli cadde contro e si aggrappò alle sue spalle. Le stava divorando le labbra e non riusciva a respirare, né a pensare, sapeva solo che tra di loro stava esplodendo una tempesta e doveva reggersi forte.

Sopraffatta dalla forza del desiderio di Matt, iniziò a tremare. Il cuore batteva all'impazzata, la pelle era arrossata e calda e i seni reagivano anche al più piccolo movimento di quel corpo virile. Una sensazione smaniosa si risvegliò nel profondo del suo ventre, un bisogno tale da superare la ragione e…

All'improvviso, Matt si fermò.

Molly aprì gli occhi, del tutto smarrita.

«Quello che stiamo facendo è pericoloso» disse lui, con il respiro affannoso che si mescolava al suo. «Non sono un santo, Molly. E tu mi fai dimenticare il bene e il male.»

Riluttante, lei si ritrasse. Si sentiva euforica, ma anche ansiosa per quanto era appena accaduto. La propria innocenza era fin troppo apparente anche a se stessa. La brama di Matt, invece, era quella di un uomo e lei lo aveva baciato con il candore della giovinetta ingenua che, in fin dei conti, era. Forse aveva ragione lui a negare quello che c'era tra loro. Il suo bacio esigeva una risposta che la riempiva di desiderio e, al tempo stesso, incertezza.

Sembrava proprio che non fosse pronta a soddisfare le richieste di un rapporto carnale tra uomo e donna.

Si raddrizzò, sorpresa che le gambe la reggessero ancora, girò attorno al letto, prese il vassoio con i piatti della cena e lasciò in fretta la stanza.

CAPITOLO DICIASSETTE

Matt si chiedeva se a fargli più male fosse il piede o il persistente stato di eccitazione, ma non aveva che se stesso da biasimare per quell'insonne, infelice nottata. Sapeva che non avrebbe mai dovuto baciarla e adesso che era successo non riusciva a pensare ad altro.

Lo aveva attratto con un casto bacio, annientando il suo autocontrollo e la memoria del perché non avrebbe dovuto toccarla, pensò frustrato e consapevole che, lungi dall'essere la fine, l'aver ceduto era solo l'inizio di una ben più lunga lotta per tenerla a distanza.

L'unica consolazione, se tale si poteva definire, era la certezza che starle alla larga non sarebbe stato difficile. Per quanto doloroso, era evidente che Molly fosse rimasta turbata dalla sera precedente e, con tutta probabilità, non avrebbe più voluto nulla a che fare con lui per il resto della sua permanenza all'SR.

Accidenti, era proprio per quella ragione che si era sforzato di starle lontano. La sua bramosia non ci aveva messo che un attimo a spingersi ben oltre contegno e delicatezza. E quanto gli sarebbe piaciuto spogliarla e scoprire ogni lembo del suo innocente corpo. *Innocente.* Ecco perché non poteva toccarla. Meritava più di un incontro libidinoso in cui non era neanche più sicuro di riuscire a controllarsi.

Puoi sempre sposarla.

Quel pensiero lo raggelò.

Non aveva mai voluto sistemarsi. Era sicuro di volerlo adesso? O il recente desiderio di una casa propria e una vita stabile era semplicemente passeggero? Aveva già delle radici. Affondavano nell'SR.

Era restio ad agire d'impulso, lui, sarebbe stato contrario alla sua natura. Attesa, accortezza, ascolto. Questo aveva sempre insegnato ai suoi uomini, in battaglia e fuori. E pazienza. Una dote capace di salvare la vita.

La sera prima, Molly aveva lasciato la sua stanza scossa fino alla radice dei capelli. Non c'era dubbio che avesse avvertito l'attrazione tra di loro, ma era altrettanto chiaro che non fosse affatto preparata a tenerle testa. E come biasimarla?

Forse era arrivato il momento di mettere in pratica quello che aveva spesso predicato: pazienza. Avevano entrambi bisogno di tempo, Molly per abituarsi a lui e lui per decidere se fosse davvero in grado di impegnarsi con lei perché, nella sua situazione, meno di tanto sarebbe stato inaccettabile. Quello che serviva a entrambi era l'opportunità di tornare a conoscersi.

Già sveglio all'alba, decise che dopotutto l'idea di tenerla a distanza non era poi così buona.

Fuori, nella luce del primo mattino, Molly abbracciò Claire che si accingeva a partire, mentre Jonathan e Lester Williams, un uomo più anziano con un'espressione risoluta, preparavano i cavalli. In attesa, poco distante, c'erano anche Logan e Susanna.

«Fammi sapere quando arrivi e dove posso scriverti.»

Claire annuì.

«Ci rivedremo» le assicurò Molly.

«Lo spero» fu la risposta sincera dell'amica. Superando l'imbarazzo dell'addio con un sorriso, aggiunse piano: «Matt non ha battuto la testa su un sasso ma il piede fuori uso è un gran vantaggio per te. Spero che vada come vuoi tu.»

Molly scosse la testa. «Non sono più sicura che sia un bene.» Il sentiero su cui quel bacio avrebbe potuto condurli le aveva turbato il sonno per l'intera nottata.

Claire la guardò sorpresa. «E quindi... se lo eviti non può seguirti?» chiese incerta.

«Già, immagino di dover tenere conto anche di questo.» Molly rise, con gli occhi inaspettatamente colmi di lacrime. «Mi mancherai.»

L'amica le strinse la mano, esitando un istante prima di montare in sella al proprio cavallo. Logan si avvicinò per aiutarla.

«Fa' buon viaggio, Claire» disse Susanna di fianco a Molly.

«Grazie, signora Ryan. Siete stata molto gentile con me. Signor Ryan, vi sono riconoscente, davvero.»

«Torna a farci visita, mi raccomando» rispose Jonathan.

Logan si fece indietro perché Claire e Lester potessero partire, quindi diede una pacca sulla groppa del cavallo e si allontanò di parecchie iarde dall'abitazione principale per guardarli cavalcare verso ovest.

Presto, anche lei avrebbe dovuto salutarli, pensò Molly, confusa di fronte a quella presa di coscienza. Era ovvio che lei e Matt non fossero fatti l'uno per l'altra. Ma perché l'idea di partire la sconvolgeva tanto?

È l'incertezza del futuro, si disse. Doveva essere così. Perché l'alternativa le metteva addosso ansia e... la eccitava. Offrire il corpo a Matt, condividere con lui quanto aveva solo immaginato. Sì, ma poi?

Andar via le avrebbe spezzato il cuore.

E allora? Pensava davvero che evitarlo fino a quel giorno fosse l'unica scelta?

Di fianco a Susanna, fu sul punto di girarsi per chiederle

consiglio; ne aveva un gran bisogno, ma le parole si rifiutavano di uscire.

«Molly, cara» disse la donna «Claire è al sicuro. Conosciamo Lester da anni, ormai. È onesto e fidato, davvero un brav'uomo. Si assicurerà che arrivi a casa sana e salva.»

«Sono certa che abbiate ragione.»

La madre di Matt la osservò con attenzione. «C'è qualcos'altro che ti preoccupa?»

«Signora Ryan, cosa fa una donna quando un uomo prova interesse per lei?» rispose Molly tutto d'un fiato.

Susanna sembrò sorpresa. «Qualcuno dei braccianti ti sta importunando?»

Molly scosse la testa. «No. Non esattamente.»

«Beh, se l'uomo ha un pizzico di sale in zucca, prima ti corteggia e poi ti propone il matrimonio.» Susanna esitò, quindi aggiunse: «Da queste parti, ahimè, esistono delle eccezioni, ma una donna dovrebbe essere certa dello stato di cose prima di consentire a… certe libertà.»

«Libertà?»

«Hmm.» Susanna si accigliò. «Chi è, Molly? Howie, quel giovane del ranch Callahan? Potrei chiedere a Jonathan di fare due chiacchiere con lui.»

«Oh, no. Va bene così.»

Susanna le prese una mano. «Sei stata via per anni e non sei più abituata a questo modo di vivere, ci vorrà del tempo, ma sei anche giovane e molto bella. Non dubito riceverai molte attenzioni. Da parte degli uomini, intendo.»

Molly annuì.

«Ricorda, però, che puoi scegliere con calma» proseguì Susanna. «Gli uomini non sono tutti uguali.»

«Che cosa te lo fa dire, Ma'?» intervenne Logan unendosi a loro.

«Le scelte di una donna possono tormentarla per il resto della vita.»

Logan rise. «Già. Ma non vale anche per quelle di un uomo?»

«Certo che sì» rispose Susanna. «Prenditi il tuo tempo, Molly. Non c'è fretta. Puoi restare qui finché vuoi. E se lo desideri, sarò felice di invitare Howie a cena.»

Logan inarcò un sopracciglio.

«No» disse Molly «non è necessario.»

«Beh, se cambi idea, fammelo sapere.» Susanna le lasciò la mano e tornò in casa.

«Lo vuoi, un consiglio da un uomo disuguale?» chiese Logan.

Molly rise. «Non lo so.»

«Qualunque cosa tu faccia, non fargli credere sia stata un'idea sua.»

«Perché?»

«Forse non dovrei dirlo.» Il viso di Logan era così simile a quello di Matt - tratti spigolosi, capelli scuri e gli stessi occhi verdazzurri – ma la personalità del primo era di gran lunga più rilassata e aperta. «Sembra che, per compensare le mancanze degli ultimi dieci anni, mio fratello senta il dovere di pianificare la tua vita al posto tuo.»

«Magari vuole solo essere d'aiuto.»

Logan le cinse le spalle con un braccio, mentre tornavano insieme verso casa. «Matt non lo ammetterebbe mai, ma è più felice lui di vedere te che un opossum di divorare vespe.»

«Matt? Felice? Non è l'impressione che ha dato a me.»

«È quello che sto dicendo.»

«Apprezzo il consiglio, ma non sono sicura di comprenderlo.»

«Dagli filo da torcere. Fallo sudare.»

Molly scosse la testa, confusa.

«È intenzionato a vederti sposata e sistemata per alleviare i propri sensi di colpa» disse, girandosi a guardarla dritto negli occhi. «Vuole assicurarsi che ci sia un brav'uomo a prendersi cura di te, che tu sia felice e al sicuro. Ma io non penso sia quello che vuoi tu, così come non penso che lo voglia lui» concluse con un leggero e amichevole pugno al braccio che le fece quasi perdere l'equilibrio.

«Proprio come quand'eri bambina» la stuzzicò, avviandosi verso il recinto del bestiame e lasciandola sola sul portico di casa.

Ancora non del tutto sicura di aver capito ciò che Logan aveva cercato di dirle, sapeva solo che non poteva evitare Matt. Anzi, a dire il vero, non voleva e basta. Entrò in casa a passo deciso e andò dritta da lui.

MATT STAVA FINENDO la ricca colazione di uova, pancetta, patate e biscotti che Rosita gli aveva portato, quando ci fu un colpo alla porta. «Avanti!» urlò sguaiato, pensando si trattasse dell'anziana messicana tornata a ritirare il vassoio. Invece, con muto stupore, vide entrare Molly.

Dopo la sera precedente, era convinto che avrebbe voluto evitarlo. E non le sarebbe stato neanche difficile, grazie allo stato del suo piede.

Invece, era lì… bellissima. Non riusciva a smettere di fissarla. L'abito di cotone fasciava le sue curve nei posti giusti. I capelli castano scuro le incorniciavano il viso e gli occhi azzurri brillavano di determinazione.

«Claire e il signor Williams sono appena partiti» snocciolò tutto d'un fiato. «Ho detto a Rosita che avrei ritirato io il vassoio.» Girò intorno al letto, raggiunse il lato che occupava lui e si chinò leggermente in avanti. Fu allora che Matt colse il suo profumo: un accenno di rose e aria fresca. Con la mente annebbiata le porse i piatti della colazione.

«Lascio questi in cucina e torno» disse lei, schizzando fuori dalla stanza.

Matt non fece in tempo a riordinare le idee che Molly era di nuovo lì. Questa volta con una stampella. «Dawson l'ha appena finita. Alzati e vestiti» ordinò. «Dovresti uscire un po'.»

Si diresse verso il cassettone e ne estrasse una camicia blu scuro e un paio di pantaloni marroni.

«So vestirmi da solo» disse lui con voce roca, ancora sorpreso che non lo avesse tagliato fuori del tutto.

Andandogli incontro, rossa in viso e carica di energia femminile, Molly corrugò la fronte. «Non penso proprio. Va bene se taglio il lato destro dei pantaloni in modo da farci passare il tuo piede senza problemi?

«Immagino di sì» rispose Matt, sforzandosi di seguire il filo dei suoi pensieri.

Lei si allontanò di nuovo in cerca di forbici. Quando tornò, gli afferrò le cosce e lo aiutò a girare le gambe verso il bordo del letto.

«Molly.» Matt sussultò per la sorpresa, quindi provò ad allontanare quelle dita facendo del proprio meglio per ignorarne il calore.

«Hai bisogno di aiuto» insistette lei, spingendo da parte le sue mani.

La perdita del comodo cuscino sotto la gamba gli strappò un involontario gemito, ma si alzò comunque.

Svelta, Molly gli infilò la camicia e arrotolò le maniche fino ai gomiti. Era sul punto di abbottonarla, quando lui la fermò.

«Lo faccio da me.» Diversamente temeva che l'avrebbe stretta senza fermarsi a un semplice bacio. Concentrarsi sul dolore lancinante al piede lo aiutò a frenare l'impulso.

Passando ai pantaloni, lei si chinò perché Matt infilasse le gambe.

«Molly» ruggì lui, strappandole l'indumento dalle mani. «Posso avere un momento da solo?»

«Non voglio che ti faccia male» rispose lei calma.

«Non mi serve aiuto.»

«Ti assicuro che non vedrei niente che non abbia già visto prima. Gli uomini comanche non portavano granché, soprattutto sul sentiero di guerra.»

Matt abbassò lo sguardo su di lei e Molly lo ricambiò, sostenendolo. Che intenzioni aveva? Non gli lasciava un minimo di spazio. E il pensiero di lei circondata da uomini praticamente nudi lo infastidiva.

«Mi chiedo come facessero a sopportarti» brontolò, piegandosi in avanti per infilare la gamba sana nei pantaloni.

Lei rise. «Penso che, a volte, se lo chiedessero anche i Quahadi. Non gli piacevano i serpenti nel campo, ma io ero davvero brava a catturarli.»

Il piede fuori uso, intanto, gli stava creando problemi e quando Molly si accovacciò per aiutarlo, seppur controvoglia la lasciò fare. Le loro mani si toccarono.

«Finirai uccisa, se continui a scherzare con quelle creature.»

«Ma per la maggior parte sono innocui. Che tu ci creda o no, so come distinguerli.» Si alzò. «Riesci a tirarli su, adesso?»

Lui le lanciò un'occhiata torva. «Non guardo» rispose lei con un gesto esasperato, quindi si girò e mise le mani sui fianchi.

Gli occhi di Matt tornarono a posarsi su quel posteriore, notando la piacevole curva dei fianchi. In equilibrio sul piede sano, si tirò su i pantaloni.

«Una volta, a dodici, tredici anni, un serpente a sonagli mi ha morso davvero» disse lei in tono distaccato.

Adesso finalmente vestito, Matt sedette di nuovo sul letto. «Cosa?!»

«C'era questa caverna. Con Acqua Che Scorre giocavamo e lei corse dentro. Quando la inseguii, dietro di lei c'era il serpente a sonagli più grande che avessi mai visto, attorcigliato e pronto a colpire. Aveva un aspetto davvero malvagio.»

Matt sentiva freddo. «Puoi girarti, adesso.»

«Oh.» Tornò a guardarlo e sorrise. «Finito con bottoni e calzoni?» scherzò.

«Sì. Come andò poi col serpente?» chiese scontroso.

«Cercai di salvare Acqua Che Scorre e quando mi girai per spingerla fuori dalla caverna, lui mi morse il tallone. Ho ancora la cicatrice. Vuoi vederla?» concluse, sollevando il piede destro.

«No, va bene così. È ovvio che non moristi.»

«Ovvio.» Fece un largo sorriso e la stanza sembrò illuminarsi. «Ma stetti abbastanza male. Lo sciamano, Esa-tai, preparò una potente medicina per salvarmi. A dire il vero, però, penso che il veleno non fosse poi tanto. Il serpente mi aveva morso attraverso un mocassino piuttosto spesso. Quando mi ripresi, in molti volevano cambiarmi il nome da Uccellino Dei Cactus a Incantaserpenti.»

«Sto per rimettere.» Non gli piaceva sentirle raccontare le proprie esperienze alle soglie della morte.

«Sul serio?» chiese lei preoccupata, porgendogli subito la stampella. «Vieni. Usciamo, così non sporchi casa. Tua madre ha già abbastanza da fare senza che ti ci metta anche tu.» Quindi, con una strizzatina d'occhio, aggiunse: «Magari, appena stai meglio, vado a scovare qualche serpente per divertirti un po'.»

Molly trascorse l'intera mattinata con Matt su e giù per il ranch, lei passeggiando e lui saltellando, a controllare i cavalli, seguire lo svolgimento dei vari compiti per la giornata e discutere con Dawson dell'imminente raduno primaverile. Quest'ultimo, apprese, sarebbe stato condotto in collaborazione con i vari ranch circostanti. Ciascuno di essi avrebbe partecipato con i propri uomini all'operazione di raccolta dei *longhorn* in un'unica area comune dove, poi, sarebbe avvenuta la separazione dei capi per ranch con conseguente marchiatura e il potenziale trasferimento nei mercati del Kansas.

«Sembra che ti dispiaccia non poter partecipare al raduno» osservò Molly, mentre tornavano verso casa per il pranzo.

«Non ci avevo ancora pensato ma, sì, credo che un po' mi dispiaccia.»

«Perché ti sorprende?» chiese lei, aggirando prontamente un

cumulo di letame equino con il vestito di cotone che le danzava attorno alle gambe.

«Non mi ci sono mai visto come allevatore.» Usava la stampella con agilità, ma il pallore del viso tradiva la forza apparente; era esausto e Molly lo sapeva. Dopo pranzo, avrebbe insistito che riposasse.

«Perché? Il ranch di tuo padre è abbastanza grande.»

«Già» concordò lui. «Ma mi sono spostato spesso negli ultimi dieci anni. Non saprei come restare in un posto fisso.»

«È stato più o meno così anche per me.» L'improvviso desiderio di una dimora tutta sua la colpì con forza, serrandole la gola. Osservò le pianure al di là della casa; l'alto prato giallo e i colorati fiori selvaggi ondeggiavano nel vento. Inspirò a fondo, il paesaggio era sempre capace di infonderle calma.

In silenzio, salirono i gradini della veranda – Matt un salto alla volta – ed entrarono in casa.

Per pranzo c'erano arrosto di manzo freddo, pane appena sfornato e insalata di patate, nonché una varietà di peperoncini sottaceto, che Matt divorò in grande quantità sotto lo sguardo preoccupato di Molly.

«Sicuro di poterne mangiare così tanti?» chiese lei. Era seduta al suo fianco, con Susanna e la signora McAllister a occupare le due estremità del tavolo, mentre Jonathan e Logan erano fuori e non sarebbero rientrati prima del tramonto.

«Tanto non prevedo chissà quali incontri, stasera» fu la risposta naturale seguita da un sorrisino e una strizzatina d'occhio al suo indirizzo.

Imbarazzata, Molly sentì il viso d'un tratto caldo, e rosso, almeno quanto quei peperoncini, sospettava.

«Gli è sempre piaciuto il cibo piccante» intervenne Susanna. «Povera quella donna che ti sposerà, Matthew. Niente baci della buonanotte per te.»

«Di notte, l'uomo cerca ben altro» ribatté lui.

Incapace di frenare la propria reazione, Molly sgranò gli occhi. Perché parlava a quel modo? E per giunta di fronte a sua madre e alla signora McAllister! Le guance erano ormai in fiamme.

«Matthew Ryan» lo ammonì sua madre «gradirei ti comportassi educatamente con i nostri ospiti.»

Per tutta risposta, lui sorrise malizioso, puntò un pezzo di manzo arrosto con il coltello e se lo mise in bocca.

«Oh, Susanna, non c'è problema» la rassicurò la signora McAllister. «Gli uomini da queste parti sono solo più diretti. Più semplici. Temo la mia Lizzie dovrà abituarcisi, ma non dubito farà presto. Sarà una moglie perfetta per il bel proprietario di un ranch.»

Molly guardò la donna e, piuttosto infastidita, si accorse che le sue parole erano rivolte a Matt.

«Pensi di metter su casa da queste parti, Matthew?» chiese quella.

«Matt non è tipo da metter su casa, o sbaglio?» rispose Molly d'istinto, con gli occhi puntati su di lui. Masticava ancora il boccone e si sforzava di ingoiarlo, perciò si limitò a inarcare un sopracciglio.

«Per la maggior parte dei Texas Rangers libertà significa non essere legati a un solo posto» proseguì lei. «Il che, in effetti, ha senso. I criminali non stanno mai fermi e neanche gli uomini che gli danno la caccia.»

«Oh, non saprei» rispose Matt. «Potrei anche metterla, la testa a posto, se incontrassi la donna giusta.» E la guardò dritto negli occhi.

«Proprio come sospettavo» rispose melliflua la signora McAllister. «Lizzie tornerà a casa tra tre giorni. E so che le piacerebbe vederti, Matthew. Magari una sera potresti venire a cena da noi? Quando il tuo piede sarà guarito, naturalmente.»

Matt ingollò un bel sorso di limonata. «E voi credete che Lizzie si ricordi di me?»

La donna gli rivolse una risata delicata e femminile.

Una cornacchia intenta a passare per merlo, pensò Molly.

«Ma certo che sì. Sei abbastanza noto da queste parti. Anzi, in tutto il Texas, direi. Un bravo ufficiale dell'esercito degli Stati Uniti e un Texas Ranger degno di onore. Susanna, devi essere incredibilmente orgogliosa di lui.»

«Lo sono» fu la risposta calorosa di sua madre. «Ma vorrei davvero che decidessi per qualcosa di meno pericoloso» continuò rivolta al figlio.

«Sì» concordò la signora McAllister. «E una volta sposato, naturalmente, vorrai solo il meglio per la tua sposa, una bella casa e terra a volontà.»

«Immagino che ogni donna nel Texas del Nord sia particolarmente interessata alla quantità di terra che il marito è capace di acquisire» rispose Matt, sarcastico.

«Beh, Elizabeth ha ragione, Matthew» disse Susanna. «È importante costruire un retaggio da cui le generazioni future possano trarre profitto. Tuo padre ha lavorato duro perché l'SR diventasse quel che è oggi. E so che gli piacerebbe se un giorno tu e Logan gli succedeste.»

Matt si fece pensieroso.

«Tutti i padri vogliono che i figli calchino le loro orme» aggiunse la signora McAllister. «Il dispiacere più grande del mio Charles era proprio quello di aver avuto un unico erede, e per giunta femmina. Ma la nostra ricchezza è nella terra… Lizzie avrà molto da offrire al futuro marito.»

«Se è tanto ricca» la interruppe Molly, seccata dalla minaccia che percepiva di fronte agli spudorati tentativi da paraninfa della signora McAllister «perché mai le serve un marito? Potrebbe gestire il ranch da sé.»

«Gestirlo da sé?» fu la debole replica della donna. «Ma non sarebbe accettabile. È compito di un uomo occuparsi di certe cose. L'unico ruolo della donna è quello che il marito le concede.»

Molly fu lì lì per chiederle fino a che punto fosse importante un ruolo in quella parte quasi deserta del Texas, ma il buon senso prevalse e tenne a freno la lingua.

«Sono sicura che Lizzie si ritroverà circondata da molti uomini interessati a lei, Elizabeth. Probabilmente, così tanti che non saprai come fare.» Susanna sorrise, nel chiaro tentativo di ridurre la tensione.

La signora McAllister annuì con fare sereno. «Molly, cara, da dov'è che venite? Non credo di averlo ancora afferrato.»

«Molly è una vecchia amica di famiglia» disse subito Susanna. «Non la vedevamo da molto, ma siamo felicissimi di averla di nuovo qui con noi.»

«Dunque siete del Texas?» insistette la signora McAllister.

«No» rispose Molly «sono nata in Virginia. Con la mia famiglia ci trasferimmo qui quando avevo sette anni.»

«Tantissimi di noi vennero qui dopo la guerra» specificò la donna in tono autoritario. «Sebbene non così magnifico come adesso, era un posto di nuovi inizi, prima che la terra fosse liberata dagli indiani. Tu e l'esercito aveva fatto un buon lavoro, Matthew.»

Molly rimase zitta. L'esercito degli Stati Uniti, e Matt, avevano cancellato l'esistenza dei Comanche, strappandoli alla loro terra e, seppure in maniera indiretta, forzandoli verso la riserva. Non poteva più negare quella briciola di affetto che provava per i Quahadi. Le avevano imposto una vita dura, e alcuni di loro erano stati tutt'altro che benevoli, ma Corre Coi Bisonti si era mostrato corretto e premuroso con lei. Siede Per Terra aveva avuto qualche problema con la normale competizione tra sorelle, ma Acqua Che Scorre le si era affezionata parecchio. Si chiese se la ragazza si ricordasse ancora di lei e, magari, ne sentisse persino la mancanza.

«L'ho fatto malvolentieri.» Matt lanciò un'occhiata a Molly. «Le azioni degli uni e degli altri erano supportate da valide ragioni. Non c'è mai stato niente di chiaro.»

«Al contrario» dissentì la signora McAllister. «Erano dei barbari, vivevano come animali e circolavano tra i bianchi per contaminarci dall'interno.»

«Elizabeth, credo che possa bastare» intervenne aspra Susanna.

Molly non aveva più fame. «Se volete scusarmi, penso che porterò qualche mela a Pecos.» Si alzò, lasciò in fretta la stanza e attraversò di corsa la cucina, ma arrivata alle stalle si accorse di aver dimenticato le mele.

CAPITOLO DICIOTTO

Ancora una volta, Matt trovò Molly nello stallo di Pecos solo che, grazie al cielo, adesso era sveglia. In piedi accanto all'animale, teneva la testa contro il collo della docile giumenta e le cantava qualcosa in tono sommesso. Matt si fermò lì davanti.

«Sembri esausto» disse lei, guardandolo di sottecchi. «Dovresti davvero cercare di riposarti oggi pomeriggio.»

«Detesto ammetterlo, ma penso che tu abbia ragione. Senti, Molly, a proposito della signora McAllister…»

«Nessun problema. Davvero.»

«Quella donna è sempre stata incredibilmente piena di sé e di pregiudizi. Guai, poi, a chiederle cosa pensa della schiavitù.» Avvicinò la mano a Pecos e il muso umido dell'animale gli bagnò il palmo. «Ignorala.»

«Ma c'è del vero in quello che ha detto. Non ci avevo mai pensato prima d'ora, ma credo che una parte di me resterà per sempre comanche. Una parte di me non dimenticherà mai.»

«Non te lo chiede nessuno.»

«Quelli come la signora McAllister, però, non mi accetteranno mai. La pensano tutti allo stesso modo da queste parti?»

Matt esitò. «Non posso affermarlo con certezza, ma la gente ha la memoria lunga e i Comanche hanno terrorizzato questa regione per un bel po'. Difficile da dimenticare.» Si spinse il cappello indietro sulla testa. «Senti, Molly, non te lo avevo ancora detto ma forse è arrivato il momento. Sarebbe meglio non parlare troppo di dove e come hai trascorso gli ultimi dieci anni. Alcuni non comprenderebbero.»

La sua espressione affranta lo fece sentire un verme.

Tuttavia, Molly si riprese in fretta e annuì. «Puoi tornare a casa, adesso» disse con voce velata, «sto bene e penso che uscirò per una cavalcata. Pecos ha bisogno di svagarsi un po'.»

«Può portarla fuori uno degli aiutanti.» Non voleva ancora lasciarla.

Molly scosse la testa. «Ho bisogno anch'io di sgranchirmi le gambe.»

«Giochi a scacchi con me, stasera?» chiese nella vana speranza di godere della sua compagnia più tardi.

Lei aprì la porta dello stallo e portando fuori Pecos, lo costrinse a farsi da parte. «Ho vissuto con dei barbari, quando avrei avuto modo d'imparare?» ribatté rabbiosa.

«Te lo insegno io» replicò Matt alle sue spalle.

«Ci penserò.» Sellò il cavallo con gesti abili e si allontanò prima che lui potesse raggiungerla.

Accidenti al piede fuori uso!

Molly rimase fuori parecchie ore, libertà e solitudine erano un balsamo per il suo spirito. Il sussurro del vento, l'avvolgente azzurro del cielo e le sterminate praterie la riportavano alla sua vita con i Quahadi, dall'infanzia ai primi anni della maturità femminile.

Era stata una vita di stenti – inverni freddissimi, notti tra i morsi della fame quando il cibo scarseggiava, la vicinanza costante della famiglia di Corre Coi Bisonti nell'affollato tepee – ma anche belle giornate d'estate, cacce ai bisonti in cui le donne accompagnavano spesso i guerrieri, giochi e allegra confusione, racconti divertenti e pettegolezzi da parte delle donne anziane mentre macinavano, tagliavano ed essiccavano il cibo che avevano raccolto e cacciato quasi ogni giorno della loro vita. Nascite avevano portato gioia e morti tristezza. Aveva vissuto, e i Quahadi non erano stati migliori né peggiori di altri popoli. Amavano, ridevano e temevano al pari di ogni essere umano. Perché questo erano, esseri umani, e Molly non avrebbe mai potuto pensare a loro in altri termini.

Cavalcava e intanto il sole picchiava, a tal punto che dopo un po' non resistette al bisogno che si era sforzata di ignorare dall'istante in cui Pecos aveva iniziato la sua corsa. Liberandosi per metà dell'abito di cotone, si legò le maniche intorno alla vita, mentre la camiciola intima le copriva ancora la parte superiore del corpo. Tirò via la sella da Pecos e la gettò per terra, lasciando solo la coperta sul dorso della giumenta, quindi sfilò del tutto l'abito e saltò con gioia in groppa al cavallo.

Il pensiero delle innumerevoli volte in cui aveva fatto la stessa cosa le ricordò che il suo passato le apparteneva. Non lo avrebbe cancellato. Era Molly, ma anche Uccellino Dei Cactus. Due vite diverse ma parte della stessa persona.

Come un unico essere, giovane e giumenta cavalcarono, sfrecciando sulla terra, per poi levarsi poco al di sopra di essa e spiccare insieme il volo, come uno scricciolo in cerca del proprio nido.

Molly tornò all'SR nella luce del tramonto. Nuovamente vestita, si avvicinò alla sala da pranzo con una certa dose di timore. Non voleva davvero essere costretta a cenare ancora con la signora McAllister, ma con suo sommo sollievo la donna era ripartita quel pomeriggio verso casa.

«Era ora che tornasse al suo ranch» disse Susanna. «Devi perdonarla, Molly. Alcune persone non cambieranno mai, temo.»

Molly sedette di nuovo accanto a Matt, di fronte a Logan e Dawson, mentre Jonathan occupava l'altra estremità del tavolo, dal lato opposto di sua moglie.

«Fatto una buona cavalcata?» chiese Matt, avvicinando di poco la testa alla sua.

Molly notò lo sfavillio nei suoi occhi verdazzurri e sorrise. «Fremevo dalla voglia.»

Fu solo dopo averle pronunciate che si rese conto del possibile doppio senso di quelle parole.

E, a giudicare dall'intensità del suo sguardo, non era sfuggito neanche a lui.

Intanto, Rosita faceva il suo ingresso e iniziava a servire la cena: un appetitoso stufato di manzo con patate, carote, cipolle e peperoni, accompagnato da *muffin* di mais blu e, per ultimo, dolce di mele. La conversazione era dominata dall'imminente raduno del bestiame, con gli uomini che discutevano del numero di capi da destinare al mercato, del movimento di provviste e della condizione generale del ranch.

In silenzio, Molly si limitava ad ascoltare, ben consapevole della rilassante presenza di Matt al suo fianco. I suoi gesti, la sua voce, qualunque cosa lo riguardasse aveva un forte effetto su di lei, era un richiamo. Sentiva di conoscerlo molto bene e al tempo stesso di non conoscerlo affatto. L'uomo di oggi era una creatura nuova e pericolosa, assolutamente irresistibile e decisamente… terrificante? No, non Matt in sé. Ma quanto avrebbe potuto esserci tra loro due la metteva a disagio e non poteva negarlo. Era un territorio del tutto nuovo per lei.

A cena conclusa, lui la guidò silenzioso in salotto e verso l'angolo occupato dal tavolino con la scacchiera. Il fuoco scoppiettava nel camino tra gli ululati del vento fuori. Susanna andò in cucina con Rosita, mentre Jonathan, Logan e Dawson si accomodavano nello studio sul lato opposto dell'atrio.

«Non devi restare per forza con me» disse Molly. «Se preferisci unirti a tuo padre e agli altri, fai pure.»

Per tutta risposta, Matt si sistemò nella poltrona di legno riccamente intagliato – con decorazioni di mandrie di *longhorn* su ciascun lato, notò Molly – e sospirò. «Non faranno altro che fumare sigari, bere un bicchierino o due di whisky e parlare ancora del ranch. Non mi perdo niente.»

Lei fissò la scacchiera e sprofondò nel soffice cuscino della poltrona. Suo padre la usava quando era ancora bambina, perciò ne aveva già vista una, ma non aveva mai imparato a giocare. «Non ti piace proprio la vita del ranch?» chiese.

«No, non è che non mi piaccia. È che mi è sempre sembrata così stabile. Troppa gente dipende da mio padre.»

«E che c'è di male? I tuoi uomini nell'esercito e con i Ranger non dipendevano forse da te?»

Matt annuì. «Certo.»

«Ma è la stabilità a farti paura, giusto? Per me, invece, sarebbe un bel cambiamento.»

Negli occhi di Matt brillò una luce divertita. «Sei pronta per una semplice lezione di scacchi?»

Molly fece cenno di sì, lieta per quel diversivo. Solo che non sapeva bene se a distrarla fossero gli scacchi oppure Matt.

Giocarono per più di due ore. Molly era perspicace e pronta – tratti che possedeva anche da bambina – e lui aveva vinto le tre partite a fatica. Nel soffice bagliore del fuoco, si era beato a contemplare il suo viso concentrato sul gioco: gli occhi azzurri intenti a studiare la scacchiera, le sopracciglia scure aggrottate, i capelli sciolti che luccicavano nella debole luce della stanza e i denti che mordevano il labbro inferiore, mentre con il mento posato sul delicato palmo calcolava la prossima mossa.

Matt non ricordava l'ultima volta in cui aveva goduto del

semplice fatto di sedere in compagnia di una donna. Osservandola, aveva apprezzato la sua mente illuminarsi man mano che imparava il gioco.

Prossimi alla fine del terzo giro, Molly disse: «Penso che adesso dovresti riposarti.»

Lui si lasciò andare contro lo schienale. Era stanco – non vi era dubbio – ma altrettanto riluttante a congedarsi.

«Ti serve aiuto per tornare in camera?» chiese lei.

«Penso di farcela da me, ma… alla fine che programmi hai, Molly? Hai pensato a dove andrai?»

«Immagino da Mary, o da mia zia Catherine ed Emma, se non gli dispiace.»

Era la risposta che si aspettava. Eppure provò fastidio. Per il fatto che sarebbe partita. Come a un certo punto anche lui. «E la terra dei tuoi?»

Le voci di Jonathan e Logan che entravano nella stanza, seguiti da Susanna, li interruppero.

«Che dicevi, Matt?» domandò suo padre. «Chiedevi della terra degli Hart?»

Lui annuì, mentre l'anziano genitore prendeva posto sul divano, accompagnato da sua moglie che gli si stringeva accanto, e Logan si occupava del fuoco. Molly si girò sulla poltrona, pronta ad ascoltare.

«Oh perdinci, Molly, avrei dovuto dirtelo prima. Alla morte dei tuoi genitori, la terra fu trasferita in un fondo di custodia a nome tuo e delle tue sorelle. Quando Mary sposò quel Simms, le scrissi per chiederle se fosse interessata, ma suo marito era fissato con i territori, cioè Arizona, perciò aspettavo Emma. Ma adesso che ci sei tu, immagino dovresti considerarla per prima. Se tu e tua sorella decideste di procedere, sarei ben lieto di farvi un'offerta onesta.»

«Intendete dire che la terra appartiene a me?» chiese Molly.

«Beh, non esattamente» rispose Jonathan. «Apparterrebbe solo a tuo marito. E lo stesso vale anche per Mary ed Emma. Il trasferimento di proprietà è condizionato al matrimonio.»

«Oh.»

«Non c'è nessuna scappatoia?» Matt fu pervaso dalla speranza che Molly restasse nelle vicinanze.

«E perché mai?» intervenne sua madre. «Molly non dovrebbe vivere laggiù da sola. A quel punto, tanto vale restare qui con noi, cara.»

«Grazie, signora Ryan. Apprezzo molto.»

«Ma certo.»

«Di quanti acri parliamo?» chiese Logan, ancora inginocchiato davanti al camino.

«Hmm, fammici pensare» rispose Jonathan. «Dovrei rovistare tra le carte, ma direi all'incirca ventimila.»

Logan emise un fischio. «Uno di questi giorni farai felice qualche scalmanato cowboy, Molly.»

«Non si pensa ad altro che alla quantità di terra su cui mettere le mani, da queste parti?» intervenne Matt, irritato.

«I tempi stanno cambiando, Matthew» rispose suo padre. «Tra proprietari terrieri si parla di questo nuovo reticolato. La terra conta. Da sempre e per sempre. Sarei felice di saperti vicina, Molly, ma non devi decidere subito.»

«Matthew» lo chiamò sua madre «adesso dovresti davvero riposare.»

«Penso di ritirarmi anch'io» disse Molly alzandosi e congedandosi con un generico «buonanotte», seguito poi da un «buonanotte, Matt.»

Lui pensava a qualcosa da dire per fermarla, ma lei uscì in fretta.

«Tranquillo, ti aiuto io a tornare in camera» lo stuzzicò Logan sghignazzante. «E perché no, ti do anche una mano a infilare la camicia da notte.»

«Scordatelo» borbottò Matt, provocando la risata del fratello.

La madre li ammonì con una sola occhiata, quindi lasciò la stanza insieme al marito. Erano felici, pensò Matt. L'immagine dei suoi che andavano a letto gli parve bizzarra.

«Maledizione, Logan» sbottò «guarda un po' noi due, invece.»

«E che vorrebbe significare?» Il fratello sedette sul divano che i genitori avevano appena liberato.

«Due uomini che vivono ancora con la madre e il padre. Non hai mai pensato di sposarti?»

«Certo che sì. Stavo quasi per farlo.»

«Cooosa?!» rispose lui sorpreso. «E Ma' lo sa?»

Logan scosse la testa. «Nah. Non andò a buon fine. Poco male.»

«Perché?»

«Se la svignò con un altro.»

«E allora non ne valeva la pena.»

«Già» sbuffò Logan «me la sono cavata per un pelo.»

«Hai pensato di sistemarti con un'altra donna?»

«Se ti riferisci a Lizzie McAllister, non hai nulla da temere. È tutta tua.»

«Non ho interesse in una gran signora tutta agghindata e in gamba quanto un uomo» rispose subito lui, sorpreso di aver ripetuto alla lettera le parole che Molly gli aveva rivolto quella prima notte trascorsa insieme.

«In tal caso, fa' un favore a tutti» disse Logan, alzandosi per uscire. «Inizia a corteggiare Molly e vedi di sbrigarti. So da fonti certe che Ma' ha intenzione d'invitare Howie a cena.»

«Howie?» ripeté Matt, confuso.

«Quel mandriano sbarbatello cui Molly stava insegnando a cavalcare senza sella.»

Adesso Matt ricordava. Figurarsi, lo vedeva a malapena come un rivale. Oppure sì? La verità è che non aveva mai corteggiato una sola donna in vita sua. Quelle con cui si trastullava non avevano certo bisogno di lusinghe, e lui non si sarebbe di sicuro fermato abbastanza da subirle.

«Corte, uh?» ripeté. «Suggerimenti?»

«Assicurati che non arrivi alle orecchie di Ma'.» Il tono sinistro di Logan catturò la sua attenzione.

«Perché?»

«Prima, faceva il discorsetto a Molly e le diceva di aspettare e prendersi il tempo necessario nella scelta del tipo con cui andare a letto.»

«Ma' le ha detto di andare a letto con qualcuno?» chiese Matt, incredulo.

«Cristo santo, Matt» sbottò Logan, esasperato. «L'intelligenza dev'essere arrivata tutta a me. Chiaro che Ma' non gliel'ha detto proprio così. Ma pensaci. Molly ha vissuto con gli indiani per anni. Lo sai, sì, che i loro matrimoni sono più flessibili e gli uomini spesso prendono con sé più di una sola donna. Molly è un bersaglio facile, e Ma' lo sa. Si lancerà addosso al tipo che mostra interesse come un cane da guardia. Sarai già fortunato a strapparle un bacio, figuriamoci poi intrufolarti sotto le sue gonne.»

Matt accolse con sconforto le parole del fratello. Erano un'interpretazione cruda di ciò che voleva fare con Molly e, per quanto veritiera, pur sempre sguaiata e riprovevole. Se tutto ciò che lui stesso desiderava si riduceva a tanto, allora era proprio il tipo di uomo da cui cercava di proteggerla. Non glielo aveva forse già rubato, un bacio?

«Sai sempre come illuminarmi» rispose sarcastico. «Tante grazie.»

«Sempre a disposizione. Posso fare da testimone?»

Matt imprecò ma Logan aveva già lasciato la stanza.

CAPITOLO DICIANNOVE

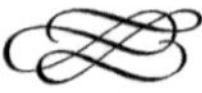

Il mattino dopo, Susanna svegliò Molly all'alba.

«Che c'è?» chiese questa, subito preoccupata che fosse successo qualcosa a Matt.

«Mi dispiace disturbarti, ma mi è appena tornata in mente una cosa e non ho saputo resistere.» Susanna sedette sul bordo del letto, indossava ancora la camicia da notte e i capelli brizzolati erano raccolti in una treccia che scendeva sulla spalla. «Ti ricordi di Sarah Pickett?»

«Sì.»

«Come ho fatto a non pensarci prima?! Vive a una mezza giornata a cavallo da qui e magari sa qualcosa di utile sui tuoi genitori. A parte questo, sono certa che sarà felicissima di sapere che sei viva.»

«Possiamo andarci oggi stesso?» chiese Molly speranzosa.

«Ne parlerò con Jonathan. Potremmo partire dopo colazione. Ti aspetto di sotto.»

Quando Susanna fu uscita, Molly pensò all'incontro con la signora Pickett. Sarebbe stato bello parlare con qualcuno del passato. La donna era stata amica di sua madre... era possibile che sapesse di un'eventuale relazione con Davis Walker? Motivata da quel pensiero, si alzò.

Era pomeriggio inoltrato quando Susanna fermò il proprio cavallo davanti a una modesta casa di legno. Molly lanciò uno sguardo intorno, ai pioppi neri che ondeggiavano nel vento; la lieve brezza di qualche ora prima si stava facendo spavalda e minacciosa e lei sperò che riuscissero a rientrare prima di essere colte dalla tempesta.

Una donna anziana e minuta aprì la porta e uscì sulla veranda. Sorridente, si passò le mani su un grembiule bianco e attese con sguardo interrogativo.

Susanna smontò, avvolse le redini del cavallo attorno al palo di legno e si tolse il cappello.

«Signora Pickett? Non so se vi ricordate di me. Sono Susanna Ryan. Ero amica di Rosemary Hart.»

«Ma certo che mi ricordo di voi. Mi fa molto piacere rivedervi.» Tese il braccio e prese la mano di Susanna con entrambe le sue. «Siete gentile a passare di qui. Non ricevo molte visite ultimamente.»

Molly assicurò le redini del proprio cavallo e si tenne a qualche passo dietro la madre di Matt.

«Signora Pickett, vorrei presentarle Molly.» Susanna si girò verso di lei.

«Vi prego, chiamatemi Sarah. Lieta di fare la vostra conoscenza.»

Molly notò le delicate rughe intorno agli occhi e alle labbra della donna, come pure i soffici capelli bianchi raccolti in uno chignon. Ma appariva comunque giovane, con la pelle che risplendeva di calore.

La sua mente si affollò di teneri ricordi e rivide una donna gioiosa che aiutava sua madre ad abituarsi alla nuova vita nel

Texas, che trascorreva ore ad acconciare i capelli di Mary e scrivere lettere con Emma e si sforzava di insegnare il cucito a Molly.

«Possiamo parlare con voi per un po'?» chiese Susanna.

«Beh, mi farebbe piacere. Prego, accomodatevi.»

La casa era arredata con semplicità e Molly notò subito quanto fosse pulita. Il soggiorno consisteva di due sedie a dondolo sistemate davanti a un caminetto di pietra. Accanto alla stufa con i fornelli da cucina erano un tavolo di legno con sedie abbinate e, attraverso il vano di un'altra porta, s'intravedeva un letto con una coperta colorata.

Sarah girò le due sedie a dondolo così che si trovassero una di fronte all'altra, mentre Susanna avvicinava uno sgabello.

«Non aspettavo ospiti» si scusò Sarah «ma permettete almeno che metta a bollire dell'acqua per il tè.»

«Lo accetteremmo volentieri» rispose Susanna «ma non è necessario che vi disturbiate.»

«Sciocchezze. Prego, sedete pure.» Sarah andò decisa verso la zona dedicata alla cucina. Aggiunse legna nella stufa, quindi servendosi di una brocca d'acqua riempì il bollitore.

Tornò alla sedia a dondolo vuota e prese posto.

«Mi chiedevo se potessimo parlare di Rosemary Hart» esordì Susanna.

Un velo di tristezza si dipinse sul volto di Sarah. «Penso ancora spesso a lei. La signorina la conosceva?»

«Sì» rispose Molly. «Era mia madre.»

Sarah s'irrigidì. «Siete *Molly Hart*?»

«Sì, signora.»

Il viso di Sarah era una maschera di confusione. «Ma… Molly è morta.»

«Si trattò di un terribile errore» intervenne con delicatezza Susanna. «Ma adesso è tornata da noi, conta solo questo.»

«Oh, santo cielo.» Affranta, Sarah si lasciò andare contro lo schienale e la fissò.

Molly si avvicinò a toccare la mano della donna. «È bello rivedervi, signora Pickett.»

«Tutto questo tempo eri viva? Non riesco a crederci.» Sarah le afferrò le dita. «Oh, bambina mia, è un miracolo! Se tua madre fosse rimasta in vita, si sarebbe sentita morire dentro ogni giorno di più sapendo di averti persa.»

«È per questo che siamo qui» disse Molly. «Raccontatemi di lei.»

L'anziana donna le lasciò andare la mano e si asciugò le lacrime. «Oh Signore, la notizia della morte dei tuoi genitori mi spezzò il cuore. Erano così buoni, e davvero generosi con me. Grazie al lavoro che tua madre mi diede, io e il mio Lou riuscimmo a sopravvivere quando lui non poté più lavorare. Era malato, sai?»

«Vostro marito è…» Molly non seppe come finire.

«È venuto a mancare, che Dio benedica la sua anima. Morì di tisi parecchi anni fa.» Sarah fece un respiro per calmarsi. «Che cosa vuoi sapere, mia cara?»

«Tutto, direi. Ma quello che m'incuriosisce di più è sapere se mia madre vi ha mai parlato di Davis Walker, soprattutto durante l'estate prima che fosse uccisa.»

Prudente, Sarah indugiò. «Tu che cosa sai del signor Walker?»

«Solo qualcosa… per lo più sospetti. Non vi ha mai confidato nulla mia madre?»

Questa volta la donna esitò così a lungo che Molly fu quasi sul punto di ripetere la domanda.

«Immagino tu abbia il diritto di sapere, e adesso che Rosemary non può più parlare non c'è nessun altro che possa raccontarti la verità, ma ti confesso che mi sento a disagio. Non spetta a me metterti a parte di queste cose, ecco. Tua madre si portava dentro un gran peso, che sono certa abbia gravato sulla sua salute. A momenti non riusciva neanche a mettere il naso fuori di casa. Non è possibile tenersi dentro un tale senso di colpa. Può solo inasprirsi.»

Sarah lanciò un'occhiata a Susanna. «Forse è bene che parli da sola con Molly.»

«No» disse lei. «Mi fido della signora Ryan.»

La donna annuì e un profondo sospiro le restituì l'umore con cui le aveva accolte. «Molto bene. Tua madre non si confidò subito con me ma, dopo qualche tempo, fu chiaro che qualcosa la turbasse molto. Lo avevo notato soprattutto dopo le visite di Davis. Una sera, poi, crollò e mi raccontò tutto. Tuo padre, beh, in quel periodo era via. Non ne ho mai fatto parola con nessuno, neanche dopo la morte dei tuoi. Ero molto combattuta, allora, mi chiedevo se raccontarlo agli altri, ma alla fine mi dissi che non avrebbe restituito niente a nessuno. E io volevo che Mary ed Emma ricordassero la loro mamma come una donna onesta.»

«Che cosa aveva fatto?» chiese Molly, con un crescente senso di terrore.

«Ecco, vedi, lei e Davis si conoscevano già in Virginia. Anzi, erano fidanzati e prossimi alle nozze.»

«Sì, lo so. L'ho scoperto di recente.»

«Davvero? Forse quello che sto per dirti, allora, non ti sconvolgerà come temevo.» Traendo forza da un profondo respiro, continuò: «Molly, tua madre venne a trovarsi nella triste posizione di amare due uomini. Spero ne terrai conto e non la giudicherai troppo male. Quando Rosemary incontrò Robert ne fu subito attratta, mi disse. Così, alla fine ruppe il fidanzamento con Davis e sposò tuo padre e, qualche tempo dopo, nacque tua sorella Mary. Davis, intanto, si era sposato e sua moglie gli aveva dato tre figli. Per quanto ne so io, morì partorendo l'ultimo.»

«Sì, dispiacque tanto a tutti, quando Loretta venne a mancare dando alla luce T.J.» disse Susanna.

«Se ne rattristò anche Rosemary» continuò Sarah. «E provò ad alleviare il dolore di Davis prendendosi cura del piccolo, come pure di lui stesso e degli altri due figli.»

«Lo ricordo» disse Susanna. «Era distrutta dalla stanchezza. E io avevo sempre pensato che lo facesse per via di Loretta, ma immagino ci fossero altre ragioni.»

«A me disse che aveva soltanto voluto offrire tutto l'aiuto possibile. Le era dispiaciuto molto che le cose fossero finite tanto male tra lei e Davis. Le sue intenzioni erano state onorevoli ma, alla fine, trascorrere del tempo con lui non si era rivelato un bene. C'erano ancora, come dire, dei sentimenti tra loro due.»

«State dicendo che mia madre portò avanti la storia con Davis?» chiese Molly, incredula.

«Temo di sì» rispose piano Sarah.

Molly sentì la rabbia crescerle dentro. «Per quanto tempo?»

«Più di un anno, pare.»

Lasciandosi andare contro lo schienale della sedia, si chiese che cosa potesse aver spinto sua madre a continuare una storia con un altro uomo mentre marito e figlia l'aspettavano a casa.

«Ma non è tutto, vero?» disse con un moto di nausea alla bocca dello stomaco.

«No, cara» rispose Sarah in tono consolatorio. «Ho l'impressione, però, che tu sappia già.»

«Cioè?» intervenne Susanna.

La gola di Molly si serrò intorno alla verità, all'atto conclusivo del tradimento di sua madre.

«Davis Walker è mio padre.»

CAPITOLO VENTI

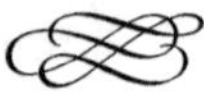

Matt aspettava sul portico anteriore. Reggendosi sulla stampella, guardava la tempesta che andava velocemente formandosi all'orizzonte. Si era fatto tardi e sua madre e Molly non erano ancora rientrate.

Una folata di vento appiattì la camicia sul petto di suo fratello che, avendo visto arrivare il padre a cavallo, stava emergendo da dietro l'angolo della casa.

Jonathan smontò e Logan portò l'animale nella stalla.

«Hai visto Ma' e Molly?» chiese Matt.

«No» rispose suo padre, subito preoccupato. «Non sono ancora tornate?»

Matt scosse la testa.

«Mm!» Jonathan diede uno sguardo al cielo. «Tua madre ha buon senso. È probabile che siano rimaste a casa della signora Pickett. Non c'è motivo di preoccuparsi, per ora.»

Suo padre aveva ragione, ma Matt non si sentiva più rassicurato.

«Come va il piede, figliolo?»

«Una rottura.»

Jonathan rise, quindi tornò serio. «Sono stato da Davis.»

Matt lo guardò, sorpreso.

«Cos'è successo?» chiese Logan, raggiungendoli.

«Volevo solo sapere che cosa ricordasse circa la morte di Robert Hart e l'intera faccenda di dieci anni fa.»

«E allora?» lo incalzò Matt quando suo padre rimase in silenzio.

«Ha blaterato fesserie su Robert che rubava bestiame dalle terre dei Walker, un fatto che stento a credere. Davis è un uomo carico di risentimento, solo non mi ero ancora accorto fino a che punto.»

«Ha ammesso di volerlo morto?» chiese Logan.

«No, e naturalmente io non gliel'ho domandato. Ma dopo una bottiglia di bruciabudella ha preso a dir cose su Loretta che mi hanno rivoltato lo stomaco.»

«Cioè?» chiese Matt in tono neutro.

«Loretta era una bella persona» rispose suo padre con voce rauca. «Non lo meritava davvero, un tipo come Davis. Si direbbe che non l'abbia mai amata. L'ha descritta come appiccicosa e patetica, dandole addosso per le cattive abitudini dei figli.» Scosse la testa, disgustato.

«C'erano altre questioni tra Davis e Robert» proseguì. «Di alcune sapevo già, ma quando ho sollevato i fatti di dieci anni fa – così di sfuggita, intendiamoci – mi ha subito fatto una partaccia su come non sapessi niente del vero Robert, tirando poi in ballo il furto di bestiame e sostenendo che quello trasformasse il marchio dei Walker nel suo.»

«E tu non ci credi?» chiese Logan.

«No, per niente. Robert era l'uomo più bravo e onesto che esistesse. Perché avrebbe dovuto rubare a Davis? Non aveva bisogno di denaro. Troppo facile, adesso, criticare un uomo morto per pararsi il sedere.»

«È un brutto mestiere, ma ringrazio ogni giorno Dio per avermi dato vostra madre» continuò, con sorpresa di Matt di fronte a quell'insolito sfogo emotivo. «Voi due dovreste davvero sistemarvi e mettere su famiglia. Vostra madre vuole dei nipotini e, devo ammetterlo, non dispiacerebbe neanche a me. Sono cose importanti. Un uomo non dovrebbe trascorrere la propria vita da solo.»

«Ci fai la predica corta o quella lunga?» chiese Logan, sarcastico.

«Vedete di portare a casa delle donne, o sarò costretto a cercarvele io stesso» ribatté Jonathan severo. «State invecchiando.»

«Che Dio ci aiuti» gemette Logan «sarebbero insignificanti, bruttine e robustelle.»

«Ah, siete troppo difficili.»

Matt scorse in lontananza due figure a cavallo. «Che dicevi a proposito del buon senso di ma'?» chiese annuendo verso di loro, sollevato di sapere Molly al sicuro.

«Accidenti a quella donna» imprecò Jonathan a denti stretti. «Che ci fa fuori con questo tempo?» Un lampo di luce frastagliata scoccò dalla scura massa di nubi.

Jonathan e Logan corsero a incontrarle a mezza strada, con Matt che gli zoppicava dietro, e non appena Molly e Susanna ebbero messo piede per terra, Logan prese i cavalli, quindi il gruppo si avviò in fretta verso casa.

Mentre gli altri entravano in salotto, Molly svanì sfrecciando al piano di sopra.

«È successo qualcosa?» chiese Matt.

Sua madre si tolse il cappotto. «Oh» disse, massaggiandosi la fronte «non so neanche da che parte cominciare. Penso che Molly abbia bisogno di un po' di tempo.»

«Tempo per cosa?» chiese Jonathan.

«Dov'è Rosita?» domandò Susanna. «Prima fatemi mangiare qualcosa e poi ne parliamo.»

I suoi lasciarono la stanza, ma Matt sapeva di non voler aspettare. Saltellando su per le scale, si fermò davanti alla stanza di Molly e bussò. «Molly? Sono Matt. Posso entrare?»

La porta si aprì su un volto dall'espressione desolata che lo preoccupò all'istante. «Che c'è?» si affrettò a chiedere. «Cos'è successo?»

Lei si fece indietro e lasciò che entrasse. Confuso, Matt fissò le coperte per terra. «Il letto è troppo morbido. A volte non riesco a dormirci» spiegò lei, notando la direzione del suo sguardo.

«E allora dormi sul pavimento?»

«Non sempre, solo quando sono agitata.»

Si girò verso la finestra a guardare la tempesta che scaricava acqua e vento nell'oscurità al di là dai vetri.

«Ti ha detto qualcosa Sarah Pickett?» chiese Matt.

Molly annuì, con il corpo teso e rigido e le braccia incrociate sul petto con tale forza da far apparire tiratissimo sulle spalle l'abito scuro che indossava.

«Nelle sere come questa» disse «Corre Coi Bisonti ci riuniva tutti nel tepee, e mentre lui si affannava a mantenere vivo il fuoco, le donne sedevano ciascuna in un angolo e si sforzavano di impedire alle pelli di bufalo di svolazzare in alto, ma il vento aveva comunque la meglio. A volte le condizioni erano davvero insopportabili. E mi chiedevo se non fosse stato meglio morire.»

«Mi fa piacere tu sia rimasta viva» ribatté lui convinto, desideroso che lei gli credesse.

La giovane si girò a guardarlo. «Ti sei mai chiesto perché esisti, Matt?»

«Molly…»

«Elijah mi parlava spesso di Dio. Citava perfino la Bibbia, più che altro i versi che ricordava di aver sentito pronunciare a sua madre. Me n'è rimasto in mente uno in particolare, a proposito del non intralciare il mio cammino verso di Lui, e inizio a pensare che Dio stesso stia ponendo quanti più ostacoli possibili nella mia vita.»

«Dimmi ciò che ha detto Sarah Pickett» ordinò Matt.

«Sembra che Davis Walker sia mio padre» rispose lei con voce strozzata.

Matt attraversò la stanza, gettò via la stampella e la prese fra le braccia. Stringendola forte a sé quando la sentì prossima al crollo. «Ne sei certa?»

Molly annuì contro il suo petto. «Glielo confessò mia madre» rispose piangendo.

Matt la tenne stretta, incapace persino di provare a immaginare quanto ciò implicasse. L'oscenità di quella rivelazione celava una repellente logica. Al momento, però, si preoccupava solo della donna tra le sue braccia. Mormorando il suo nome, le offrì protezione e provò a prestarle la forza che si rammaricava di non averle potuto dare nel corso degli ultimi dieci anni.

Poi, allentando il proprio autocontrollo, la toccò, facendo scorrere le mani giù per la schiena e riportandole su, tra la soffice massa di riccioli castani. Ne inalò il profumo: fiori selvatici, pioggia e sole. Il suo corpo gli si adattava alla perfezione e, naturalmente, il desiderio non tardò ad accendersi, ma lui si assicurò che Molly non se ne avvedesse. L'ultima cosa che voleva era allontanarla da sé.

Senza parlare, la guidò verso il letto, se la strinse contro e, accarezzandole la testa, attese che piombasse in un sonno esausto. Man mano che il ritmo del suo respiro pesante allentava la profonda tensione del proprio corpo, Matt si tese verso il comodino e spense con cautela la lampada a olio.

Quindi, si addormentò.

Molly si svegliò di colpo, sola sulle lenzuola spiegazzate. La luce splendente del sole inondava la stanza e lei indossava ancora l'abito del giorno prima.

Matt è rimasto con me.

L'aveva stretta e avevano trascorso la notte insieme, abbracciati. Nonostante le dolorose rivelazioni della signora Pickett, sentiva di aver riposato bene. Se Matt lo avesse condiviso con lei più spesso, forse sarebbe anche riuscita a tollerare il letto. A quel pensiero sentì i battiti accelerare.

Ma il senso di onnipresente solitudine la opprimeva.

Niente nella sua vita era mai stato costante. E adesso, l'uomo che aveva sempre creduto suo padre – Robert Hart – non lo era e scopriva, invece, di essere figlia di Davis Walker, un uomo che conosceva a malapena. E che sospettava le avesse ucciso i genitori.

Come comportarsi? Susanna le aveva detto che i Ryan l'avrebbero tenuta con loro finché avesse voluto. I suoi occhi si riempirono di lacrime. Si sentiva perduta, allo sbando. Emma, Mary, sua zia Catherine… nessuna di loro l'avrebbe persino riconosciuta, adesso. Erano pressoché estranei per lei. Elijah era morto, sua madre e l'uomo che aveva pensato fosse suo padre erano morti. Per non parlare, poi, dei Quahadi. Quella famiglia provvisoria era svanita nell'istante in cui Corre Coi Bisonti l'aveva venduta.

Che Dio l'assistesse, una parte di lei aveva sperato che l'indiano non la lasciasse. Ma negli anni aveva seppellito quello e migliaia di altri desideri.

Le lacrime presero a scorrere liberamente, offuscandole la vista e, di fatto, chiudendo il resto del mondo fuori.

«Matthew?»

Matt si fermò sulla soglia della sala da pranzo e guardò sua madre. Sedeva da sola, a colazione.

«Posso parlarti un attimo?»

Lui annuì.

«Ieri sera ho portato del cibo in camera di Molly» disse, alquanto imbarazzata. «E… l'ho trovata con te.»

Matt spostò il peso del corpo da una gamba all'altra. Era un bel pezzo che sua madre non lo coglieva in flagrante. E adesso, accidenti a lui, si sentiva come un bambino beccato sul fatto.

«Non indagherò oltre» continuò Susanna «ma ti chiedo di stare attento a come la tratti.»

«Non devi preoccuparti, Ma'. Il suo benessere mi è sempre stato a cuore.»

«Sì, lo so. Ricordo come soffristi quando tutti pensavamo che fosse morta. Ma adesso è una donna, e io so quanto rare siano da queste parti.»

Matt sollevò un sopracciglio. «Credo di sapermi controllare.»

«Beh, non lo metto in dubbio. È solo che non posso fare a meno di pensare a Molly come a una figlia, e non voglio vederla soffrire.»

«E io?» la canzonò Matt. «Se fossi io a farmi male?»

«Tu sei mio figlio, ti amo con tutta l'anima e, naturalmente, voglio la tua felicità. Se Molly riesce a renderti felice, avrà il mio supporto. Ciò nonostante, dal giorno in cui hai lasciato questo ranch a diciotto anni, sei stato un libro chiuso. Oggi sei un brav'uomo, responsabile e affidabile, e tuo padre e io non potremmo essere più orgogliosi della tua carriera nell'esercito e nei Rangers, ma intanto che la perseguivi hai seppellito il cuore. Credimi, spero che tu possa ritrovarlo, ma nel frattempo ti prego di stare molto attento a quello di Molly. Mi raccomando, sii davvero sicuro delle tue intenzioni prima di avvicinarti a lei.»

Matt fissò sua madre. Figurarsi se non sarebbe arrivata al sodo, sbattendogli in faccia la verità. E con tanto di ragione, come al solito.

«Non stai più usando la stampella» notò lei. «Come va il piede?»

«Migliora» rispose lui, ancora mortificato dalla sua perspicacia. «Adesso riesco a fare anche un po' di pressione.»

Susanna si alzò e andò a metterglisi di fronte, quindi lo attirò verso di sé e lo baciò sulla guancia. «Ti voglio bene.»

«Adesso sai perché sono rimasto lontano tutti questi anni» rispose lui con un sorrisino. «Cercavo di sfuggire a quella ficcanaso di mia madre.»

Susanna rise, spingendolo da parte. «Va' via, va', prima che decida di curiosare più a fondo.»

Matt ricambiò il bacio sulla guancia e si avviò verso la cucina.

CAPITOLO VENTUNO

A metà mattina, Matt persuase Molly a fare una cavalcata. Sapeva con esattezza dove voleva portarla. Man mano che si avvicinavano all'edificio abbandonato all'ombra di parecchi pioppi, pensava al passato ma anche al futuro, e la donna che cavalcava davanti a lui li incarnava entrambi.

«È qui che vivevate tu e la tua famiglia prima che il ranch fosse costruito?» Molly guardò oltre la spalla. Un cappello le schermava gli occhi, ma Matt sapeva che quelle profondità azzurre aspettavano solo di accoglierlo.

Annuì, lieto di vedere che, nonostante gli eventi del giorno prima, era la stessa di sempre. Indossava un abito blu scuro, una semplice sottana che, cavalcando, si arrotolava intorno alle ginocchia, ma oggi la vista della pelle nuda non lo infastidiva. Non essendoci anima viva nel giro di miglia, quell'inconsapevole sfoggio era tutto per lui. A prescindere dalla predica di sua madre, aveva promesso che si sarebbe comportato da gentiluomo, ciò non significava, però, che non potesse concedersi il lusso di guardare. Anzi, aveva il sospetto che non si sarebbe mai stancato di farlo.

Molly smontò e legò le redini di Pecos al ramo di un albero.

«Serve aiuto?» chiese, sollevando lo sguardo semichiuso verso di lui. La tempesta della notte prima si era lasciata dietro il sole.

«Ce la faccio da me.» Scese da cavallo atterrando sul piede sano e una fitta di dolore schizzò su per la gamba, a ricordargli come al solito il tempo trascorso con Cerillo. Spinse da parte le ombre. Oggi si sarebbe concentrato sul futuro.

«Parti per il raduno domani?» Le loro braccia si sfiorarono, mentre Molly lo aiutava con la borsa di cibo che si era portato dietro, e lui godette di quel contatto.

«Credo di sì» rispose, slacciando una coperta dalla sella. Riusciva a cavalcare abbastanza bene adesso e, poi, voleva dare il proprio contributo al ranch. Lo doveva ai suoi genitori, anche se questo significava stare lontano da Molly.

«Parliamo di settimane?» Gli prese dalle mani anche la coperta, quindi si avviò prima che lui protestasse.

«Giorno più, giorno meno.»

Lei aprì il panno sul terreno all'ombra di un albero, mise la borsa del cibo al centro, sedette su un lato e si tolse il cappello. Matt le sedette di fronte.

«Dovresti stare attento a non esagerare, ma sono certa che tua madre te lo abbia già detto» dichiarò, nascondendo le gambe sotto il vestito.

«Esatto» confermò lui con un sorriso «mi ha già fatto un bel sermone su quella e parecchie altre cose.» Aveva deciso di non rivelare a sua madre l'intenzione di uscire a cavallo con Molly, da solo. Non dubitava, infatti, che avrebbe voluto sorvegliarli da vicino.

«Sei fortunato, tu. I tuoi sono persone splendide.»

«Ce la farai, Molly. Supererai anche questa.» Allungò un braccio e le sistemò una ciocca dietro l'orecchio. Lo sguardo di lei si ammorbidì e, riluttante, Matt lasciò ricadere la mano.

«Grazie per essere rimasto con me ieri sera.»

«Non sei più sola. Spero sia chiaro, ormai.»

Invece di rispondere, Molly spostò lo sguardo verso l'orizzonte piatto di fronte a loro.

«Temo che ci abbiano scoperti» aggiunse lui.

Molly lo guardò ansiosa.

«Ieri sera mia madre mi ha beccato nella tua stanza.»

«Davvero?» chiese lei allarmata. «Beh, le hai detto che non è successo niente, giusto?»

Accigliandosi, Matt rifletté che no, non glielo aveva detto, perché in verità aveva voluto, eccome, che qualcosa accadesse, pertanto, in un caso o nell'altro era comunque colpevole.

«Tranquilla. Mia madre ha sempre a cuore il tuo interesse.»

«Oh.» Un lieve rossore colorò le guance di Molly e Matt gioì di quell'imbarazzo, pregustando la sua reazione nell'intimità. Gli piaceva proprio tutto di lei.

Per distogliere la mente da svaghi di natura più privata, tese il braccio verso la borsa e iniziò a tirarne fuori pollo fritto, pane, formaggio e due mele rosse, per concludere, poi, con una bottiglia scura e due tazze di latta.

«Cos'è quello?» chiese Molly.

«Vino. Ci troveremo anche in capo al mondo, ma non siamo così indietro come altri vorrebbero far credere.»

Le labbra di Molly si distesero in un sorriso. «Beh, io non avrei idea di ciò che è avanti, indietro o in qualunque altra direzione.»

Lui stappò la bottiglia e versò il liquido ambrato in una tazza che le porse, quindi riempì anche l'altra e l'avvicinò alla sua per un brindisi. «Ai passi in avanti. Solo quelli, d'ora in poi.»

Molly bevve un sorso. «È buono» disse, leccandosi le labbra.

«In te mangerei qualcosa.» Non voleva che sua madre lo accusasse di aver fatto ubriacare la giovane per rubarle un bacio, anche se l'idea aveva i suoi pregi.

In un silenzio sereno, mangiarono, bevvero dell'altro vino e osservarono le nuvole muoversi nel cielo, poi Molly si distese sulla coperta.

«Il vino mi sta facendo venire sonno» disse, strofinandosi la fronte.

Matt mise via i resti del cibo, posò la borsa di fianco e si distese accanto a lei. «Direi che quella del sonnellino è una buona idea.» Si coprì il viso con il cappello, quindi allungò il braccio a prendere la mano di Molly. Lei intrecciò le dita alle sue e insieme si addormentarono cullati dal vento.

Molly si svegliò di soprassalto. Mettendosi a sedere, notò che era tardo pomeriggio e, a giudicare dal lieve ma costante russare, Matt dormiva ancora. Gli sollevò il cappello dal viso, lo posò lì vicino e guardò l'uomo che dal ritorno in Texas era rimasto al suo fianco in quei giorni strani e incerti. Se non stava attenta, avrebbe finito col contare troppo sulla sua presenza.

Tuttavia, era difficile non desiderare di più da lui, non volere *tutto*. Osservò il saldo profilo di mento e mascella e le guance con un filo di barba: pur innocuo nel suo stato di rilassatezza, trasudava quella virilità che gli era naturale. L'ampio torace si sollevava e abbassava a ogni respiro. La mano dalle dita flessuose posata sullo stomaco era abbronzata e in netto contrasto con la camicia avorio. Le lunghe gambe erano tese e incrociate all'altezza delle caviglie coperte dagli stivali scorticati.

Incapace di resistere, Molly si chinò su di lui e lo baciò piano sulle labbra calde. Sapeva di pollo e vino e la barba corta e ispida le punse il mento. Lo sentì muoversi, poi una mano enorme si posò sulla sua nuca.

Lo baciò ancora e questa volta lui rispose, tuffando entrambe le mani nei suoi capelli e attirando la testa verso di sé. Le loro labbra si fusero alla perfezione, come fossero state create le une per le altre, e Molly gli si abbandonò contro. La bocca di Matt si muoveva sulla sua, assaporandola appieno, e lei, determinata a non sprecare quell'occasione, lo imitava, rispondendo a ogni sua mossa.

Spostò un braccio e gli affondò una mano nei capelli, crogiolandosi nel tocco della folta massa e desiderosa di spingersi nei gesti più intimi che aveva solo immaginato. Persa nelle emozioni che la sua vicinanza le procurava e incurante della barba che le pungeva la pelle, lasciò che le labbra vagassero fin sulle guance, voleva che conoscesse la sua brama.

Con un movimento rapido, Matt la spinse sulla schiena e le fu sopra. La lingua le assalì la bocca con un ardore tale da annullare in lei la capacità di pensiero. Aggrappandosi forte alle sue spalle, si avvinghiò a lui e alla potente sensazione esplosa tra i loro corpi. Il suo membro turgido le premeva contro ma lei non provò paura, anzi. Ne voleva ancora di più… di quanto stava accadendo, del suo tocco, di Matt.

D'un tratto lui si fermò, abbassando la testa sulla sua spalla. «Molly» sussurrò, ansante. «Non possiamo.»

«Perché no?» si ribellò lei, cercando di riportare quelle labbra sulle proprie.

«Non qui. Non così.» Sollevò la testa a guardarla. Poi, rise. «Se avessi saputo che tutto quel vino ti avrebbe reso tanto vispa, non lo avrei portato. D'altro canto, però, svegliarsi con te addosso è il sogno più bello che possa immaginare.»

La baciò di nuovo, con dolcezza, indugiando sulle labbra.

«Non capisco» insistette Molly contro la sua bocca, sollevando la testa nel tentativo di attirarlo in un bacio più profondo. «Non mi desideri?»

Matt premette la fronte contro la sua, dissuadendola dal cercare altro. «Dal momento in cui ti ho messo gli occhi addosso.» I loro respiri erano un tutt'uno.

Si staccò da lei e si alzò, quindi le offrì una mano. Delusa e frustrata, Molly aspettò che la tirasse su.

«È meglio per te, Molly.» Le lasciò andare la mano e subito vennero a mancarle il calore e l'ardore che solo lui riusciva ad accenderle in corpo.

«Che ne sai, tu, di ciò che è meglio per me?» ribatté, incapace di trattenere l'irritazione nella voce.

«Una giovane donna deve tenere conto del proprio futuro. E rotolarsi nella terra non dovrebbe farne parte.»

«Pensi sia divertente, vero?» lo accusò, piantandosi entrambe le mani sui fianchi con lo sguardo rivolto verso la prateria alle sue spalle.

Matt fece un gran sorriso, poi raccolse un sassolino e lo lanciò distante. «Penso sia carino che tu non sia cambiata molto, ancora tutta capriole e il resto.»

Ma faceva sul serio? Diceva di volerla e poi la paragonava alla bimbetta di un tempo. Una figura così distante dalla sua vita che quasi faticava persino a ricordare che cosa si provasse ad accogliere ogni nuovo giorno con entusiasmo. Quasi, ripeté a se stessa. Perché adesso c'era *lui*. E le faceva desiderare molto più di quanto avesse mai sognato di poter raggiungere.

Scoraggiata dalla piega che aveva preso la giornata, si avviò verso la dimora che la famiglia Ryan aveva abitato molti anni prima. Entrò e sbatté le palpebre più volte prima che gli occhi si abituassero agli angoli scuri. L'alloggio, composto da quell'unico vano, riceveva luce da quattro finestre senza vetri né scuri. Fatta eccezione per la piccola stufa di ferro battuto su un lato, lo sporco sul pavimento di legno e ragnatele a volontà, il resto della stanza era vuoto.

Molly mosse passi lenti tutt'intorno. Fece scorrere le dita sulla stufa e si sorprese di quanto fredda fosse. Un'ombra si delineò nel vano dell'ingresso, era l'enorme sagoma di Matt, con il cappello ben calcato sulla testa, che si rilassava contro lo stipite della porta.

«Quando costruirono la casa del ranch, portarono via praticamente tutto» disse. Non riuscendo a vedere il suo viso, Molly poteva solo sentire la voce profonda dell'uomo che adesso la imprigionava tra quelle quattro mura, pressappoco come aveva fatto con il suo cuore, solo per voltarle le spalle sul più bello. «Mio padre continuava a ripetere che avrebbe ripulito il posto e ne avrebbe ricavato un piccolo rifugio per se stesso e mia madre.»

«E perché non l'ha fatto?» La sua voce rimbombò tra le pareti.

Matt si strinse nelle spalle. «Mancanza di tempo, immagino.»

«Il tempo è prezioso» rispose piano Molly. «Non andrebbe sprecato.» E lei lo sapeva meglio della maggior parte.

Matt la guardò, ma quali che fossero i suoi pensieri li tenne per sé. «A proposito di tempo» disse infine «sarà meglio che ti riporti al ranch prima che mia madre inizi a pensare che facevamo ben più che baciarci su quella coperta.»

Perché ogni volta che parlava la sua voce aveva l'effetto di una carezza sulla pelle? Il cuore di Molly accelerò i battiti, il calore prese a diffondersi per tutto il corpo, soprattutto nel ventre, e il desiderio tornò ad accendersi.

Pervasa da una voglia malinconica, pensò che le sarebbe piaciuto tornare sulla coperta, accanto a lui, a guardare le nuvole passare nella consapevolezza che Matt era suo.

CAPITOLO VENTIDUE

Il mattino dopo, Matt e quasi tutti gli uomini che lavoravano e vivevano all'SR partirono. Susanna disse che sarebbero stati via dieci giorni al massimo, affiancandosi a parecchi altri ranch della zona, per raccogliere il bestiame che pascolava libero sulle migliaia di acri della campagna circostante.

Incapace di dormire, Molly rimase sulla veranda a guardarli avviarsi nella leggera nebbia che precede l'alba, con una strana sensazione nello stomaco quando, prima di allontanarsi in quella sorta di esodo maschile, Matt le rivolse una strizzatina d'occhio. Il suo comportamento la eccitava e al contempo irritava. Se non la desiderava, perché stuzzicarla, allora?

Ma dieci giorni senza di lui erano quasi più di quanto fosse disposta a contemplare, rifletté subito dopo. Così, il primo giorno trascorse sotto una nube di depressione.

E il secondo non fu da meno.

I suoi sentimenti per Matt erano più seri di quanto persino lei, a giudicare dalle apparenze, fosse consapevole. E che cosa le aveva detto, lui? Che le era sempre stato affezionato da morire. Che romantico.

Ma quando aveva deciso di aver bisogno di romanticismo?

Il terzo giorno, dopo aver aiutato Rosita in cucina e Susanna con le pulizie generali nel resto della casa, Molly si diresse verso la stalla per trascorrere del tempo con Pecos. Non pensava che il suo umore potesse subire ulteriori peggioramenti, ma un'occhiata alla figura che si avvicinava a cavallo le disse che si sbagliava.

Contro il bagliore di un vivo tramonto arancio e l'aria fresca del crepuscolo, l'animale rallentò. Davis Walker. Molly lo riconobbe all'istante e, immobile, attese curiosissima di vedere l'uomo che aveva scoperto essere il suo vero padre.

Davis smontò e, tirandosi dietro il cavallo, le si fece incontro. A pochi passi da lei, si tolse il cappello. Occhi blu la scrutavano da un viso spigoloso e scavato dalle intemperie, con le guance e il mento ricoperto da una corta barba grigia. Chissà se gli somigliava.

«Molly, giusto?» chiese, titubante.

Lei annuì, insicura su cosa dire. Anzi, non sapeva neanche se voleva parlargli.

«Ho riflettuto molto da quando Jonathan è venuto a trovarmi, qualche giorno fa. Ho ripensato alla sera in cui ti ho vista con Matthew e… speravo di trovarti qui.»

Molly rimase in silenzio.

«Sai chi sono, vero?» azzardò Davis.

«Perché me lo chiedete?» replicò lei, ritrovando finalmente la voce.

«Sei una Hart, giusto?» Il suo sguardo era penetrante, ansioso, quasi preoccupato. «Sei la figlia di mezzo, Molly Hart.»

Non aveva senso negarlo, ma neanche confermarlo, pertanto Molly si limitò a osservarlo con sguardo impassibile, mascherando il dolore che minacciava di affiorare in superficie.

«Buon Gesù» mormorò lui quasi tra sé. «Sei tu. Non riuscivo a crederci, ma poi Jonathan è venuto a trovarmi tirando fuori la faccenda di quella sera in cui il ranch degli Hart fu attaccato e… allora ho ricordato di averti vista con Matthew. Qualcosa di te mi aveva colpito. E adesso so perché. Dove diamine sei stata tutto questo tempo?»

«Non vedo come possa riguardarvi.» Molly mantenne un tono di voce piatto, attenta a celare le proprie emozioni.

«E invece penso proprio che mi riguardi.» Appariva deluso, quasi triste.

Ma non poteva essere così, decise Molly. Era lui, il responsabile dell'aggressione alla sua famiglia. Nient'altro che un essere spietato, malvagio e immorale. Nonché suo padre. Signore Iddio, pensò, sentendosi male.

«Tua madre è stata una presenza molto importante nella mia vita, e anche tu. Saperti viva mi ha davvero scosso.» Sembrava quasi sincero. «Non puoi immaginare il mio dolore quando Rosemary fu uccisa, e il pensiero che anche tu fossi morta… Mi convinsi che i miei peccati fossero tornati a tormentarmi, e magari è proprio così. Ma adesso sono vecchio; forse è ora che mi penta.»

«Non ho alcun interesse ad ascoltare la vostra confessione.»

«Ma io penso che dovresti.» Spostò il peso da una gamba all'altra, giocherellando con il cappello tra le mani. Davis Walker era a disagio e a Molly non piaceva vederlo come un uomo vulnerabile. Glielo rendeva più difficile da odiare.

«Amavo tua madre» disse brusco. «Ci conoscevamo da tempo, prima ancora che sposasse Robert Hart. È una storia lunga.» Si schiarì la voce e proseguì: «Mi frantumò il cuore, in mille pezzi, eppure non fui mai capace di odiarla. Di tanto in tanto veniva da me… forse per pietà… ma non m'importava.»

«Non siete obbligato a raccontarmi queste cose.» Perché diamine gliele confessava adesso? Perché gli importava che lei conoscesse la sua versione dei fatti?

«Invece sì» rispose lui. «Sei viva… sei qui per una ragione precisa. Non passa giorno che non pensi a Rosemary. O che non abbia pensato a te.»

All'improvviso Molly capì. Davis sapeva di essere suo padre.

«Che cosa volete da me, esattamente?» domandò incapace di trattenere oltre la rabbia. «Che vi chiami papà e vi accolga a braccia aperte?»

«Lo sai?» chiese lui, sbalordito.

«Credetemi, avrei preferito di no.»

«Fu Rosemary a dirtelo? Mi giurò che eri figlia di Robert, ma io sapevo... Non voleva neanche che mi avvicinassi a te.»

«È per questo che lo uccideste?» urlò, ormai furiosa. «È per questo che uccideste Robert Hart e mia madre? Pensate davvero di farla franca persino adesso, dopo tutto questo tempo?»

Davis rimase immobile, il viso una maschera d'incredulità. «Non l'ho ucciso io, Robert Hart. E di certo non ho ucciso Rosemary. È questo che pensi?» Gli tremavano le mani e, ancora una volta, Molly rimpianse di averlo notato.

«Ciò che penso io non importa. Conta solo la verità. Renderete conto di tutto quello che avete fatto. Intanto, non voglio vedervi, né voglio che mi giriate intorno o mi ricordiate chi siete per me.»

«Molly, non ho ucciso tua madre e, sì, avevo delle divergenze con Robert, ma non ho mai voluto vederlo morto. A volte speravo che svanisse, è vero, non in quel modo, però. Non sempre sono stato l'uomo che avrei voluto e so che le mie azioni hanno ferito altri, ma non sono un assassino.»

«Se quello che cercate è perdono, non l'otterrete certo da me» ribatté Molly, lottando contro una minacciosa marea di lacrime. «Mi vergogno di qualsiasi parentela con voi!»

«Beh» ritorse lui in tono più energico, «io no! Sei una parte di me e Rosemary. Non ti considererò mai un errore.»

Si arrampicò in sella, fermandosi a guardarla, quindi girò il cavallo e si allontanò nella sera.

Quando Molly fu abbastanza sicura che se ne fosse andato, impose alle gambe tremanti di portarla da Pecos e non tornò a casa se non dopo molto tempo.

Il mattino seguente arrivò Nathan Blackmore che si unì a Molly e Susanna per la colazione.

«So che a Matthew dispiacerà non averti incrociato» disse la donna mentre imburrava un pezzo di pane tostato. «Ma puoi sempre restare e aspettare che lui e gli altri tornino.»

Nathan sorrise, con la cicatrice che gli tirava la guancia. Seduta di fronte a lui, Molly pensò che, nonostante la ferita ormai guarita, fosse un gran bell'uomo. Capelli scuri, calorosi occhi marroni, portamento saldo. Lei, però, bello o no, aveva accolto la sua visita con una fitta di delusione. Quando lo aveva sentito cavalcare verso la casa, infatti, aveva subito pensato che fosse Matt.

«D'accordo, mi fermerò qualche giorno in caso tornino» rispose Nathan. «Dopo di che, sarà meglio che riparta.»

«Per la California?» chiese Susanna.

Nathan annuì, finendo il caffè. Accigliata, Molly notò che il suo piatto, fino a qualche minuto prima colmo di cibo, era adesso completamente vuoto. Gli uomini erano velocissimi a mangiare, in quel posto. Con la forchetta spostò le uova da una parte all'altra del piatto.

«Mia sorella ha partorito da poco e pensavo che sarebbe ora di far visita a lei e a suo marito» spiegò Nathan.

«Mia sorella Emma vive a San Francisco» commentò subito Molly. «Forse potrei unirmi a te.»

Nathan sembrò sorpreso.

«Andiamo, Molly» s'intromise Susanna «credo sarebbe opportuno aspettare una risposta da tua zia Catherine prima di affrontare un viaggio tanto lungo.»

«E io dubito che Matt vorrebbe fossi proprio io ad accompagnarti in California» aggiunse Nathan.

«Perché dovrebbe importargli?» ribatté Molly, sorpresa dal sarcasmo nel suo stesso tono. Doveva stare davvero più attenta a come parlava davanti alla madre di Matt.

«Già, perché mai dovrebbe?» mormorò Susanna.

Nathan si alzò. «Per quanto mi riguarda, preferisco tenere la bocca chiusa finché Matt non sarà qui a difendersi da solo» dichiarò, in sostegno dell'amico. «Signore, col vostro permesso. Vado a cercarmi qualche faccenda da sbrigare qui intorno in modo da alleviare il vostro carico.»

«È molto gentile da parte tua, Nathan, ma tutt'altro che necessario» rispose Susanna.

«Nessun disturbo. Mi aiuterà a tenere le mani occupate e il becco cucito.» Lasciò la stanza e qualche secondo dopo il suono della porta d'ingresso che si apriva e richiudeva riempì la quiete della sala da pranzo.

Susanna si rilassò contro lo schienale della propria sedia. «Nathan è un cuorcontento. Naturale che lui e Matthew siano amici.»

«Se voleste scusarmi…» Molly fece per alzarsi.

«Aspetta» Susanna le mise una mano sul braccio. «Hai fretta di lasciare questa casa?»

Molly tornò a sedersi. «Non so cos'ho fretta di fare.»

«Davis era qui ieri sera. Che cosa ha detto?»

«Sa chi sono, sa di essere mio padre e sostiene di non c'entrare niente con la morte dei miei» rispose lei, stringendosi nelle spalle. «Non so neanch'io cosa provare.»

«Capisco. È per questo che vuoi lasciare il Texas?»

«Susanna, dove sono le mie radici?» La brama nella sua stessa voce le provocò un sussulto. «Non posso restare qui per sempre, a prescindere da quanto la vostra gentilezza lo renda possibile.»

«Ma certo che puoi. Anzi, non c'è cosa che mi renderebbe più felice.» Susanna esitò. «È per via di Matthew?»

Non sapendo fino a che punto potesse aprirle il proprio cuore, Molly si limitò a uno spiraglio. «Se devo essere onesta, mi confonde.»

Susanna rise. «O povera me, è una posizione imbarazzante, la mia. Se si trattasse di un altro uomo, ti chiederei di raccontarmi tutto per filo e per segno e ti offrirei ogni consiglio possibile, ma si parla di mio figlio e rischierei di apparire intrigante. Così, ti dirò solo questo: sii paziente; il cuore di un uomo può metterci del tempo a innamorarsi, molto più che a sentirsi… attratto. Ma cosa ancor più importante, Molly, segui il tuo, di cuore. E se ti porta verso la California, allora avrai tutto il nostro appoggio.»

«Grazie.»

Susanna si protese verso di lei e la baciò sulla guancia. «Sarà meglio andare nelle stalle a dare una mano a Nathan. Non è mai bene lasciare che un uomo pensi di poter sfuggire a una donna con tanta facilità.»

Per la prima volta da che Matt era partito, Molly rise.

QUELLA NOTTE, il fragore di una tempesta esplosa all'improvviso svegliò Molly che dormiva sul pavimento. Incapace di riaddormentarsi, ascoltò i potenti suoni della natura che si scatenava oltre i vetri, preoccupata che Matt si trovasse da qualche parte là fuori. Sì, anche gli altri uomini del ranch erano esposti, ma lui era al centro dei suoi pensieri, sempre.

I fulmini e i tuoni le riportarono alla mente la prima notte trascorsa insieme, tra i resti abbandonati della sua casa paterna, un posto in cui aveva vissuto solo per pochi anni ma che, per qualche ragione, era dimora del suo cuore, l'unica che ricordasse e in base alla quale giudicava tutte le altre.

Spinse indietro le coperte, si alzò dal giaciglio improvvisato e andò alla finestra. L'aria della notte era fredda e lei, tremante, si pentì di non aver indossato la camicia da notte lunga che le aveva dato Susanna. Da parecchie sere, ormai, era tornata a una delle camicie prese in prestito da Matt per la sola ragione di essere più comode. Nulla a che vedere, naturalmente, con il proprietario dalle ampie spalle che le aveva indossate prima di lei, si diceva.

Le sue orecchie colsero un leggero picchiettio. Senza farci troppo caso, incrociò strette le braccia sul petto.

Ma il rumore tornò.

Guardò la porta accigliandosi. Sembrava che qualcuno stesse bussando. Doveva essere Susanna, pensò andando ad aprire.

Ma la vista dell'uomo con il cappello grondante pioggia che torreggiava su di lei le tolse il respiro.

Matt.

Stordita e con il cuore in gola, non seppe come reagire. Una parte di lei voleva lanciarsi tra le sue braccia mentre l'altra era tentata di chiedergli semplicemente cosa ci facesse lì.

«Ho saputo di Davis» disse lui. «Ero preoccupato per te e sono corso appena possibile.»

Molly lo fissava, incapace di parlare. Erano soli nel mezzo della notte sulla soglia della sua camera da letto. Non si poteva certo dire che stesse fraintendendo i suoi segnali.

«Non posso più stare lontano» dichiarò lui con voce bassa, decisa, sincera. «Non voglio.»

Molly non riusciva ancora a credere che fosse lì; le era mancato così tanto in quegli ultimi giorni. Nell'intimità del buio, si sentì pervadere da un senso di sollievo.

«E allora smetti di provarci.» Afferrandolo per la fibbia della cintura, lo attirò nella stanza e chiuse la porta.

CAPITOLO VENTITRÉ

Matt strinse il corpo seminudo di Molly al proprio e la baciò con tutta la passione e la frustrazione accumulate nel corso delle ultime settimane. La desiderava, aveva bisogno di lei e non poteva più negarlo.

Nonostante l'inesperienza, Molly reagì con la stessa intensità, in una risposta che non meritava ma che al tempo stesso lo eccitava. Scartando senza pietà le ragioni per cui avrebbe dovuto fermarsi, si chiese invece dove avesse trovato la forza di volontà che lo aveva spinto a tenersi lontano da lei per tutto quel tempo. L'aveva toccata appena e si sentiva già quasi pronto a esplodere.

Sarebbe stata sua, adesso e in maniera completa, senza barriere. Il pensiero della loro unione gli provocò un brivido, ma s'impose di rallentare il passo.

Prendendole il viso tra le mani, le sussurrò piano contro le labbra: «Ti prego, dimmi che lo vuoi.»

«Sì.» Nessuna esitazione nella voce, nessuna paura. La sua schiettezza e la fiducia lo stupirono.

«Abbiamo tutta la notte. Non c'è fretta» rispose lui, chiedendosi se stesse cercando di persuadere lei o se stesso.

«Ci ho messo dieci anni a trovarti» insistette lei. «Non voglio aspettare oltre.»

Avvicinò le labbra alle sue e lui le divorò, assaporandole, memorizzando la sensazione del loro tocco, la morbidezza del viso e la delicata curva del collo. Bella e perfetta, era un sogno per lui.

Le dita di Molly correvano da un bottone all'altro della camicia. Matt se la tolse di dosso e insinuò le mani sotto l'orlo della sua, fermandosi sui glutei. Le fece scivolare lungo le gambe l'indumento intimo, quindi risalì verso i seni, sorridendo nel sentirla trattenere il respiro. Con un movimento fluido si sbarazzò di quel che restava e l'ebbe nuda davanti a sé.

Un fulmine le illuminò la pelle radiosa e i seni alti, sodi ed eretti. Matt si inginocchiò, posò un bacio poco sotto uno dei due e le strinse i fianchi, poi lasciò che le labbra scendessero giù per le costole fino alla seducente curva del ventre. Appoggiandovi contro la fronte, guardò rapito il triangolo scuro tra le gambe.

«Sei bella» sussurrò.

Fece un respiro lungo e profondo, poi si alzò e le schiacciò le labbra con le proprie. Con i seni che gli stuzzicavano il petto e lei nuda tra le braccia, Matt sapeva che non avrebbe resistito ancora per molto. Le mise le mani sotto le ascelle e la sollevò sul bordo del letto, estasiato dall'intensità del bisogno che leggeva sul suo viso. Non lo temeva, e lui ne era davvero grato.

Attento a non fare forza contro il piede quasi guarito, si tolse uno stivale per volta, quindi si slacciò la cintura, gettò da parte i pantaloni e tornò a guardare Molly. Aspettò per assicurarsi che la propria nudità non la turbasse, ma lei rispose sollevando una mano a giocare con la peluria del suo petto mentre l'altra scivolava timida lungo la coscia sinistra, in un invito che fu quanto gli bastava. Le afferrò la testa e la baciò, invadendole la bocca con la lingua, poi le allargò con delicatezza le gambe e s'infilò tra loro.

Con il sesso già turgido ed eretto, si appellò all'ultimo briciolo di pazienza e la fece distendere sul letto, con le gambe ancora penzoloni dal bordo. Puntellandosi con una mano sul morbido materasso, si servì di un dito per penetrarla. Molly spalancò gli occhi per la sorpresa e inarcò i fianchi. Era gonfia e umida, più che pronta per lui.

Inserì un altro dito. «Voglio essere certo di non farti male» disse, ormai al limite.

Consapevole di non poter aspettare oltre, estrasse le dita e affondò in lei con una spinta. Molly inspirò e trattenne il fiato. Prendendola per i fianchi, l'attirò a sé verso il bordo del letto e sfruttò la posizione per spingersi più a fondo che poté. Quasi immobile dentro di lei, si chinò a baciarle collo e clavicola. Con le mani che gli stringevano la schiena, sotto di lui il corpo di Molly fremeva.

Il bacio si fece più intenso, le loro lingue si cercavano, si univano, e Matt restava ancora fermo. Il piacere era dilaniante e parte di lui non voleva che finisse, ma Molly si stancò presto di quel suo passo lento.

«Matt» disse in un soffio «ti prego.»

Senza indugiare oltre, si cinse i fianchi con le sue gambe, le fece scivolare le mani sui glutei e, finalmente, prese a muoversi, spingendosi in lei ed esplodendo pochi secondi dopo in un orgasmo intenso, tale da consumare e annientare in lui la cognizione del tempo e dello spazio, come pure la consapevolezza di se stesso.

Riversandosi in Molly fino all'ultima goccia, avvertì i fremiti che le scuotevano il corpo mentre anche lei, aggrappandoglisi con vigore, raggiungeva l'apice del piacere e si perdeva in quella passione tutta loro. Matt rafforzò l'abbraccio e la tenne stretta a sé finché non tornò, senza fretta, al presente.

«Accidenti» le mormorò contro il collo. «Adesso non sarò più capace di starti alla larga.»

«Non credo di avere la forza di muovermi» sussurrò lei.

«Dammi solo cinque minuti e riprendiamo.»

«Dici sul serio?» chiese lei senza fiato.

Matt sorrise piano. «A essere onesto, credo di essere già pronto.» Si accertò di aver dichiarato il vero con un veloce movimento entra ed esci e… sì, era pronto. Sostenendosi sugli avambracci, abbassò lo sguardo su di lei. «Possiamo farlo in altri modi se… sei dolorante.»

«Il vantaggio è tuo, perché io non ne ho la minima idea.»

Stava per dirle che era lei ad avere un vantaggio su di lui, forse da sempre, ma averla tra le braccia, in quella posizione, lo lasciava letteralmente senza parole e gli mozzava il respiro. Si chinò su di lei e iniziò a mordicchiarle le labbra. «Ce la prenderemo comoda.» E questo fu l'ultimo pensiero coerente di quella notte.

MOLLY SI SVEGLIÒ POCO PRIMA dell'alba, era distesa sul ventre con le dita di Matt che le sfioravano la schiena, subito seguite dalle labbra, e che si fermarono solo dopo aver misurato l'intera lunghezza delle sue gambe. Il bisogno era tornato ad agitarsi in lei, disorientandola con la sua intensità. Non si era aspettata che fare l'amore le sarebbe piaciuto tanto, che l'avrebbe indotta a donarsi in maniera tanto libera e spontanea. Matt la faceva sentire la più adorata tra le donne con cui era stato. Vero o no, se ne sarebbe occupata dopo.

Con un gemito di contentezza si girò sulla schiena e le labbra di Matt si affrettarono a esplorare il davanti del suo corpo. Molly non aveva idea i suoi seni fossero tanto sensibili o che il tocco di quelle dita virili tra le gambe fosse capace di scatenare in lei un desiderio talmente feroce da farla fremere, spingendola a ghermire il suo amante perché lo appagasse.

Ma l'acme della passione lo raggiunsero insieme, con la stessa intensità della prima volta poche ore prima, sudati e ansimanti per lo sforzo.

Matt giacque tra le sue gambe, la guancia le irritava la pelle poco sopra il seno sinistro, ma Molly ignorò il leggero fastidio e gli fece scorrere le dita tra i capelli.

«È quasi l'alba» disse lui nel silenzio della stanza, con il respiro che le scaldava la pelle nuda. La tempesta si era finalmente placata. «Devo ripartire.»

Sì, lo sapeva, ma una parte di lei non voleva che la notte finisse.

«Perché sei tornato?» chiese, accarezzandogli i muscoli ben definiti della spalla e abbassando lo sguardo sui loro corpi. Le piaceva la differenza tra la superficie compatta e salda del suo e le morbide curve del proprio. Non aveva mai pensato a quest'ultimo in quei termini e adesso si sentiva femminile, quasi delicata. Quella scoperta era così nuova che ebbe l'impressione di guardarsi per la prima volta.

«Ho sentito della visita di Davis e non volevo saperti da sola con le conseguenze dell'incontro.» Girò la testa e le baciò il capezzolo poco sotto la propria guancia.

«Sa tutto» rispose lei «ma nega di aver organizzato l'attacco.»

«Non devi affrontarlo da sola. Sarò al tuo fianco, se lo vuoi.»

«Quello che voglio» disse lei in un soffio «è che questa notte non finisca mai.»

Le mordicchiò piano un seno. «Credo di avere fatto buon uso del nostro tempo.» Si tirò su fino a portare i visi uno di fronte all'altro. «Sono tornato anche per un'altra ragione. Ho saputo che c'era Nathan e… mi sono ingelosito.»

«Davvero?» chiese lei, sorpresa. «È bello di una bellezza rude, ma non ho mai provato interesse per lui, né per chiunque altro, se è per questo. Dopo la notte scorsa non puoi dubitarne.»

«La notte scorsa ha cambiato tutto.»

Molly sapeva che Matt aveva ragione e provò un pizzico di tristezza. Una volta uscito da quella stanza non avrebbero più goduto della vicinanza di quel momento, temeva.

«Devo andare.» Le diede un bacio, che si spinse presto ben oltre il dolce e tenero, così, prima che la situazione gli sfuggisse di mano, si ritrasse. «Mai avrei pensato che lasciarti sarebbe stato tanto difficile.» Spostandosi sul lato del letto cercò gli abiti.

Con i pantaloni indosso e la camicia aperta sul petto, si chinò a posarle un rapido bacio tra i seni. «Ci vediamo dabbasso per la colazione.»

«Sempre che riesca a camminare» scherzò lei, con un'ultima carezza sulla guancia.

Matt fece un largo sorriso e, con gli stivali in mano, lasciò piano la stanza zoppicando appena.

SUBITO FUORI SI accorse che la luce dell'imminente aurora iniziava a filtrare attraverso la finestra coperta di pizzo in cima alle scale. La porta della stanza accanto si aprì e ne uscì Nathan, vestito e già pronto per la giornata. Nel vedere l'amico rise.

«Nathan.» Matt gli strinse la mano. «Bello ritrovarsi.» Sapeva che la breve fitta di gelosia al pensiero di Nathan e Molly non era stata che un attimo di debolezza, ciononostante si era fatta sentire.

Quando sua madre aveva fatto giungere notizia a suo padre della visita di Davis e dell'improvvisa ricomparsa di Nathan, l'incontenibile desiderio di Matt di tornare da Molly aveva infine avuto la meglio sulla sua determinazione. Neanche un'interminabile cavalcata nella pioggia sarebbe riuscita a tenerlo lontano da lei.

«Tempismo eccellente come sempre» disse.

«Non te ne sei mai lamentato prima» ribatté l'amico, appoggiando disinvolto una spalla contro il telaio della porta e incrociando le braccia sul petto. «Dubito, comunque, che il tuo ritorno improvviso nel cuore della notte abbia molto a che fare con la mia presenza.»

Matt lanciò uno sguardo alla porta chiusa di Molly. «Non dire ancora niente» sussurrò. «Devo prima risolvere un paio di cose.»

«Che mi prenda un colpo» mormorò Nathan «ti sposi.»

«Non fare quella faccia tanto sorpresa.» Ma quello stupito era lui. La notte precedente lo aveva steso, e benché fosse andato da Molly con intenzioni onorevolissime, stare senza di lei era ormai impensabile. «Prima o poi un uomo deve pur mettere la testa a posto, capiterà anche a te.»

Con un largo sorriso, Nathan scosse la testa. «Non ho ancora incontrato una donna che mi tenti fino a quel punto. Per caso Molly ha una sorella?»

Matt ignorò la domanda e si avviò verso le scale. «Devo cambiarmi. Ci vediamo a colazione.»

«Se nel frattempo non ti addormenti.»

CAPITOLO VENTIQUATTRO

Molly entrò nella sala da pranzo e s'immobilizzò. Nel vederla Matt e Nathan avevano subito smesso di conversare ed erano rimasti a fissarla.

«'giorno» la salutò il primo, sorridente. Non era giusto che dopo la loro nottata insonne apparisse tanto sveglio, pensò Molly. E che, per giunta, la sconvolgesse con la sua bellezza. Nonostante lo sforzo, restare indifferente fu assai difficile. Il cuore aveva già iniziato la sua corsa.

«Buongiorno» rispose un po' impacciata, prendendo posto all'estremità del tavolo. «Dov'è Susanna?»

«Quando il vecchio è via, la responsabilità del ranch se l'accolla lei» rispose Matt. «Il che significa che è già passata di qui e adesso è fuori.»

«Oh.» Molly raccolse le mani in grembo. Spostò lo sguardo dalla tovaglia al soffitto, poi lo diresse titubante verso Nathan e, quando lui lo ricambiò con una strizzatina d'occhio, decise che ne aveva avuto abbastanza. «Bene, vado a prendermi qualcosa da mangiare. Detesto disturbare Rosita» disse, affrettandosi a lasciare la stanza.

Ma nella foga di entrare in cucina spinse quasi per terra la donna. «Oh! Mi dispiace tanto» si scusò, aiutando la poverina a recuperare l'equilibrio.

«Perché così di fretta?» chiese quella, riprendendo fiato.

«Venivo a cercare qualcosa da mangiare.»

La messicana le porse il piatto di cibo. «Beh, ecco qui. Io stare portando adesso.»

Molly lo prese con un pizzico di esitazione, quindi la ringraziò. Concentrata, guardò il lungo tavolo di legno a cui spesso sedevano i mandriani. «Penso che mangerò qui.» Sedette e si portò subito alla bocca una cucchiaiata di uova strapazzate.

«Caffè?» Rosita tornò da lei e versò il liquido bollente in una tazza di ceramica decorata con fiori e ghirigori vari. Molly rimase a fissarne il motivo.

«Perché essere qui?» chiese infine l'anziana donna.

«Mi piace la tua compagnia, Rosita.»

La donna respinse il commento con un gesto della mano e un sorriso. «No saper mentir.»

«Non è una bugia» replicò Molly, un poco indignata.

«*Señor* Matt, lui torna ieri sera.» Rosita la scrutò, quindi annuì. «Così. *Sí*, proprio così.»

«Così cosa?»

«Lui dice piede fa male, ma tornato per *voi.*»

Molly si spinse un biscotto in bocca. «Può darsi» borbottò prima ancora di ingoiare.

La donna rise e se ne tornò ai piatti che stava lavando. «Voi me gustar.» E agitandole contro un dito insaponato aggiunse: «Essere donna giusta per lui.»

Con un sospiro, Molly spinse da parte la colazione. Era comunque sazia. Ma lo sapevano proprio tutti, di lei e Matt, in quella casa? Il fatto che Susanna in particolare potesse esserne al corrente, poi, era fonte di grande imbarazzo. Buon Dio, al solo pensiero di quello che Matt le aveva fatto sentiva il viso caldo e il sangue scorrere in fretta. Chissà se sarebbe più stata capace di trovarsi nella stessa stanza con lui senza fantasticare sulla pelle nuda del suo corpo asciutto e muscoloso. Dubitava che Susanna intendesse questo, quando le aveva detto di seguire il cuore.

«Abbiamo compagnia» annunciò proprio la sua voce dall'ingresso principale.

Rosita diede una sbirciatina nel corridoio e si sottrasse svelta alla vista. «*Señora* McAllister» disse a denti stretti. «E se accompagnare anche de una bella giovane.» In tono più urgente, poi: «Svelta, meglio che uscire là fuori para piantar artigli in *Señor* Matt prima che lei se prendere quello che no suo.»

Molly si sentì mancare. Il giorno perdeva in fretta il suo splendore, pensò con aria cupa. Nostalgica, guardò la porta sul retro e un'invitante immagine di Pecos e vaste praterie si fece largo nella mente. Ma seguirla significava lasciare Matt con la graziosa giovane, che non dubitava essere figlia della signora McAllister, nonché candidata prescelta come moglie.

Tutt'altro che entusiasta, si avviò verso il soggiorno. Matt e Nathan, in piedi alla sua sinistra, tenevano l'uno una mano poggiata con naturalezza sullo schienale di una sedia e l'altro un fianco contro il bordo di un tavolo. Nessuno dei due appariva particolarmente incline a una lunga conversazione, dando a Molly un sottile filo di speranza che questa visita non sarebbe durata troppo.

La signora McAllister sedeva sul divano con sua figlia, una giovane adorabile con riccioli biondi raccolti sulla testa e un abito di satin in tonalità verde scuro dall'aspetto costoso. Di fronte a loro, con le spalle rivolte a Matt e Nathan, c'era Susanna.

«Molly» quest'ultima tese la mano verso di lei «ti prego, unisciti a noi» la invitò indicando la sedia accanto alla propria.

«Molly Hart, ma che sorpresa» commentò la signora McAllister «non avevo idea foste ancora qui.» Il tono di voce rasentava il beffardo.

Molly decise in maniera irrevocabile che quella donna non le piaceva affatto.

«Lasciate che vi presenti mia figlia, Lizzie.»

Molly le rivolse un cenno con la testa, forzando le labbra in un mezzo sorriso.

«Lieta di conoscerti» rispose l'altra. Aveva la pelle liscia, priva di lentiggini, e sedeva rigida, con la schiena così dritta che sarebbe bastata una spintarella a farle perdere l'equilibrio, pensò Molly. Sul fatto che fosse bella non si discuteva, ma in quella terra di polvere, pioggia e abbandono appariva fuori luogo.

Dal nulla, nella sua mente sfrecciò un'immagine di Lizzie in mezzo ai Comanche che la fece sorridere. Sarebbe bastato l'odore a ucciderla.

«Sei stata via per un bel pezzo, Lizzie» disse Susanna. «Dev'essere difficile tornare alla vita da queste parti. Immagino che il passo qui sia molto più lento rispetto a Richmond.»

«Sì, ho dovuto riadeguarmi. Mia madre, tuttavia, non vedeva l'ora di portarmi qui per una visita, pertanto spero non vi dispiaccia se siamo passate.»

«Affatto» rispose Susanna con calore.

«Mi rallegra vedere che il piede guarisce, Matthew» commentò la signora McAllister.

«Quasi come nuovo» rispose lui.

«E, signor Blackmore» proseguì la donna «siete un Ranger anche voi?»

«Sissignora. Anche se al momento sono in congedo per una visita a mia sorella in California.»

«Santo cielo, ma è lontano da qui. Di dov'è la vostra famiglia?»

«Missouri.»

«Che bello!»

«Se volete scusarci, signore» s'intromise Matt «avremmo delle faccende da sbrigare.»

«Oh, ma certo» rispose la signora McAllister.

Con la coda dell'occhio, Molly vide Matt e Nathan uscire, e il desiderio di seguirli fu tanto forte che dovette letteralmente imporsi di restare dov'era.

«Abbiamo sentito parlare di voi, Molly» dichiarò la signora

McAllister, sollevando la tazza dal piattino per sorseggiare il caffè. «Terribile ciò che accadde alla vostra famiglia tutti quegli anni fa.»

«Grazie» rispose di riflesso Molly, chiedendosi chi avesse parlato di lei.

«Siete fortunata a essere viva. Quanto pensate di fermarvi qui con i Ryan?»

«Consideriamo Molly una di famiglia» intervenne Susanna. «Abbiamo scritto alle sue sorelle e aspettiamo una risposta. Poi, sarà lei a decidere il da farsi.»

«Sì, è importante essere con la propria famiglia» insistette la signora McAllister. «Sono così felice di riavere Lizzie con me.» Sorrise alla figlia. «Non ti piacerebbe andare a guardare gli uomini al lavoro, cara? Ti ricorderà come si vive in un ranch.»

«Dell'aria fresca farebbe sicuramente bene a tutte» disse Susanna. «Perché non prendiamo il nostro caffè sul portico, Elizabeth? Sono certa che a Molly non dispiacerà accompagnare Lizzie in giro.»

«Magnifico» commentò l'anziana donna.

L'umore di Molly si afflosciò. Uno stormo di avvoltoi si era appena tuffato sulla sua giornata e lei poteva solo sperare di non restare incastrata con la giovane McAllister troppo a lungo.

«È COSÌ TRANQUILLO QUI» commentò Lizzie, aprendo il parasole in tono con l'abito, mentre passeggiavano verso le stalle.

Molly guardò il cielo. Non c'era ombra di pioggia, ma pareva che l'altra non fosse d'accordo. Si raccolse i capelli scuri alla base del collo e li legò con un laccio di cuoio, quindi si calcò un cappello in testa. «Cavalchi?» chiese.

«Certo» rispose Lizzie. «Anche se ne è passato di tempo dall'ultima volta in sella a uno dei cavalli selvaggi e rognosi di qui. Nell'Est, le donne cavalcano con le gambe di lato.»

«Hmm.» Molly non riusciva a immaginarne una ragione

valida. «Ti andrebbe di cavalcare uno dei cavalli selvaggi e rognosi dei Ryan?»

«Magari più tardi» rispose l'altra, arricciando il naso mentre evitava un cumulo di escrementi di cavallo. «Immagino sia ovvio, ma mia madre ha questa balzana idea di vedermi sposata con Matthew Ryan, perciò suppongo di doverlo cercare per tentarlo con i miei attributi femminili. Tu mi comprendi, vero?»

Neanche un po', pensò Molly furiosa.

«Senti» Lizzie le mise un braccio davanti per indicarle di fermarsi. «Mia madre mi diceva che conosci la famiglia Ryan da molto tempo. Com'è fatto Matthew? Che tipo di uomo è?»

Molly fissò quella donna di mondo tutta agghindata e non ebbe idea di cosa rispondere. Poteva mentire e raccontarle che Matt era un mascalzone indolente, immorale e donnaiolo, ma a prescindere dalle proprie ragioni, lui non meritava una reputazione tanto macchiata. D'altro canto, però, se Lizzie si fosse sentita dire onestamente che era dolce e premuroso, responsabile, giusto e laborioso, nonché un amante capace di concentrarsi fino a toglierle il respiro, con tutta probabilità se ne sarebbe innamorata all'istante.

Proprio come era accaduto a lei.

Lo amava.

E non c'era di che meravigliarsi. Come avrebbe potuto essere altrimenti dopo la notte scorsa?

«È un brav'uomo» disse infine. «Di migliori non ce n'è.»

«Beh, questo è un sollievo» rispose Lizzie con una risatina frivola. «E Logan?»

«E Logan cosa?»

«Com'è?»

«Lo stesso. Hai intenzione di dare la caccia a tutti e due?»

«Uno o l'altro, a mia madre non importa quale.»

«E a *te*? Importa?»

«Certo che m'importa. Ma qui, tutta sola, non sopravvivrei mai. Mamma non può gestire il ranch ancora per molto e io, in tutta onestà, non ho idea di come si faccia. Quanto prima mi sposo, tanto meglio.»

Quanto prima tanto meglio. Possibile che Matt – o anche Logan – fosse disposto a sposare una donna simile?

La sera precedente era andato da lei e l'aveva amata senza sosta fino alle prime luci dell'alba, ma Molly non sapeva davvero cosa pensare. Di sicuro non aveva intenzione di *piantargli gli artigli* addosso, costringendolo a stare con lei. In quel caso, non sarebbe stata migliore della giovane McAllister.

Girarono intorno alle stalle fino a raggiungere un recinto. Matt sedeva sulla staccionata mentre Nathan, al lavoro con una stupenda giumenta bianca come neve, la guidava tenendola con una corda.

Distratta dalla vista del cavallo, Molly mise un piede sulla prima traversa della staccionata per farsi quanto più vicina a Matt. «È magnifica» disse, incantata dall'animale.

Matt abbassò lo sguardo verso di lei e sorrise, rivolgendo un cenno anche a Lizzie. «È di Nathan. Una compagna per Black, semmai mostrasse dell'interesse.»

«Li ha fatti incontrare?»

«Già.» Matt si spinse indietro il cappello, restando seduto in perfetto equilibrio. «Ma per il momento fa la difficile, perciò Nate sta provando ad addestrarla alla sella.»

«Come si chiama?»

«Winter.»

«Qualcuno ha già provato a cavalcarla?» chiese Molly.

Matt scosse la testa, quindi le lanciò un'occhiataccia. «E dimmi che non hai intenzione di farlo tu.»

«Beh, ho avuto a che fare con qualche cavallo scontroso durante gli anni con i…» D'un tratto si ricordò di Lizzie. «Durante gli ultimi anni» concluse.

Matt la fissò, con occhi che luccicavano per l'intensità, e Molly seppe esattamente cosa stava pensando.

Ricambiando il sorriso, con la convinzione di essere arrossita, desiderò fossero da soli ma…

Sapeva che Matt e Nathan avrebbero sicuramente trascorso l'intera giornata con il cavallo, così seppur riluttante scese con un salto dalla staccionata. «Fammi sapere se serve aiuto.» Con le mani sui fianchi, quindi, si rivolse a Lizzie. «Ti va di fare un giro nel granaio o che so io?»

«No, grazie. Penso che mi fermerò ancora un po' a guardare il signor Blackmore.»

Molly dovette sforzarsi di non roteare gli occhi. Era evidente che Lizzie non avesse alcun desiderio di starsene nel sole bollente a osservare l'uomo che domava un animale ribelle, ma al tempo stesso sentiva di dover trascorrere del tempo con Matt.

«Sta' attenta ai serpenti nel granaio» scherzò lui.

«Serpenti?!» ripeté Lizzie.

Molly incrociò gli occhi di Matt con un sorrisetto e si allontanò con il suono della sua risata, sempre più fievole man mano che si avvicinava alle stalle.

Aveva appena finito di strigliare il manto scuro della sua giumenta, quando sentì Matt urlare. «Allontanatevi, sta per saltare la staccionata!»

Aprendo in fretta lo stallo di Pecos, Molly le saltò in groppa senza sella e uscì proprio mentre Matt e Nathan correvano verso i propri cavalli.

«Che diamine stai facendo?» urlò Matt, furioso nel vederla.

«Posso raggiungerla.» Servendosi dei talloni per incitare Pecos in una corsa a rotta di collo, si allontanò prima che lui riuscisse a terminare una risposta colorita.

Imprecando ad alta voce, Matt sellò il cavallo, imitato da Nathan. Il vantaggio di Molly era eccessivo.

«Posso aiutare?» offrì Lizzie, correndo verso di loro. «Ditemi cosa posso fare.»

Matt montò agile in sella guardandola appena.

«Grazie, signorina McAllister» rispose Nathan in groppa al proprio cavallo. «Non vi preoccupate. Torneremo sicuramente prima di cena.»

Non se Molly si spezza l'osso del collo, pensò Matt rabbioso. Partirono entrambi a gran velocità, seguendo quel che restava della scia di polvere lasciata da Pecos, ma dopo qualche minuto al galoppo sulla piatta distesa della prateria, tirarono le redini al limite di un promontorio a picco su di un *arroyo* devastato dalle intemperie.

Matt scrutava l'area, chiedendosi dove diamine potessero cacciarsi una donna e due cavalli, quando Nathan indicò a sudest. «Laggiù.»

Pecos scendeva di lato per il pendio mentre Molly, nel tentativo di mantenerli entrambi in equilibrio durante la discesa, si sporgeva sul lato opposto. La bianca giumenta di Nathan continuava a correre più avanti, con le briglie che toccavano terra mentre attraversava con sorprendente velocità il fondo del burrone. Saldi ginepri e mesquite dall'aspetto frastagliato erano pressoché inutili nel rallentare la corsa dell'animale.

Matt girò il proprio cavallo e lo spronò verso il bordo del precipizio poco prima occupato da Molly, ciò senza mai staccarle gli occhi di dosso. Giunta sul fondo, la osservò incredulo sbottonarsi la gonna, sollevarla, sfilarla via dalla testa e gettarla per terra, subito seguita dalla camicia. Non restava che la sottana, lunga e leggera, raccolta intorno alla vita a mostrare gambe snelle coperte a malapena dai mutandoni.

Questo soltanto l'avrebbe già fatto incavolare, ma fu ciò che sospettava stesse per fare a mandarlo su tutte le furie.

Dannata donna.

Schivando i rami, Molly superò presto la cavalla.

A quel punto, Matt rifletté che non aveva senso continuare a seguirla giù per la collina e si fermò, dirigendosi invece a est nel tentativo di tagliarle la strada. Nathan gli fu subito dietro.

Dopo un quarto di miglio, arrestarono entrambi i cavalli per stabilire l'angolo migliore di approccio a Molly e alla giumenta. Matt la guardò incitare Pecos a un'andatura che tenesse il passo dell'altro animale, così da correre fianco a fianco e… il suo cuore si fermò. Dimenticandosi quasi di respirare la vide saltare da un cavallo all'altro.

«Accipicchia» mormorò Nathan. «Ha più palle lei di noi due messi insieme.»

«Blocchiamola» replicò Matt a denti stretti. «Chi può dire quanto reggerà in sella alla tua cavalla.»

Cavalcando lungo un sentiero parallelo a quello di Molly, galopparono aggirando ostacoli e superando tratti accidentati. Il sole splendeva a ovest – grazie al cielo, alle loro spalle – gettando un bagliore dorato sulla terra. Delle lepri si diedero alla fuga davanti a loro e il volo distante di un paio di falchi catturò l'attenzione di Matt.

Via via che il territorio si andava appianando e i due sentieri s'incrociavano, riusciva a vederla meglio. Molly. La leggera sottana bianca che indossava era un tutt'uno con il manto della cavalla, a tal punto da rendere impossibile stabilire dove l'una finiva e l'altra iniziava. O forse era solo la sua abilità con l'animale. Lo cavalcava senza alcun ausilio, neanche le redini. Chinata in avanti, stringeva la criniera per tenersi in groppa e si spostava, con grande naturalezza, assecondando i movimenti sporadici della giumenta.

Donna e cavalla erano un unico essere.

Accorgendosi di lui, lo salutò. I capelli scuri si agitavano nel vento.

«Non mollare!» le urlò Matt.

Il cavallo di Nathan balzò in avanti sul lato destro mentre Matt affiancava Molly e la candida giumenta sul sinistro. Spinse in avanti, sforzandosi di rallentare Winter, e si accorse che Molly le tirava indietro la criniera moderandone drasticamente la corsa.

Erano ormai a passo di galoppo, quando Winter prese a ribellarsi, scuotendo la testa avanti e indietro e iniziando a inarcarsi. Fu allora che Matt arretrò il proprio cavallo e afferrò Molly prima che finisse per terra, quindi si allontanò di poco.

Girandosi all'istante per guardare la giumenta che sbuffava oltre la spalla di Matt, il viso di Molly s'illuminò del sorriso più grande che le avesse mai visto.

«Che diavolo ti è saltato in mente?» la rimproverò, serissimo.

Lei rise. «Caspita, che cavalcata.»

«Avrebbe potuto ucciderti.»

Molly lo guardò, con il sorriso ormai spento. «Sei arrabbiato perché ho provato a recuperarla? Stava fuggendo via. Non c'era un attimo da perdere.»

Lui abbassò lo sguardo e si accorse del contorno scuro di un seno mal celato dalla sottana smanicata. Buon Gesù, non si era reso conto che fosse praticamente nuda.

«Prima o poi l'avremmo catturata» ribatté severo, sbottonandosi la camicia e sfilandosela.

Lei guardò corrucciata il suo petto nudo.

«Matt, non possiamo… insomma, sai che voglio dire.» Spostò intenzionalmente lo sguardo oltre la sua spalla, quindi lo riportò su di lui. «C'è anche Nathan» sussurrò.

Mettendole la camicia addosso con gesti impazienti, coprì quanto più possibile. Nathan aveva già visto fin troppo, dannazione. «Non ho nessuna intenzione di fare l'amore con te. Meriti solo un gran calcio nel sedere.»

«Beh, fai pure» rispose lei, sarcastica. «E a titolo informativo, ci ero già riuscita in passato, diversamente non ci avrei provato adesso.»

«Chissà perché saperlo non mi fa sentire meglio» disse lui, in tono più duro di quanto intendesse.

«Avete finito di litigare, voi due?» Nathan si avvicinò, tirandosi dietro la giumenta con una corda.

«Non stiamo litigando» rispose Matt.

«Certo che no. Grazie per l'aiuto, Molly, davvero apprezzato. Sembri nata per cavalcare. I Quahadi devono aver tenuto in gran conto le tue abilità da cavallerizza.»

«Tra i migliori ero appena mediocre. Le donne non cavalcavano quanto gli uomini.»

«Preferisci che prenda Molly con me, Ryan?» lo stuzzicò Nathan.

«Un corno» mormorò lui tra i denti.

«Proprio come pensavo.» rispose l'amico, ridendo. «Andiamo.» E ripartì a gran velocità.

Molly infilò le braccia nelle maniche che l'avvolgevano e con un piccolo sforzo si aggrappò alle spalle di Matt, montando in sella dietro di lui.

Si avviarono a passo regolare, con Pecos che li seguiva a breve distanza, e quando Molly rifiutò di reggersi, Matt le prese le braccia e se le strinse intorno ai fianchi. «Tieniti forte.»

La sensazione che potesse non avere tanto bisogno di lui quanto lui ne aveva di lei non gli piaceva per niente.

CAPITOLO VENTICINQUE

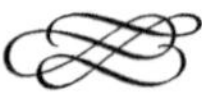

Matt la lasciò senza una parola sul retro della casa e lei entrò in cucina. Rosita sollevò di scatto la testa, squadrandola da capo a piedi, ma Molly era semplicemente troppo stanca per le spiegazioni. Con il suono dei propri stivali a riempire il silenzio, andò in camera da letto evitando apposta d'incrociare altri.

Si sbottonò la camicia di Matt e se la sfilò ma non la mise via. Invece, se la portò al viso e inalò il profumo di lui, mentre andava alla finestra per guardare l'ultima luce del giorno che illuminava le stalle. Matt vi stava conducendo il proprio cavallo e Pecos. Nudo fino alla vita, appariva alto, virile e irresistibile. E Lizzie, schizzata fuori dal nulla, stava andando a fargli compagnia. Molly non se la sentì di guardare la donna civettare con l'uomo che amava.

Si rannicchiò nel grande letto, dove indugiava ancora l'odore dei loro corpi e della notte precedente. Era stato solo ieri? Stava già diventando un lontano ricordo, proprio come temeva sarebbe accaduto.

Forse aveva sbagliato a rincorrere il cavallo. Lizzie non avrebbe mai fatto una cosa simile. Le signore perbene non si comportavano a quel modo. Era per questo che Matt era tanto arrabbiato con lei?

Riflettendo preoccupata che potesse non essere la donna che lui desiderava, le sue palpebre si abbassarono.

QUANDO MOLLY non scese per la cena, Matt si offrì di andare a controllare. Bussò piano alla porta della sua camera ma non essendoci risposta aprì.

Era profondamente addormentata al centro del letto. Rimase un attimo a guardarla, desiderando di potersi distendere a riposare accanto a lei, solo per svegliarsi al suono della sua seducente voce assonnata e al tocco di quel corpo invitante. La rabbia di prima era scemata e adesso non voleva altro che stare con lei. Ma era chiaro che fosse esausta, e poi sua madre e i loro ospiti lo aspettavano dabbasso. Magari più tardi sarebbe riuscito a tornare di soppiatto, anche se era più facile a dirsi che a farsi: lui e Nathan erano stati spediti negli alloggi per i mandriani in modo da far spazio per la notte alla signora McAllister e a Lizzie.

A malincuore, chiuse la porta e tornò al piano di sotto.

MOLTO TEMPO DOPO, i due amici si ritirarono per la notte. Avendo dormito poco durante la precedente, Matt era sfinito ma il desiderio di tornare subito nella stanza di Molly era troppo forte. Decidendo che avrebbe sonnecchiato per un po' quindi sarebbe andato da lei, si distese.

La serata, trascorsa quasi per intero a tentare di scrollarsi di dosso la compagnia di Lizzie, era stata alquanto noiosa. La giovane le stava provando tutte per catturare il suo interesse. Era davvero il caso di dirle la verità e risparmiarle ulteriori sforzi.

Togliendosi gli stivali, si ripromise di parlare quanto prima con suo padre. Una volta definiti i dettagli del matrimonio con Molly, sarebbe stato chiaro a tutti chi risiedeva al centro delle sue intenzioni e del suo cuore.

MOLLY SI GIRÒ NEL LETTO, chiedendosi il perché di tutto quel chiasso. Fuori era ancora buio, ma sulle voci maschili che urlavano non aveva dubbi. Il ricordo fugace della notte in cui il ranch della sua famiglia fu attaccato tornò alla mente. Saltando dal letto, afferrò una veste da camera e uscì di corsa.

Si stava dirigendo sul portico anteriore quando finì contro Logan. «Scusa, Molly.»

«Che ci fai qui?» si affrettò a chiedere lei. «Che cos'è accaduto?»

Facendosi da parte, vide Matt materializzarsi dal buio, completamente vestito e con indosso la fondina. Alle sue spalle i nitriti dei cavalli.

«Dove andate?»

Gli uomini del ranch le passavano accanto.

Matt la tirò in disparte e la prese per le spalle. «Ci è giunta voce che hanno sparato a Davis Walker.»

«Cosa?» Lo fissò esterrefatta.

«Nessuno sa di preciso come sia andata, ma Logan è arrivato a cavallo un'ora fa con la notizia. Stiamo andando tutti al suo ranch per capirci di più. Tu resta qui, intesi?»

«Pensi che c'entri qualcosa con me?»

«Non lo so. Ma non ho voglia di correre rischi. Nathan resterà qui. Fa' come dice lui.» La guardò fisso. «Promettimelo.»

Molly annuì intontita, ancora scossa dall'improvvisa piega degli eventi. E se Davis fosse morto? Se *suo padre* fosse morto?

Matt si allontanò per parlare con Nathan, mentre la signora McAllister e Lizzie, avvolte nelle vestaglie, apparivano nell'ingresso principale e avviavano una concitata conversazione con Susanna.

«Invierò un messaggio appena sappiamo qualcosa» le interruppe Matt rivolto a sua madre.

«Sta' attento» rispose la donna. «E per amor di Dio, dillo anche a tuo padre.»

«Dov'è Jonathan?» chiese Molly, guardandosi intorno.

«Ci ha preceduti» rispose Matt.

«Forza, andiamo» lo sollecitò Logan, superando Molly.

Gli occhi di Matt incrociarono quelli della giovane, che vi lesse una strana determinazione. Andò da lei, le prese il viso tra le mani e la baciò, con fermezza e intensità, senza lasciare dubbi circa le proprie intenzioni nei suoi confronti.

«Tornerò appena possibile» le disse contro le labbra. «Aspettami.» E partì con Logan e gli altri uomini.

Molly fissò l'oscurità, il rombo degli zoccoli scemava sempre più, in fretta, tuttavia il tocco delle labbra di Matt indugiava ancora sulle sue, pensò passandovi su le dita. Ricordi del passato le invasero la mente, spostando l'attenzione su altro. La sua infanzia aveva conosciuto molto amore, ma anche gravi perdite, nonché tantissime bugie celate tra le crepe della verità. E adesso, che ne sarebbe stato del futuro? Del *suo* futuro?

«Avresti potuto dirmelo» la rimproverò Lizzie apparsa al suo fianco.

«Scusa?»

«Che tu e Matt state insieme. Mia madre sarà contrariata, naturalmente, ma c'è sempre Logan.»

Molly non era dell'umore giusto per l'atteggiamento frivolo di Lizzie verso l'uomo con cui aveva intenzione di trascorrere la propria vita.

«Lizzie, cara, torna in casa, per favore» intervenne la signora McAllister. «Vorrei parlare a Molly da sola.»

«Sì, mamma» rispose obbediente la figlia, lasciandole in totale solitudine sul portico.

La donna, curva e scarna, guardò Molly. «Vergognati.»

«Prego?»

«Comportarti a quel modo con Matthew; e sotto il tetto dei suoi genitori, per giunta.» Qualunque parvenza di cordialità era scomparsa e Molly comprese quanto la donna si fosse sforzata per dare un'impressione diversa all'inizio. «Ho saputo di te. Te l'ho già detto prima.»

«Non penso che la faccenda vi riguardi» ritorse Molly.

«Oh, invece mi riguarda, eccome, visto che hai in mente di rovinare il figlio maggiore di Jonathan e Susanna, seducendolo con il tuo corpo solo per contaminare il suo sangue con quello di una donna allevata dagli indiani.»

Molly era senza parole. Matt l'aveva avvisata dell'esistenza di quel tipo di gente, intenta a odiare e disprezzare gli indiani che s'impegnava a soppiantare, ma non avrebbe mai immaginato che un simile veleno sarebbe stato diretto a lei in maniera tanto astiosa. Ne aveva affrontati, di serpenti a sonagli, ma con un temperamento migliore di Elizabeth McAllister.

«Hai vissuto con i Comanche» proseguì la donna, con il viso rugoso che si contorceva al pari di uno spirito maligno proveniente dai meandri più profondi delle tenebre. «Lo neghi?»

Molly rimase in silenzio, con lo sguardo fisso nell'oscurità che aveva appena inghiottito Matt e Logan.

«Dormivi con loro, mangiavi il loro cibo, ti comportavi come loro. E di sicuro aprivi le gambe per gli uomini. Sei disgustosa a tornartene qui e provare a vivere di nuovo come una donna bianca. Non puoi credere sul serio che Matthew voglia *sposarti*. La tua presenza rovinerà la sua famiglia. Forse i Ryan sono stati troppo buoni per raccontarti la verità, ma io no. Farai meglio a startene al tuo posto, Molly Hart.»

La signora McAllister strinse le mani ossute nel velluto giallo della vestaglia che indossava e se ne tornò in casa. Molly aspettò, e solo quando fu certa che la donna fosse andata via del tutto lasciò che le lacrime fino ad allora trattenute rotolassero giù per le guance.

Trascorse il resto della notte nella propria stanza, sveglia, a fissare fuori dalla finestra e riflettere sul percorso della sua vita. La consapevolezza che la signora McAllister fosse una vecchia astiosa non attenuava comunque la velenosità delle sue parole, perché sepolto da qualche parte, tra loro albergava un briciolo di verità.

Non avrebbe mai potuto essere quanto Matt meritava, una moglie con un passato senza macchia, che sapeva come essere e comportarsi da donna. Nonostante la desiderasse, persino lui era deluso dalle sue azioni con il cavallo durante la giornata. Qualunque cosa ci fosse tra loro due era destinata a finire. Meglio lasciar perdere subito, piuttosto che dopo, quando lasciarlo sarebbe stato molto più duro.

Forse una vita con Lizzie McAllister sarebbe stata la scelta migliore per lui. Insieme avrebbero avuto terra, ricchezza e una posizione sociale, nonché la possibilità di offrire ai loro figli solo il meglio di tutto.

Il pensiero la rattristava. In cuor suo, Molly aveva sperato che un giorno potessero averlo loro, un figlio. Oddio, e se fosse già stata incinta? Era possibile, lo sapeva bene. Non avevano fatto nulla per prevenirlo, nonostante gli avvertimenti di Claire e il ricordo delle conversazioni tra le donne Quahadi.

In quel caso, non sarebbe davvero potuta restare. Mai avrebbe arrecato un simile disonore a Jonathan e Susanna. E Matt? Che cosa avrebbe fatto? L'avrebbe cacciata via? L'avrebbe sposata per pietà?

Non sapeva più cosa pensare, tranne che sospettava di essersi fermata già troppo. La signora McAllister non aveva neanche accennato al fatto che Davis Walker era, in effetti, suo padre. Non lo aveva ancora saputo ma a suo tempo lo avrebbe scoperto, e un pettegolezzo del genere avrebbe causato altro dolore alla famiglia Ryan.

Prese in fretta un paio di cose, indossò dei pantaloni e una camicia di qualche taglia più grande e raccolse la chioma sotto un cappello. Con i primi raggi di sole che iniziavano a illuminare la terra, Molly si lasciò l'SR e Matt alle spalle.

CAPITOLO VENTISEI

In sella a Pecos, cavalcava verso nordovest, attraverso praterie pianeggianti e piccole gole, in un paesaggio familiare ma per niente rilassante. Troppi ricordi, del passato come del presente, erano legati a quel posto. Giunto il tramonto, la sua destinazione fu chiara: i resti del ranch Hart.

Il buio scese proprio mentre Pecos trottava nella valle protetta dov'era la casa vuota ormai da tempo. La struttura era la stessa di parecchie settimane prima, quando ci aveva trascorso una notte piovosa con Matt. Sembrava fossero passati secoli. Quante cose erano cambiate in così poco tempo.

Un'ondata di angoscia si abbatté su di lei. Avvertiva l'assenza di sua madre in maniera profonda, con un dolore acuto e serpeggiante. Quante domande senza risposta, e un futuro adesso nuovamente incerto. Se avesse potuto rivederla, che cosa le avrebbe detto di Davis Walker? E a pensarci, chissà se era ancora vivo. Con tutta probabilità Molly non lo avrebbe mai saputo. Forse sarebbe stato meglio abbandonare il Texas, lasciarsi dietro il passato una volta per tutte e non voltarsi mai più.

Lanciò un'occhiata fugace ai cumuli di terra sulla collina,

l'ultima dimora di sua madre, Robert Hart e la bambina di nome Adelaide. Il vento soffiava forte, ululandole intorno alle orecchie. Gli spiriti erano inquieti quella sera. Con un brivido, si chiese se sua madre fosse tra loro.

Intanto, l'oscurità che si faceva più fitta decise al suo posto che sarebbe stato il caso di trascorrere la notte lì e ripartire l'indomani mattina.

Guidando Pecos nel granaio pericolante, si sforzò di calmarla contro la furia che infieriva tutt'intorno. Aveva appena chiuso lo stallo, quando il nitrito di un altro cavallo la sorprese al punto da farla trasalire.

C'è qualcun altro qui.

D'istinto, fece per sellare di nuovo Pecos, ma la voce di un uomo la bloccò.

«Toh, la signora dei serpenti» disse alle sue spalle.

Impietrita, Molly la riconobbe subito. Apparteneva all'uomo con Walker quella notte al torrente. Come si chiamava? Sawyer? Lo guardò con la coda dell'occhio e il fucile che le puntava contro non lasciò dubbi nella sua mente: quell'uomo era pericoloso.

«Ma non una semplice signora dei serpenti, vero?» Puzzava di liquore forte. «Sei una Hart. Passata per una visita?»

Molly lasciò andare la sella e si girò verso di lui. «Che ci fai qui?»

«Onoro i vecchi tempi» rispose Sawyer con una stretta di spalle. «Non ti ricordi di me, eh?»

Mentre lo fissava il guizzo di un ricordo le attraversò la mente, ma senza imprimersi.

«Beh, *io* mi ricordo di *te*» continuò. «Sei Molly, la seconda delle tre. Bel caratterino avevi, allora. Chi avrebbe mai pensato che risuscitassi? Quando Davis mi ha raccontato ho pensato davvero che stesse sparando cavolate, ma immagino che vederti qui sia la prova.»

D'improvviso, ricordò tutto. George Sawyer aveva lavorato per la sua famiglia, lì al ranch, dieci anni prima.

Era mezzogiorno e tutti gli uomini erano fuori, impegnati col lavoro o quali che fossero le cose che sbrigavano al ranch. Molly non era mai abbastanza sicura, e in realtà neanche poi tanto interessata. Quel giorno, però, Matt, Cale e Logan stavano riparando una parte del recinto per il bestiame e l'occasione per tormentarli sembrava perfetta. Di solito non si tenevano tanto vicini alla casa durante le ore di luce.

Molly, con Scricciolo alla mano, praticava la mira lanciando sassolini sul lato opposto del recinto, e ogni volta che centrava il bersaglio piccole schegge di legno volavano in tutte le direzioni. I tre giovani imprecavano e minacciavano d'immergerla nell'abbeveratoio per i cavalli se non la smetteva.

Lei rideva e minacciava a sua volta di riferire le loro parolacce a sua madre e suo padre, quando sentì un suono di tessuto che si strappava: Cale aveva fatto cadere una traversa che si era impigliata nella camicia di Matt.

«Meraviglioso» esclamò lui, scuotendo la testa.

Cale rise.

Era l'occasione che aspettava. «Vado alla casa dei mandriani a prendertene un'altra, Matt» offrì Molly, trotterellando con un dolce sorriso verso l'edificio a qualche centinaio di iarde.

«Quanto vuoi scommettere che ti ci mette dentro qualche roditore?»

Con un'occhiata oltre la spalla, lei gli rivolse un altro sorrisino. E Logan rise dell'espressione preoccupata di Matt. Gliel'avrebbe fatta vedere lei. Doveva solo decidere dove nasconderla, la sua creatura. Non era che un innocuo serpente marrone, ma non dubitava avrebbe procurato un bello spavento a uno dei tre. Il posticino che più la tentava sembrava essere sotto il cuscino di Cale, solo che il rettile non ci sarebbe rimasto.

E poi Cale gli avrebbe probabilmente sparato, poverino, pensò aprendo la porta dell'edificio. No, il piano andava rivisto.

I suoi occhi ci misero un attimo ad adattarsi all'oscurità dello stanzone vuoto fatta eccezione per i letti a castello disposti lungo una parete. Si fermò di scatto: non era sola.

George, un giovane aiutante dall'aspetto scarno teneva sua sorella Emma, la più piccola delle tre, contro la parete di fondo e la maltrattava al punto da farla piangere. Dapprima Molly non comprese quanto stava accadendo ma poi, tra paura e nausea, le fu tutto chiaro. Senza pensarci, mise la mano nella tasca del vestito e afferrò la pietra più grossa che aveva raccolto prima. Servendosi poi della fionda, colpì George Sawyer dietro la testa.

«Figlio di puttana!» urlò, ricorrendo ad alcune delle parole che aveva sentito dire a Matt e Cale. «Lasciatela stare!»

Massaggiandosi la nuca, George si girò di scatto. «Che diavolo è stato?» I pantaloni erano aperti e abbassati sui fianchi.

Molly non riusciva a credere ciò che quel disgustoso essere stava cercando di fare alla sorellina di otto anni. Caricò di nuovo la fionda e lo colpì in pieno viso.

«Brutta carogna» urlò quello, coprendosi la faccia con la mano destra mentre con la sinistra provava a tirarsi su i pantaloni. Il sangue gli scorreva fra le dita.

«Emma» chiamò Molly in tono urgente. «Vieni qui, svelta.»

La sorellina corse al suo fianco.

«Ve ne pentirete, signore.» La sua voce tremava. Cingendo Emma con un braccio se la strinse contro.

«Io?» George fece una risata sgangherata. «Tu, streghetta! Tu te ne pentirai!»

«No» rispose lei calma. «Voi. Ve lo prometto.»

George fece per lanciarlesi contro ma la voce di Matt all'esterno lo bloccò.

«Molly? Spero ti stia comportando bene, là dentro.»

George esitò, quindi si girò e uscì dalla porta sul retro.

Quando Matt entrò, una rigida Molly stringeva ancora a sé la sorella.

«Che c'è?» chiese subito.

Lei fu sul punto di dirglielo, ma un singhiozzo di Emma glielo impedì. Non sapeva bene che cosa fosse accaduto, ma era certa si trattasse di qualcosa di brutto. Così com'era certa che avrebbe fatto di tutto per proteggere sua sorella.

«Niente. Ma voglio andare subito da papà.»

Matt sembrò pronto a discutere, tuttavia Molly gli passò velocemente accanto, tirandosi dietro Emma.

Dopo aver tranquillizzato sua sorella, andò a cercare il padre e gli mentì senza esitazione, in maniera lenta e attenta. Sapeva per istinto che il modo in cui raccontava la storia avrebbe deciso il destino di George Sawyer. Cosi, gli disse di come il giovane aveva intrappolato e aggredito lei *nella casa dei mandriani. E pur sospettando che quello fosse stato l'unico episodio per Emma, ne aggiunse parecchi altri, naturalmente falsi.*

Voleva proteggere sua sorella a tutti i costi e pertanto la vergona della vittima l'avrebbe sopportata lei. Più tardi, quella notte, Molly ed Emma si promisero a vicenda che non ne avrebbero mai più fatto parola, con nessuno. E il giorno dopo, George Sawyer non c'era più.

CAPITOLO VENTISETTE

«Dove diavolo è?» volle sapere Matt.

Spostando lo sguardo da Nathan a Susanna, provò lo stesso moto di timore che aveva provato quel giorno, quando Molly, a nove anni, era scomparsa.

«Calmati, figliolo» disse il padre alle sue spalle.

«Potrebbe essere andata da Davis» suggerì Nathan.

«E perché mai lo farebbe?» s'intromise la signora McAllister. «È chiaro che il suo animo gitano infine ha prevalso, e se n'è semplicemente andata.»

Matt fissò l'anziana donna. C'erano anche Lizzie e Logan lì vicino e gli sembrò di aver intravisto Rosita appostata da qualche parte nel corridoio; la colazione era in tavola ma già dimenticata.

«E voi che cosa ne sapreste dell'animo gitano di Molly?» chiese piano. Sapeva che doveva procedere con cautela, ma l'istinto gli diceva che la vecchia strega c'entrava, in qualche modo.

«Beh, non negherò di aver sentito dei pettegolezzi sul conto della signorina Hart» si difese la donna.

«E quali sarebbero, questi pettegolezzi?» domandò lui in tono letale.

«Viveva con i Comanche, i più incivili e spregevoli tra tutti i selvaggi.»

Lizzie rimase a bocca aperta. «È vero?»

«Già, è vero» confermò la signora McAllister. «Speravo di risparmiarti i raccapriccianti dettagli, Lizzie, ma forse è meglio che vengano fuori.»

«Meglio per chi?» Matt conteneva a stento la rabbia. «Non sapete di che parlate. Cosa le avete detto di preciso?»

Restituendogli lo sguardo torvo, Elizabeth McAllister arricciò le labbra e lo squadrò con freddezza. «Le ho spiegato quel che è, e come la sua presenza non avrebbe fatto altro se non danneggiare questa famiglia. Voi Ryan siete stati tutti fin troppo buoni con la ragazza. Non potete aver sperato sul serio che tornasse a essere una di noi.»

Matt si mosse verso di lei, ma sua madre lo bloccò, afferrandolo per le spalle. «Matthew.»

Anche Logan e Nathan gli si spostarono accanto.

Susanna si girò ad affrontare la donna. «Temo che ci sia stato un serio equivoco, Elizabeth. Molly è parte della nostra famiglia, e la tua intromissione – per quanto a fin di bene tu voglia crederla – non è affatto gradita.»

«Ma tuo figlio se la fa con quella lì» ribatté stridula Elizabeth. «E tu lo permetteresti proprio in casa tua? Accetteresti una bastarda contaminata dal sudiciume di *quella gente*?»

«Basta così!» urlò Jonathan. Un pesante silenzio, carico di tensione, scese sulla stanza. «Io e Susanna ci fidiamo di nostro figlio» riprese poco dopo in tono più basso ma deciso. «Il resto non vi riguarda. Devo chiedere a entrambe di raccogliere la vostra roba e andarvene immediatamente.»

Elizabeth McAllister serrò le labbra, ma ogni respiro affannoso le dilatava le narici fino all'inverosimile. «E così sia» replicò, uscendo rigida dal salotto.

Lizzie rimase indietro, sul viso pallido un'espressione esterrefatta. «Signore e signora Ryan, non avevo idea» disse in un getto spasmodico di parole. «Vi prego di accettare le mie scuse più sincere. Molly mi è simpatica e non approvo una sola parola di quanto ha appena detto mia madre.»

«Grazie» rispose Susanna.

«Bene, va' ad aiutarla» disse Jonathan brusco. «Vi accompagno a casa.»

«Sì, signore.» E con questo Lizzie si congedò.

«Non mi ero accorta di quanto profondo fosse il rancore di Elizabeth» disse Susanna.

«Perché dici così?» chiese Logan.

«Se sapessi ciò che le ha fatto il marito anni fa, forse proveresti pena per lei» replicò suo padre. «Charles McAllister ebbe una relazione con una donna indiana, e a un certo punto Elizabeth venne a sapere del suo tradimento. Si direbbe preferisca addossare la colpa a tutti gli indiani, piuttosto che accettare i concreti problemi coniugali che esistevano allora tra lei e Charles.»

«Non è una buona scusa per attaccare Molly» replicò Matt furibondo.

«No, ma per il momento mettiamoci una pietra sopra» disse Jonathan. «Ciò che serve adesso è trovarla. Poi, farò due chiacchiere con te, Matthew, e mi spiegherai le tue intenzioni. Che faranno meglio a essere buone!»

Matt fissò il suo vecchio. «Sissignore.»

«Come sta Davis?» s'informò sua madre.

«Se la caverà» rispose Jonathan.

«Avete scoperto il colpevole?» domandò Nathan.

«Un tipo chiamato George Sawyer, che lavorava per Walker» rispose Logan. «Abbiamo provato a seguirne le tracce, ma le abbiamo perse dopo una trentina di miglia a nordovest da qui.»

«Sawyer?» ripeté piano Susanna. «Lo stesso George Sawyer che lavorava per gli Hart anni fa?»

«Già» rispose Matt. «Te lo ricordi?»

«No, ma ricordo che Rosemary mi raccontò di un episodio con

lui e Molly. Era solo una bambina.» Fece una breve pausa. «Una cosa terribile. Provò a… prenderla con la forza.»

«Cosa?!» Matt non riuscì a nascondere lo sdegno.

«Molly raccontò tutto a Robert. Lui, naturalmente, lo mandò via subito e la storia finì lì, credo.»

Matt imprecò fra i denti. Per quanto lo riguardava la storia era tutt'altro che finita.

«Logan, tu va' con Matt e rintracciate Molly» ordinò Jonathan. «Non può essersi allontanata di molto.»

«Vengo anch'io» offrì Nathan.

«Sbrigatevi, ragazzi.» Il vecchio esitò, quindi batté una mano sulla spalla di Matt. «Sono sempre stato orgoglioso di te, e mi fido del tuo giudizio, ma quando la trovi, tieni le dannate mani a posto. Capito?»

«Li sorveglieremo noi, signor Ryan» lo rassicurò Nathan, allontanandosi con Logan per preparare cavalli e provviste.

«Non so fino a che punto il tuo amico Blackmore vi sorveglierebbe, ma so che tu farai la cosa giusta.» Prese il cappello e uscì di casa, con la zanzariera che si richiudeva sbattendo alle sue spalle.

Matt guardò sua madre.

«La ami?» chiese lei.

Non aveva pensato ai suoi sentimenti per Molly in quei termini, ma la risposta non si fece attendere. «Sì.» E tutti i tasselli andarono al loro posto. Era così giusto che si chiese perché si fosse opposto tanto. Il futuro importava solo se Molly ne faceva parte. In tutti quegli anni era stata lei, il tassello mancante, e una parte del suo essere l'aveva aspettata. Adesso gli veniva offerta un'altra occasione, e questa volta non avrebbe fallito.

«E allora diglielo.»

Matt, Nathan e Logan seguirono le tracce di Molly fino ai resti del ranch degli Hart. Non fu difficile. Il passo di Pecos era inconfondibile e, per fortuna, durante la notte non era piovuto. Da una breve ricerca, però, il posto risultò deserto.

«Qualcuno ci è stato di sicuro» dichiarò Nathan uscendo dalle stalle. «Ho trovato dello sterco fresco.»

Intanto Logan veniva fuori dall'abitazione principale con una bottiglia di whisky vuota in mano e un'espressione cupa sul viso. A Matt la faccenda non piaceva. Molly non era stata lì da sola.

«C'è dell'altro che dovresti vedere» disse suo fratello, facendo segno a entrambi di seguirlo in casa e nella camera da letto padronale.

Era quella che Matt aveva diviso con lei parecchie settimane prima. Al ricordo di quella notte i muscoli dello stomaco s'irrigidirono. Non l'avrebbe più persa, non dopo averla ritrovata. E proprio lì, poi. Il fatto che i loro cammini si fossero incrociati nel bel mezzo del nulla non poteva essere una semplice coincidenza.

Matt si era sentito attratto verso quel posto, verso di *lei*. Non esistevano spiegazioni plausibili, perché l'amore che provava non era razionale né logico.

Logan indicò una colonna accanto al camino, dov'era ancora annodata una corda con l'estremità sfilacciata, come se fosse stata tagliata in fretta.

«Qualcuno l'ha legata» disse Nathan in tono reciso.

«Chi diamine la prenderebbe in ostaggio?» volle sapere Logan.

Matt ci pensò su, ma conosceva già la risposta. «Le tracce di Sawyer le abbiamo perse qui vicino.»

«Pensi che l'abbia portata via lui?» Logan scosse la testa scettico. «Perché prendersi il disturbo di trascinarsela dietro? Si sposterebbe molto più in fretta da solo.»

«Non se vuole vendicarsi di lei» rispose Matt, soffocando una crescente ondata di panico. Doveva concentrarsi o non l'avrebbe più ritrovata.

«Ti riferisci a quello che le ha fatto da bambina?» Logan

rifletté sulla possibilità. «E come farebbe a sapere che è proprio lei?»

«Non lo so. Magari l'ha presa solo come merce di scambio, nel caso venga beccato per aver sparato a Walker.»

«Sappiamo il perché?» chiese Nathan.

«Nessuno ha saputo dirlo con sicurezza» rispose Logan. «Davis non era ancora rinvenuto mentre eravamo lì, perciò non lo abbiamo sentito, ma conoscendolo sono certo si sia trattato di un affare andato male.»

«Logan, ricordi quando fu che Robert Hart mandò via Sawyer?» Matt frugò la propria memoria.

«No» rispose suo fratello.

«Devo ammettere di non averci fatto troppo caso neanch'io, ma ricordo che Hart sembrava un po' malconcio dopo, come se avesse fatto a pugni con qualcuno. Al suo posto io lo avrei sicuramente ammazzato di botte, Sawyer.»

«Movente perfetto per tornare con una banda, uccidere il responsabile della tua umiliazione e portar via la figlia che ti ha denunciato.» Le parole di Nathan aleggiarono pesanti nella stanza.

A Matt era tutto chiaro, adesso. Ogni nervo del corpo gli diceva che Sawyer sapeva fin troppo bene chi Molly fosse. Doveva assolutamente trovarla.

«Andiamo.»

E in men che non si dica i tre saltarono in sella e ripartirono a gran velocità.

CAPITOLO VENTOTTO

Molly aveva la nausea. Sawyer l'aveva caricata in groppa a Pecos a pancia in giù e di traverso, con le mani bloccate dietro la schiena e i piedi legati all'altezza delle caviglie. Una giornata intera l'aveva tenuta così. Alle prime ore della sera, finalmente si fermò e la tirò giù. Cadendo subito in ginocchio, Molly si sforzò di restare in equilibrio finché la terra non smise di girare.

Sawyer rise. «Voglia di vomitare, eh?» L'afferrò per il didietro della camicia e la spinse distante dai cavalli. Molly inciampò e cadde di faccia per terra.

Disperata, provò a concentrarsi. Se non fuggiva, l'avrebbe sicuramente uccisa, ma non prima di essersi divertito con lei, come aveva sottolineato tutto il giorno con i suoi volgari commenti.

Le salì la bile in gola. Pensò a Matt e le lacrime le bruciarono gli occhi. Era duro immaginare che quella potesse essere la fine per lei, e che da stupida fosse andata via senza neanche salutarlo. Gli doveva almeno quello, così come doveva gratitudine a Susanna e Jonathan per tutto quanto avevano fatto per lei. Invece era scappata via, e forse adesso non ci sarebbe più stato modo di rimediare.

Sawyer impastoiò i cavalli, quindi accese un fuoco. Distesa per terra, Molly lo guardò. Era tutt'altro che cauto, decise: un gruppo di ricerca avrebbe subito notato il fumo. Anche se la speranza che ciò accadesse, semmai esisteva, era piccola. Nessuno sapeva dov'era andata, sempre che si fossero accorti della sua assenza. Con rammarico, si rese conto che avrebbe dovuto lasciare un messaggio.

No, quasi sicuramente non ci sarebbe stato alcun soccorso, neanche con l'ausilio di quegli involontari segnali di fumo. Doveva liberarsi da sola.

Finito quel che stava facendo, l'uomo si avvicinò e la tirò su in posizione seduta, al tempo stesso afferrandole brutalmente i seni.

«Toglimi le mani di dosso!» gli urlò contro lei, dimenandosi per sfuggire alla presa.

Sawyer si fermò a guardarla con un'espressione vuota sul viso quindi, con fare strano, andò via lasciandola improvvisamente sola.

Molly fece vagare lo sguardo per la radura in cui si erano fermati per la notte. Da lontano giungeva il suono di acqua corrente. Scrutò di nuovo tutt'intorno, notando il folto insieme di pioppi a destra e il tratto in graduale salita alla sinistra. Conosceva quel posto, il naturale disegno della vegetazione e soprattutto la collinetta.

Lo aveva sognato? Inspirando a fondo, si sforzò di ricordare perché quell'area le apparisse tanto familiare. *I Quahadi*. Durante il suo tempo con loro, si erano accampati lì, un'estate. I tepee erano piazzati vicino all'acqua, ma Molly ricordava di aver esplorato più volte i dintorni con le sorelle comanche.

Sulla collina c'era una caverna, lo stesso posto in cui un serpente a sonagli era stato sul punto di lanciarsi su Acqua Che Scorre e aveva invece morso lei. Si chiese se sarebbe riuscita a ritrovarla. Le bastava giusto un'occasione per fuggire.

«Mi slegheresti i piedi?» chiese con voce rauca. «Non me li sento più.»

«Peggio per te.» Sawyer frugò nella bisaccia, sicuramente alla ricerca di qualcosa da mangiare.

«Devo fare i miei bisogni.»

Le lanciò una breve occhiata. Tra capelli grassi e viso sudicio, Molly sentì lo stomaco rivoltarsi e riuscì a malapena a sostenere lo sguardo.

«E allora? Fatteli addosso» sbraitò torvo, agitando le braccia. «Me ne frego.»

«Perché perdi tempo con me?» chiese lei, deglutendo a fatica per via della gola secca.

La sera precedente a casa dei suoi, Sawyer le aveva parlato appena, riuscendo giusto a legarla a una colonna prima di perdere i sensi per la sbronza da whisky, come dimostrava in maniera inequivocabile la bottiglia vuota accanto a lui. Molly aveva provato per ore a slegarsi, ma invano. Nonostante l'ubriachezza, infatti, era stato comunque capace di stringere la corda.

«Quando ci ripenso» rispose lui in cagnesco «tutte le mie sventure sono iniziate proprio con te. Trovarti, ieri, è stato il primo colpo di fortuna dopo un bel po'. Tu e quella dannata fionda.»

Molly lo guardò, cautamente consapevole di dove Sawyer volesse andare a parare.

«Raccontasti a tuo padre bugie così schifose su di me» continuò lui «che non solo mi mandò via, mi frustò pure a dovere. Non me lo meritavo. Fu tutta colpa tua, e lo sai. Ma adesso me la paghi. Pensavo di aver pareggiato i conti quando Cale riportò quel corpo magnificamente bruciato e invece...»

A quelle parole, Molly trasalì.

«Mi occupai di te e di tuo padre in un'unica notte che mi rese parecchio.»

«Cosa?» Molly si sentì gelare.

«Te lo dissi, che ti saresti pentita di avermi provocato.»

Il significato di quelle parole le spezzò di nuovo il cuore. «*Tu* attaccasti il ranch quella sera» sussurrò. «*Tu* uccidesti i miei genitori.»

«Loro e qualcuno in più di quanti intendessi, ma non puoi sempre prevedere tutto. Avevo dei bei progetti per te, poi quegli stramaledetti indiani ti rapirono. E fui pure costretto a disfarmi dei cadaveri che si lasciarono dietro, un lavoretto per niente facile. Devi essergli andata a genio, a quei Comanche, se ti hanno lasciata vivere. Ma ora sei qui, ancora una volta tra le mie braccia. È destino.» Le labbra di Sawyer si allargarono in un ghigno che mise in mostra i denti contornati di nero. Nauseata, Molly distolse lo sguardo, era sconvolta da quanto aveva appena sentito.

Non era stato Davis Walker a ordinare a una banda di uomini di uccidere i suoi genitori, bensì George Sawyer, e tutto perché lei aveva mentito nel raccontare a Robert Hart che l'altro le aveva usato violenza.

Molly non si pentiva di quella bugia che aveva protetto Emma, ma le conseguenze erano state colpa sua. Se tutti quegli anni prima avesse trovato un'altra maniera di occuparsi di Sawyer, forse Robert e Rosemary Hart sarebbero rimasti vivi.

La consapevolezza la distrusse. Tremante, si sforzò di nasconderlo all'uomo seduto di fronte. Anzi, no, all'animale di fronte, altro che uomo!

Sconfitta, chinò la testa. Forse Sawyer aveva ragione. Forse era stato il destino a riportarla da lui.

Matt cavalcò senza sosta fino all'imbrunire, con Nathan e Logan alle costole. Voleva coprire quanta più distanza possibile prima che fosse troppo buio per scorgere le tracce lasciate da Sawyer e Molly. L'uomo doveva sentirsi abbastanza al sicuro, dal momento che era quasi impossibile non riconoscere i segni del suo passaggio. Persino quando attraversava un corso d'acqua, seguiva la corrente per poco prima di tornare sul terreno asciutto della riva opposta. Matt sperava di superarli prima del tramonto.

La totale oscurità che adesso li avvolgeva, però, lo costrinse a fermarsi. Non potevano rischiare di allontanarsi troppo dalla pista.

Seppur riluttante, tirò le redini, imprecando fra sé e pregando al contempo che Molly fosse al sicuro per la notte.

In silenzio, Nathan e Logan piantarono le tende e badarono ai cavalli, quindi, in assenza di fuoco per cuocere il cibo, offrirono a Matt gallette e manzo essiccato. La routine era la solita.

Spesso, quando Matt e gli altri Rangers seguivano le orme di uno o più uomini, si fermavano a mangiare una o due ore prima dell'imbrunire, poi cavalcavano oltre le tracce di fuoco da bivacco e si sistemavano per la notte. Ma in questo caso avrebbero sprecato del tempo prezioso, e lui non era disposto a farlo.

Per niente affamato, si costrinse tuttavia a mangiare e bere, consapevole che se avesse permesso a fame o disidratazione d'indebolirlo, non sarebbe stato granché di aiuto a Molly. Sapeva anche che il suo corpo aveva bisogno di dormire, ma l'inquietudine glielo rendeva difficile. Si sentiva impotente, e questo non gli piaceva.

«Dovresti cercare di riposare, Matt» disse Nathan, piazzando un rotolo di coperte su una macchia erbosa. «Resto di guardia io per primo.»

«No, il primo turno è mio» replicò lui. «Non riuscirò comunque a dormire.»

«Allora, io faccio il secondo» disse Nathan. «Logan, l'ultimo a te.»

Logan annuì, quindi si coprì il viso con il cappello e si addormentò.

Matt si allontanò dai due e sedette su un ceppo. Era ovvio che fosse lì da qualche tempo, visto lo spesso strato di muschio che lo ricopriva. I suoni della notte riempivano l'aria pungente e le stelle brillavano nel cielo sereno.

Si chiese dove fosse Molly, se avesse paura, se fosse affamata o ferita. Tolse il cappello e si passò le dita tra i capelli. Era frustrato, arrabbiato e terrorizzato come non mai. Se le fosse accaduto qualcosa, dubitava sarebbe riuscito a sopportarlo.

Starsene con le mani in mano era una tortura. Che diamine le aveva fatto Sawyer in passato? E che cosa le avrebbe fatto quella sera? Lo avrebbe ucciso, si disse torvo. Sì, non vi era alcun dubbio nella sua mente. Sperava solo di liquidarlo in tempo per salvare Molly, perché un secondo funerale per la donna che era diventata parte di lui quanto l'aria che respirava non lo avrebbe neanche considerato.

SAWYER non le diede né cibo né acqua e, dopo aver controllato la corda intorno alle caviglie e ai polsi, prese a sfogare la propria rabbia su di lei con un attacco che Molly si era aspettata ma che la trovò comunque impreparata.

In una successione di calci e schiaffi, la picchiò fino a renderla insensibile al dolore. Torres aveva fatto altrettanto. Se era sopravvissuta allora, sarebbe sopravvissuta anche adesso. Si chiese se avesse intenzione di prenderla con la violenza. In quel caso avrebbe dovuto slegarle le gambe, e per la prima volta si sentì speranzosa. Quella avrebbe potuto essere la sua occasione per battersi e fuggire.

Sentì una scia calda scorrere sul viso e si accorse che il naso sanguinava. Anche il solo respirare le procurava dolore. Chiudendo gli occhi, aspettò che continuasse, ma Sawyer si fermò e andò dall'altra parte del fuoco.

Dalla posizione in cui si trovava, con il sangue che formava una pozza per terra accanto alla punta del naso, Molly lo guardò camminare avanti e indietro, con il viso stravolto che le oscillava davanti agli occhi. Infine, sedette su un pezzo di tessuto sporco e puzzolente che a un certo punto doveva essere stato un rotolo di coperte, sospettava Molly, e dopo parecchi, lunghi minuti prese a russare.

Mettersi seduta le sarebbe costato uno sforzo eccessivo, pertanto rimase dov'era, a guardare il crepitio del fuoco tra rantoli dolorosi e irregolari. Se non altro aveva il suo calore contro l'aria fredda. Sawyer russava sempre più forte e Molly si chiese come mai non avesse approfittato di lei. Non si poteva certo dire che non ne avesse parlato abbastanza per tutta la giornata.

Quando le aveva afferrato i seni, però, era apparso quasi schifato da quel contatto. Seppur grata che si fosse fermato, continuava a chiedersi perché.

Fu allora che un pensiero le attraversò la mente. Forse non sopportava di toccare le donne. Era possibile che desiderasse solo le bambine? Profondamente disgustata, Molly si rese conto che, probabilmente, Emma non era stata la prima e neanche l'ultima.

Continuando a fissare il fuoco, meditava su come liberarsi. Nello stivale destro aveva un coltello, ma la corda troppo stretta intorno alle caviglie rendeva impossibile arrivarci. Addosso a Sawyer non ne aveva visti, e anche se fosse riuscita a trascinarglisi accanto per cercargli qualcosa di affilato nelle tasche, i gesti impacciati delle mani legate lo avrebbero di certo svegliato.

Il fuoco lambiva ancora i pochi pezzi di legno rimasti e le fiamme danzanti la ipnotizzavano.

Ecco! Avrebbe bruciato le corde.

Muovendosi più in fretta che poté, si sforzò di avvicinarsi al fuoco. Le costole le procuravano dolori lancinanti ma s'impose di non urlare, sempre attenta a Sawyer ed eventuali segni di risveglio.

Avrebbe iniziato dalla corda intorno alle caviglie, diversamente sarebbe stato impossibile mettersi in piedi. Distesa sulla schiena, con il fiato corto e il corpo che tremava per il dolore e la fatica, sollevò le gambe sul fuoco. L'odore di corda, tessuto e cuoio bruciacchiati riempì subito l'aria. Strinse i denti e sperò di non svegliare Sawyer.

I piedi scottavano negli stivali ma, per fortuna, proteggevano la pelle dal contatto diretto con le fiamme. La debolezza era tale che le gambe cedettero due volte e il fondo dei pantaloni prese fuoco. Rotolando sul fianco, spense le fiamme sulla terra, ma non fu abbastanza svelta e il didietro delle gambe iniziò a bruciare.

Per un periodo che sembrò un'eternità, continuò ad alternarsi tra il tenere i piedi sopra il fuoco e il rotolare di fianco per estinguere le fiamme che lambivano i pantaloni.

Lacrime e sudore rotolavano giù per il viso e i denti mordevano il labbro inferiore per impedirle di urlare. Infine, la corda iniziò ad allentarsi. Molly strofinò più volte una caviglia contro l'altra, facendola scivolare più in basso. Un'estremità cedette e qualche contorsione più tardi i piedi furono finalmente liberi.

La spossatezza minacciava di consumarla, ma lei sapeva di non potersi arrendere proprio adesso. Lottando con tutte le forze si alzò e, con le mani ancora legate dietro la schiena, barcollò nella notte in cerca della caverna.

CAPITOLO VENTINOVE

Matt non aveva più dubbi. Sentiva odore di fumo. E non di semplice legna bruciata, c'era anche dell'altro.

Muovendosi in fretta, svegliò Nathan e Logan e con un lieve cenno della testa gli fece segno di seguirlo. I due scrollarono in silenzio i residui di sonno, raccolsero rapidamente le proprie cose, liberarono i cavalli dalle pastoie e si accodarono a Matt nell'oscurità.

Piuttosto che cavalcare, guidarono gli animali verso un enorme pioppo e vi assicurarono le redini. Piano, ciascuno di loro estrasse altre munizioni dalle bisacce. Matt e Nathan controllarono i tamburi delle proprie rivoltelle, mentre Logan si allacciava una seconda pistola, quindi tutti e tre sfoderarono i rispettivi fucili Sharps. Lasciarono i cappelli con i cavalli e si avviarono.

L'odore di fumo era ormai intenso. Procedendo a ventaglio, si avvicinarono al posto di bivacco da direzioni diverse.

Matt attraversava un coperto d'alberi e si fermò solo quando vide il bagliore di un fuoco. Nascosto da un tronco, strisciò in avanti finché non ebbe una chiara visuale dell'area. Sebbene una piccola fiamma ardesse ancora luminosa, il posto sembrava deserto, solo un vecchio rotolo di coperte logore.

Sempre celato dal grande albero, Matt si alzò. Sulla destra intravide Nathan e seguendo la direzione del suo sguardo notò due cavalli che brucavano erba oltre il fuoco. Nonostante l'oscurità della notte, riconobbe subito Pecos.

Dove diamine sono Sawyer e Molly?

Alla sinistra, Logan fece un gesto con la mano. Il perimetro era libero. Matt lasciò il riparo, si avvicinò al fuoco e… s'immobilizzò.

La vista del sangue sul terreno era inequivocabile.

Sgomento e terrore lo ghermirono, ma lui li spinse da parte, facendo invece posto alla rabbia che lo consumava.

Molly! Non lasciarmi! Dimmi dove sei!

Fece segno a Nathan e Logan di dividersi e cercare in giro. Sawyer e Molly non potevano essere lontani.

Molly corse verso la collina, incespicando quando il terreno s'inerpicò. Dal profondo del petto si levò inarrestabile un singulto: doveva fare meno rumore, ma con la paura e il dolore che le rimbombavano nelle orecchie, non sapeva dire se i suoni fossero reali o un prodotto della sua mente. La salita si fece più ripida. Arrampicarsi con le mani legate dietro la schiena era davvero difficile. E al tempo stesso, quel terreno familiare scatenava ricordi antichi.

«Uccellino Dei Cactus» gridò Acqua Che Scorre. «Aspettami!»

Molly si girò e sorrise alla giovane sorella comanche che la seguiva. Acqua Che Scorre si muoveva veloce, perciò le avevano dato quel nome. Spesso non era che una rapida macchia indistinta.

«Sta arrivando Siede Per Terra» strillò. «Nascondiamoci.»

Molly rise e aspettò che la raggiungesse, quindi si arrampicarono entrambe su per la collina e cercarono un bel nascondiglio. Prima ancora di accorgersi di cosa fosse, si ritrovarono di fronte la caverna.

«Qui dentro» esclamò Acqua Che Scorre, precedendo Molly nell'interno oscuro.

L'urlo improvviso della ragazza la fece trasalire. Corse in quella direzione e si fermò di scatto. Pur non avendo ancora visto il rettile, ne percepì subito il suono. Man mano che gli occhi si abituavano all'oscurità, scorsero un enorme serpente a sonagli arrotolato su se stesso a un solo braccio di distanza da loro, pronto ad attaccare.

Prendendo Acqua Che Scorre per le spalle, Molly la tenne ferma. «Non ti muovere» sussurrò con il cuore che batteva all'impazzata.

La ragazza tremava e Molly sapeva di non avere molto tempo. Lentamente, iniziò a retrocedere, guidando i movimenti della sorella indiana. «Attenta» mormorò.

Senza staccare gli occhi dal serpente, fissava la grande testa, gli agili colpetti della lingua. Erano quasi all'ingresso della caverna ormai. Ancora pochi passi.

A quel punto la spirale si serrò e Molly seppe che il rettile avrebbe attaccato. Svelta, si girò e spinse fuori Acqua Che Scorre, ma non abbastanza in fretta da salvare anche se stessa. Il serpente si lanciò e le morse il tallone destro.

Molly e Acqua Che Scorre se la diedero a gambe levate, senza mai fermarsi finché non raggiunsero l'accampamento dei Quahadi. Fu allora che Molly si accorse di aver perso del tutto la sensibilità nella gamba. Iniziava appena a comprendere ciò che era accaduto, quando piombò al suolo e nell'oscurità.

Combattuta, si avvicinò all'ingresso della caverna e ripensò ansante al serpente a sonagli. Dopo il morso era stata talmente male che gli anziani, discutendo tra loro, non avevano escluso la possibilità che perdesse la gamba.

Chiuse gli occhi e si fece forza. Non poteva entrare, non indifesa com'era senza l'uso delle mani. Con tutta probabilità la dannata creatura era ancora lì dentro, magari anche più grande e malvagia di tutti quegli anni prima.

Disperata, provò a far passare il sedere nello spazio tra le braccia. Urlava a denti stretti e spingeva frustrata gli arti verso il basso, con la sensazione che stessero per schizzar fuori dalle loro cavità. Tra affanno e sudore, cadde indietro ma riuscì a trascinare le gambe attraverso l'apertura tra i polsi legati, quindi tremante frugò lo stivale in cerca del coltello. Lo trovò e provò a posizionarlo tra le mani, ma le lacrime le offuscavano la vista e lo lasciò cadere due volte. Infine, tenendolo fermo tra gli stivali, trascorse parecchi minuti a sfregare la corda contro la parte affilata.

Quando quella iniziò a logorarsi, diede uno strattone e fu del tutto libera.

Addio legacci.

Massaggiandosi i polsi, sentì il peso delle braccia doloranti e le dita intorpidite. Le costole pulsavano e il viso bruciava. Fece per alzarsi e un dolore acuto sfrecciò dai polpacci ai piedi. Attenta ai movimenti, raccolse il coltello e vacillò verso la caverna.

D'improvviso, una massa scura le saltò addosso mandandola violentemente per terra. Stupita, Molly si sforzò di respirare. Niente aria.

«E dove diamine credi di andare?» sibilò Sawyer.

La spinse giù sulla schiena e le si mise addosso a cavalcioni, mentre lei faticava ancora a riempire i polmoni. A quel punto, il dolore fu davvero troppo. Urlando, diede libero sfogo alla furia e al senso d'impotenza che provava sin da quando lo aveva incontrato, e che l'aveva accompagnata nel corso degli ultimi dieci anni. Sawyer poteva anche ucciderla, ma che fosse dannata se avrebbe ceduto senza battersi.

In un'esplosione di energia e convulsa rabbia, sollevò il coltello sopra la testa con entrambe le mani e glielo affondò nel petto.

Un silenzio attonito li sommerse. Il tempo rallentò finché non si udirono altro che il flusso e riflusso della vita, battito dopo battito. E in quella quiete, giunse la fine per George Sawyer.

Che cosa ho fatto?

L'uomo esanime le si accasciò addosso e Molly, gemente, si sforzò di allontanarlo da sé, come respingendo delle sgradite formiche rosse. Ansimando e tossendo, il suo corpo cercava di cacciar fuori il contenuto dello stomaco, ma era vuoto.

In lacrime, gli piantò le mani sulle spalle e spinse contro il suo peso morto. Non si muoveva, e lei sentiva di non riuscire a sconfiggerlo neanche adesso. Chiuse gli occhi. I pensieri vorticavano in un circolo caotico, strappandola allo squallore di quella condizione, portandola via da lì. Le voci del passato la salutavano e, grata, Molly gli andò incontro.

Attratto dall'urlo femminile, Matt si precipitò su per la collina. Molly giaceva sotto il peso di Sawyer. Lo trascinò via da lei in tutta fretta e quasi non si accorse dell'arrivo di Nathan e Logan neanche quando i due spostarono più in là il corpo del bastardo.

Tutta la sua vita convergeva bruscamente su quel preciso attimo. Sapeva che nulla sarebbe più stato uguale dopo, che *lui* non sarebbe più stato lo stesso. Aveva paura a toccare il corpo inanimato di Molly, una parte di lui non era affatto in grado di accettare che fosse davvero morta, ma un bisogno pressante lo spinse ad agire.

Si lasciò cadere in ginocchio e allungò il braccio verso di lei. La pelle era calda. Grazie a Dio. Inspirò con affanno.

«Molly» sussurrò, la voce soffocata, rotta. «Sono qui. Apri gli occhi. Sei al sicuro adesso.»

Nessuna risposta. Con prudenza, le mise una mano sullo stomaco, il respiro era fievole, corto. Ma presente.

Apri gli occhi.

Il distinto suono di zoccoli in lontananza riempì l'aria.

«Uomo a cavallo» annunciò Nathan in tono pratico. «Ci vado io.» E si dileguò nell'oscurità.

Matt lo notò appena.

Un leggero movimento, però, gli restituì di botto i riflessi da battaglia finemente perfezionati nel corso del tempo. Con un guizzo portò lo sguardo su Logan, che rispose spianando subito il fucile.

«Tutto bene» li tranquillizzò Nathan, riapparendo. «È Cale.»

«Come hai fatto a trovarci?» chiese Logan.

«Storia lunga» rispose Cale. «Cos'è successo?» Nel vedere Molly si fermò di scatto.

«Sembra che Sawyer l'abbia conciata molto male» disse Nathan con voce vuota. «L'abbiamo appena trovata.»

Una fitta di sgomento attraversò Matt, e con essa un agonizzante colpo d'occhio al proprio futuro se l'avesse persa. Non riusciva neanche a immaginare di dover rivivere tutto da capo. In quegli ultimi dieci anni aveva sopportato sofferenze e distruzione in gran quantità, compresa una tremenda prigionia che lo aveva quasi annientato ma, questa volta, se Molly fosse scivolata via da lui per sempre, la pazzia che lambiva le sponde della sua mente lo avrebbe sicuramente sommerso.

Un muscolo guizzò nella mandibola di Cane. «Sawyer?»

«Morto» rispose piano Logan. «Molly l'ha pugnalato al petto.»

Cale imprecò a denti stretti. «Lasciami dare un'occhiata, Ryan.» S'inginocchiò accanto a Molly e le controllò il viso.

«Fa' piano!» lo ammonì Matt.

«Ho bisogno di luce» disse Cale.

Nathan e Logan si allontanarono per tornare subito dopo con due torce improvvisate in tutta fretta. Nel bagliore tremolante, Cale esaminò Molly.

Aveva il viso coperto di tagli e lividi, notò Matt, e il labbro inferiore gonfio, incrostato di terra e sangue. Cale sollevò piano l'orlo della camicia ed esaminò l'addome.

«Deve averle dato parecchi calci» disse in tono rigido, quindi premette leggermente sulle costole. Molly rispose con un lamento e si mosse piano.

Matt sentì tornare la speranza.

«Qualche costola potrebbe essere rotta» dichiarò Cale, prima di passare ai piedi. «Aiutami a toglierle gli stivali.»

Matt tenne ciascuna delle gambe e Cale procedette, scuotendo la testa quando vide la pelle martoriata dei polpacci. «È ustionata. Non penso sia possibile muoverla stanotte, al limite potremmo giusto portarla giù dalla collina. Devo pulire le ferite.»

Nel velo arancione della torcia, Matt colse l'espressione severa sul viso di Cale, non dissimile da quella di quando era tornato con il corpo bruciato di una bambina che tutti avevano dato per certo fosse Molly. Infuriato, Matt si rifiutava di accettare lo stesso orribile destino per la bimba che un tempo aveva adorato e l'ormai donna senza la quale non poteva più vivere.

«Maledizione!» esclamò a denti stretti. «*Deve* sopravvivere.»

Cale gli rivolse un'occhiata gelida, senza lasciar intravedere altro dai contorni del viso in ombra, e in silenzio, annuì. «Noi Walker siamo dei duri.»

Riconoscendo l'accettazione nell'altro, la consapevolezza che Molly era sua sorella, Matt si disse che, sì, Cale avrebbe protetto una dei suoi.

CAPITOLO TRENTA

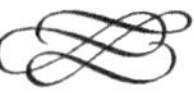

Matt aiutò Cale a spostare Molly su un'area erbosa vicino al fuoco che Sawyer aveva avviato e, servendosi di tutte le coperte di cui disponevano, ricavarono un letto quanto più comodo per lei. Intanto, oltre a procurare acqua e cibo, Nathan e Logan si occuparono di avvolgere il corpo di Sawyer e trovargli un posto in cui nasconderlo finché non avessero potuto trasportarlo a Fort Richardson.

Cale pulì i piedi, le gambe e il viso di Molly, e applicò un infuso di echinacea purpurea essiccata per prevenire infezioni. Le bendò i polpacci con strisce di stoffa ricavate da ciascuna delle loro camicie e chiese a Matt di fasciarle le costole.

Mentre dell'altro tè di echinacea bolliva, poi, prese dalla bisaccia un sacchetto di pelle di daino con dentro una polverina gialla e gliela sparse sul corpo.

«*Ha-dintin*» disse agli altri. «Un polline che gli Apache considerano sacro.»

Una croce gialla era adesso visibile su testa, busto, braccia e gambe di Molly. Matt osservò i gesti di Cale incendiare l'atmosfera, e l'aria divenne carica di vita e di morte, un qualcosa a cui aveva più e più volte assistito, sebbene mai in quella misura. Era come se loro quattro si trovassero sulla linea di confine tra la terra dei vivi e il regno dei morti, e Molly dovesse decidere quale dei due abitare. Un'occhiata a Nathan e Logan – l'espressione cupa sui visi e gli sguardi fissi sulla scena – gli disse che neanche loro erano insensibili alla riverenza del momento.

Nella notte che scivolava via, vegliarono su Molly. «Il sudore libera il corpo dalle impurità» dichiarò Cale, alimentando più volte il fuoco.

«Non ti facevo guaritore, Walker» disse piano Nathan dall'altro lato delle fiamme.

Stropicciandosi gli occhi, Cale si rilassò contro un albero vicino. «Uno dei miei segreti meglio custoditi. Se in giro si sapesse che ero un *di-yin*, la mia reputazione di cacciatore di taglie potrebbe soffrirne.»

Nathan rise, ma il viso era stanco e tirato. «Già, immagino di sì.»

«Come hai fatto a trovarci?» volle sapere Logan, disteso per terra parecchi passi più in là.

«Quando mio padre ha ripreso conoscenza, ci ho fatto una lunga chiacchierata.» Esitò un istante quindi proseguì: «Pare che con Sawyer si conoscessero da tempo. Tutto iniziò quando Robert Hart lo cacciò via a calci dal proprio ranch e lui si presentò al nostro raccontando frottole su Hart che portava via il bestiame e gli cambiava il marchio. Come si è poi scoperto, però, era proprio lui a rubare da mio padre e dalla famiglia di Molly. Con tutta probabilità rubava anche a voi Ryan.»

«C'era lui dietro l'attacco agli Hart, vero?» disse Nathan.

«Infatti, è proprio su questo che hanno litigato l'altra sera» rispose Cale. «Alla fine, pa' si è reso conto di ciò che aveva fatto Sawyer, di come aveva organizzato la cosa, e si è lasciato sfuggire che Molly era viva. La notizia deve averlo mandato fuori di testa, perciò ha sparato qualche colpo e se l'è data a gambe, pensando forse che mio padre lo avrebbe fatto arrestare» disse.

«Appena saputo tutto, ho deciso di seguirlo, senza dargli tregua finché lo schifoso non fosse morto. Sono andato all'SR per capire se uno di voi volesse darmi una mano ed è stato allora che Jonathan mi ha detto che eravate tutti e tre fuori a cercare Molly.» Si fermò e fissò brevemente il fuoco. «Ciò che non capisco è perché l'abbia portata via.»

«La ritiene responsabile, penso» rispose piano Matt dal suo posto accanto a Molly. «È stata lei ad accusarlo.»

«Di cosa?» chiese Cale.

«Stando a mia madre, gli Hart cacciarono via Sawyer perché provò ad abusare di Molly.»

Cale lo fissò. «Ma era appena una bambina.»

«Se non fosse già morto, te lo lascerei» ribatté Matt in tono glaciale. «Ma solo dopo aver finito io con lui.»

Cale aggiunse un altro ceppo al fuoco, quindi tornò a sedersi. «In quel caso, dubito mi lasceresti granché.»

E aveva proprio ragione, pensò Matt.

A MEZZA MATTINATA, Molly era ormai febbricitante, piangeva, si dimenava e pronunciava frasi sconnesse. Rincuorato, Matt si disse che, se non altro, in qualche modo iniziava a rispondere, ma l'espressione demoralizzata di Cale lo scoraggiò all'istante. L'amico preparò un infuso di corteccia di frassino spinoso, poi entrambi provarono a farne ingerire a Molly quanto più possibile.

Lasciando Matt accanto al corpo agitato della giovane, Nathan e Logan andarono a perlustrare l'area. Cale suggerì all'amico di dormire, ma invano. Stanco, allora, si distese per terra e stava per addormentarsi quando la voce di Molly lo ridestò.

«*Pasinugia*» urlò.

Cale sedette di scatto.

«Non è sveglia» disse Matt, preoccupato.

«*Niatz! Uehquétzutzu!*»

«Che sta dicendo?» chiese Cale.

«Non so bene, ma sembra comanche. Qualcosa su un serpente, credo.»

Cale le toccò la fronte. «Preparo dell'altro tè, poi dovremmo dare un'altra occhiata alle gambe. Ho dell'olio di ghiande che potrebbe alleviare la secchezza della pelle.»

I due trascorsero il resto della giornata a prendersi cura di Molly e quando al tramonto Nathan e Logan fecero ritorno con due conigli e tre tacchini selvatici, il cibo contribuì a risollevargli l'umore.

Seduto con gli altri intorno al fuoco, Matt si costrinse a mangiare ma anche il solo ingoiare gli riusciva difficile. Fintanto che esisteva la possibilità di perdere Molly, nient'altro sembrava importante.

«Ho fame.» Al suono della voce femminile trasalirono tutti.

Matt le fu subito accanto.

«Molly.» Con il cuore impazzito la guardò negli occhi.

Lei azzardò un sorriso ma la smorfia che seguì tradiva il dolore. «Sono felice di vederti» disse con voce gracchiante e roca.

«Cerca di non muoverti» rispose lui con dolcezza. «Cale pensa che qualche costola sia rotta.»

«E ci credo, io» sussurrò lei. «Il petto mi fa un male cane.»

«Dicevi sempre troppe parolacce da bambina» intervenne Cale dall'altro lato.

Molly sollevò lo sguardo. «Le imparavo da voi due» ribatté lei, quindi i suoi occhi si spostarono su Nathan e Logan, in piedi a breve distanza. «Ma che ci fate qui tutti quanti?»

«Vegliavamo su di te» disse Matt. «È stato Cale a curarti.»

Lei provò a sorridere ancora, riuscendoci solo per metà. «Grazie.»

«Ringrazia Matt» rispose Cale. «Da che ti abbiamo trovata non si è più mosso dal tuo fianco.»

Si alzò e fece segno a Nathan e Logan di seguirlo, quindi si avviarono tutti e tre verso il torrente così che Matt potesse restare solo con la donna del suo cuore.

Sollievo e riconoscenza lo consumavano come non gli era mai capitato nei suoi ventotto anni di vita. Con espressione rapita guardò Molly, viva, gli occhi azzurri ancora brillanti nonostante il dolore, la debolezza e lo sfinimento, e ripensò alla forza e alla profonda determinazione che la giovane aveva mostrato durante il lungo calvario degli ultimi dieci anni. Avrebbe dovuto saperlo che il suo spirito non si sarebbe arreso facilmente alla morte come allettante via di fuga. La guancia destra era coperta di lividi bluastri e violacei e il labbro inferiore restava gonfio, ma a lui non era mai sembrata più bella.

Sarebbe sopravvissuta. Un vento caldo soffiò via le tenebre dal suo animo e la vita tornò a riempirgli i polmoni.

Scostandole con una carezza i capelli dalla fronte, sorrise. «Mi hai messo paura» disse, consapevole di avere gli occhi lucidi.

«Come avete fatto a trovarmi?»

«Abbiamo seguito le tue tracce dall'SR. Perché sei andata via?»

Provando a leccarsi le labbra secche, Molly distolse lo sguardo. «La signora McAllister…»

«Non è degna di un solo pensiero» finì Matt al suo posto. «Qualunque cosa ti abbia detto, non è vera. I miei genitori hanno insistito che ti riportassi da loro. Sei una di noi.»

«Ma non meritate tutte le dicerie, le critiche, e la tua famiglia… non posso farle questo torto.»

«Me ne infischio di ciò che pensa la gente, e anche i miei. Se può consolarti, pa' ha buttato fuori di casa quella perfida Elizabeth McAllister con un calcio in quel suo sedere tutt'ossa.»

Molly voleva ridere, invece gemette e… iniziò a piangere.

Lui le prese la mano e si chinò. «Tesoro mio, la tua casa è con noi, adesso. Con *me*. All'SR.»

D'improvviso si sentiva nervoso. Il pensiero che Molly potesse non voler restare con lui, che non accettasse di sposarlo, non lo aveva neanche sfiorato finora. Lo aveva accolto nel suo letto con straordinario candore, sì, ma forse non era disposta ad altro.

«Smettila, Matt.» Ancora troppo debole, riuscì appena a

mettergli una mano sul petto. «Prima di aggiungere altro, devi sapere che non posso cambiare gli ultimi dieci anni. Ho trascorso metà della mia vita con i Quahadi e saranno sempre una parte di me. Non me ne vergogno – erano brave persone – ma morirei se questo fosse fonte di imbarazzo per te o per i tuoi.»

«E allora non devi preoccuparti. Non te ne abbiamo mai fatto una colpa, e mai lo faremo.» Rafforzò di poco la stretta sulla mano ma attento a non farle male. «Ho sempre voluto fare la cosa giusta per te. Forse non sarò materiale da marito, ma da quella notte insieme ho capito che non ce la farei a guardarti andar via da me. Non potrei sopportare di vederti cercare un altro uomo con cui mettere su casa. Perciò, temo che dovrai restare con me, un Ranger danneggiato senza un tetto tutto suo che, però, proverà a offrirti una vita migliore di quella che hai conosciuto finora, se glielo permetterai.»

Molly adesso singhiozzava, così Matt la baciò, asciugando piano le lacrime con i pollici.

«Ti amo» le sussurrò, strofinando il naso contro il suo «e prego Dio che il sentimento sia ricambiato.»

«Certo che sì» rispose lei piangendo e singhiozzando.

Le loro labbra s'incontrarono e Matt assaporò il semplice fatto di essere insieme. Per la prima volta, sentiva di aver colmato l'enorme senso di vuoto che la scomparsa di Molly aveva inflitto al suo cuore dieci anni prima. L'averla ritrovata lo lasciava stupito. Avrebbe potuto continuare a ignorare che era ancora viva e i loro cammini avrebbero potuto non incrociarsi mai più.

Invece l'aveva ritrovata, sì, e sapeva nel profondo dell'animo e con ogni fibra del proprio essere che era destinato ad amarla. Molly Hart. Era lei, quella parte di sé che gli era inconsapevolmente mancata finché non era tornata a colmare il vuoto con la sua presenza, a toccargli il cuore e sanargli le ferite dell'anima.

«E siccome non sono un esperto in proposte di matrimonio, spero ti sarai accorta che ti ho anche chiesto di sposarmi.»

«Sì.» Tirando su col naso, Molly sorrise per quanto il labbro gonfio le consentiva. «Non sono neanche l'ombra di una gran signora tutta agghindata, perciò spero ti sarai accorto di quello a cui vai incontro.»

«Non cambierei niente di te.»

Disteso al suo fianco, accolse tra le braccia la futura moglie.

CAPITOLO TRENTUNO

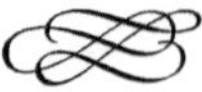

Cale, Nathan e Logan tornarono a sera inoltrata con un coniglio catturato apposta per Molly. Dandosi subito da fare, Nathan scuoiò e arrostì l'animale, quindi glielo offrì. Intanto che lei ne mangiava una piccola porzione, Cale le preparò dell'altro tè.

Molly ne bevve un sorso. «Lo propini a tutte le ragazze?» chiese con una smorfia. «È orribile.»

«Piantala di lamentarti» replicò lui, seduto dall'altra parte del fuoco. «E no, lo preparo solo per alcune» aggiunse, rispondendo alla sbirciatina che seguì con un largo sorriso.

Molly lo restituì e, con gli occhi colmi di lacrime, accettò il fatto che lei e Cale avevano lo stesso padre. Sapeva che avrebbe dovuto fare i conti con molto altro, a partire dalla straziante esperienza con Sawyer, ma ancora scossa da quel tormento aveva evitato di pensarci, assecondata anche dall'incessante dolore al petto e dalle ustioni vive alle gambe che avevano impedito alla sua mente di indugiare sui dettagli.

Asciugandosi gli occhi con il dorso della mano, bevve un altro sorso di tè e sedette sul giaciglio improvvisato per lei. Matt le accarezzò piano la schiena, un tocco che le ricordò l'unico esito positivo in tutta quella faccenda.

Avrebbero avuto una vita insieme, loro due, una prospettiva meravigliosa e quasi incredibile considerato quanto era accaduto. Matt voleva tutto e lo voleva con lei. Fino a quando non le aveva detto di amarla, non si era resa conto di quanto l'avesse desiderata, quella vita, o dell'intensità con cui aveva imparato a ricambiare il suo amore. Era stata sola così a lungo. E adesso non lo era più. Ci avrebbe messo un po' ad abituarsi.

«Cosa ti ha portato a trascorrere tempo con gli Apache?» Non sapeva bene che tipo di rapporto avrebbe instaurato con il fratello che aveva da poco scoperto di avere, ma da qualche parte dovevano pur cominciare.

«Fui assalito da un puma» rispose Cale, abbassando la camicia sopra una spalla per mostrare una cicatrice slabbrata e nodosa, con pezzi di carne mancanti.

«Cristo santo.» La voce di Logan era un misto di preoccupazione e incredulità. «Sei fortunato a essere vivo.»

«Già.» Cale si mise a posto la camicia. «Lo pensò anche lo sciamano del posto. Dopo avermi assistito fino alla guarigione, insistettero perché intraprendessi il cammino da *di-yin*. Il puma mi aveva segnato e credevano fosse una parte del mio spirito.»

«Dunque è stato uno stregone a insegnarti?» chiese Molly.

Cale annuì. «E anche una guaritrice.»

«Alle donne apache è permesso?» Quasi non ci credeva.

«Non di solito, che io sappia, ma lei era stata colpita da un fulmine e a seguito di questo la tribù aveva iniziato a venerarla. Gli Apache possono essere molto superstiziosi.» Gettò un altro ceppo sul fuoco.

«I Quahadi lo erano con i serpenti. Lo sapevi che quando lavorasti al nostro ranch, anni fa, mancò poco te ne mettessi uno sotto il cuscino?»

I quattro uomini la guardarono in silenzio.

«Non era che un esserino piccolo e innocuo» continuò lei, fissando il fuoco, quindi si fermò a riflettere sulle prossime parole. «Fu in quello stesso giorno che feci anche una cosa terribile, dopo aver scoperto George Sawyer nella casa dei mandriani con Emma.» Adesso che ricordava, sopraffatta dal bisogno di confessare, la sua voce era un bisbiglio.

«Non fosti tu a essere aggredita?» chiese Matt.

«No. Fu Emma. Ma era spaventata e io volevo proteggerla. Così come volevo assicurarmi che Sawyer venisse punito per quello che aveva fatto, perciò mentii a mio padre.» Lanciò un'occhiata a Cale e scosse la testa rassegnata. «Mentii a *Robert Hart.* Gli dissi che la vittima ero io e raccontai un altro bel po' di bugie per essere certa che Sawyer non se la cavasse a buon mercato.»

«Se può consolarti» disse Matt, accarezzandole piano il collo «sono abbastanza sicuro che quel giorno Robert lo pestò ben bene.»

«No» rispose lei in tono energico «non capisci. Sawyer tornò e uccise i miei per colpa *mia*, per via delle bugie che *io* aveva raccontato. Se avessi agito in un altro modo, non sarebbe successo niente.»

«Avevi solo nove anni, Molly» disse Logan. «Non avresti potuto prevedere le conseguenze.»

«Non tormentarti così» intervenne Nathan. «Non ti aiuterà. Sawyer iniziò quel che iniziò e niente lo avrebbe fermato.»

«Da quanto ha raccontato il mio vecchio, il tipo era invischiato in parecchie attività illegali» disse Cale. «Un maledetto stronzo con secondi fini, un verme schifoso che strisciava dietro le bambine preferendole alle donne.» Esitò, quindi in tono più compassionevole aggiunse: «Non dovresti pensare neanche per un attimo che sia stata colpa tua. La sera in cui Sawyer attaccò il ranch, pagaste tutti un caro prezzo e il tuo, forse, fu il più alto. Ammazzandolo gli hai dato esattamente ciò che si meritava.»

Al pensiero si sentì di nuovo assalita dalla nausea. Aveva spezzato la vita di un uomo. Un fatto che non la rendeva felice né orgogliosa delle proprie azioni. Non aveva avuto scelta, si disse. Ma era poi vero? Non ne aveva idea.

«Molly» disse Matt «Sawyer era già un uomo morto.»

Lo guardò oltre la spalla e nei suoi occhi vide certezza e determinazione. Aveva avuto tutte le intenzioni di uccidere George Sawyer prima ancora che la sua tortura avesse fine.

«Per mia sfortuna ti ci sei trovata tu, al mio posto» continuò «ma non provare neanche un briciolo di rimorso per ciò che hai fatto. Pensi davvero che dopo la maniera in cui ti aveva trattata ti avrebbe lasciata vivere?»

Molly rifletté su quelle parole, e nuove lacrime le colmarono gli occhi. Sapeva che Matt aveva ragione, che i commenti di tutti erano fondati. Il passato era andato, non rimanevano che ricordi, tradimenti e, soprattutto, rimpianti. I propri. Avrebbe potuto conviverci? Non le restava che provarci.

«Li affronteremo insieme, i demoni di ieri» disse Matt, quasi le avesse letto il pensiero. «Il tempo aggiusterà tutto.»

Se non altro, un tassello era andato al proprio posto.

Forse adesso, sua madre, Robert Hart e Adelaide avrebbero riposato in pace. E forse, con il tempo, anche lei avrebbe trovato la serenità.

Quella notte dormì un sonno profondo, senza sogni. Matt non la lasciò mai, scaldandole un fianco con il proprio corpo, mentre il fuoco le scaldava l'altro.

Il mattino dopo, Nathan e Logan si avviarono per primi con il corpo di Sawyer. Logan sarebbe andato subito a casa per informare i suoi che Molly era stata ritrovata, mentre Nathan si sarebbe recato a Fort Richardson per depositare il cadavere e fare rapporto.

In sella a Pecos, Molly si sentiva in grado di cavalcare ma solo ad andatura lenta, così Matt e Cale la fiancheggiarono allo stesso passo attraverso quello che un tempo era stato territorio comanche, e per lei fu impossibile non riflettere su quanto le era accaduto negli ultimi dieci anni.

Il suo tempo con i Quahadi era stato un misto di piacere e dolore. Proprio mentre iniziava a stringere un legame con la famiglia comanche, questa l'aveva improvvisamente venduta.

Erano ancora vivi? Pensavano mai a lei? Sperava solo fossero riusciti a trovare un po' di felicità nella riserva. Anche se sapeva che restare fissi in un posto doveva essere stato un enorme cambiamento per loro. Lo era anche per lei? Sarebbe stata capace, da quel momento in poi, di restare nello stesso posto con Matt?

A dire il vero, non avevano discusso né del come né del dove avrebbero vissuto, una volta sposati. Lasciò vagare lo sguardo a destra, verso di lui, con il viso ombreggiato dal cappello e da un'incipiente barba, e seppe senza esitazione che i dettagli non avevano importanza. Lo amava. Più di quanto avrebbe mai immaginato. Senza di lui la vita si sarebbe ridotta a una semplice esistenza.

Entusiasta per il futuro come non le capitava da molto tempo, si portò di riflesso la mano sull'addome e sorrise. Con la benedizione del Grande Spirito, forse un giorno lei e Matt avrebbero avuto anche dei figli.

Continuarono a cavalcare fino al calar della notte, poi, trovandosi ancora ad almeno trenta miglia dalla terra dei Ryan, Matt e Cale piantarono le tende e assillarono Molly finché non furono entrambi convinti che avesse mangiato abbastanza, quindi insistettero che riposasse. E appena distesa, si addormentò.

Il sollievo che Matt provò arrivando al ranch di famiglia fu immenso. Durante la lunga cavalcata di ritorno dal territorio degli altopiani, la preoccupazione per Molly lo aveva angustiato. Sua madre e Rosita si precipitarono fuori a salutarli.

«Molly» chiamò Susanna, tendendole le braccia per aiutarla a smontare da cavallo «andiamo dentro casa. Rosita, aiutami.»

Ma battendo sua madre sul tempo, Matt fu subito al fianco di Molly, la sollevò con prudenza e la fece scivolare piano da Pecos. Lei gli sorrise, con il viso coperto di lividi che ricordavano impietosi quello che aveva vissuto.

«Sto bene, davvero» disse, appoggiandosi però pesantemente a Matt.

«Promettimi che dormirai per almeno tre giorni.»

«Solo se Cale la smette di prepararmi tè» rispose lei.

«Non sapevo avesse delle qualità domestiche» commentò Susanna.

«Non ne ho» ribatté lui in sella al proprio cavallo.

«Scendi di lì, Caleb» ordinò la donna. «Sembri stanco anche tu.»

«Apprezzo l'offerta, signora Ryan, ma penso che tornerò al ranch da mio padre per vedere come sta. Molly, promettimi di riposare. Ci vediamo al matrimonio.» Girò il cavallo e si avviò.

Molly sorrise, e Matt si chiese quanto tempo dovesse passare prima che potesse farne sua moglie. Le sarebbero serviti parecchi giorni per riprendersi. Quanto ancora avrebbe potuto aspettare? Doveva assolutamente discuterne con suo padre.

«Vengo da te più tardi» le disse.

Molly annuì.

«Rosita, accompagnala in casa, per favore» insistette Susanna. «Nella stanza di Matthew. È impensabile che riesca a salire le scale dopo tutto quello che le è successo.»

«Io molto contenta vi rivedere, *señorita*» affermò Rosita. «No sembra neanche un poco male. Io prende cura de voi, e preparato stufato con peperoncino che guarire tutto…» la sua voce sempre più distante man mano che salivano sul portico ed entravano in casa.

«Sono contenta che l'abbiate ritrovata» disse Susanna, con evidente preoccupazione. «Sta davvero bene?»

«Penso di sì» rispose Matt. «L'ha curata Cale.»

«Me l'ha detto Logan. Quel ragazzo non smette mai di sorprendermi.» Con le mani sui fianchi e lo sguardo d'un tratto serio, aggiunse: «E quindi? Quando sarebbe questo matrimonio?»

«Tra una settimana» disse Matt senza esitazione, non le avrebbe permesso d'intimidirlo.

Sollevando un sopracciglio, Susanna scosse la testa. «Non basta per organizzare tutto. E poi Molly potrebbe aver bisogno di più tempo per riprendersi.»

Matt ascoltava sua madre e sapeva che aveva ragione, ma la pazienza fino a quel momento parte integrante della sua personalità aveva smesso di collaborare.

«Due settimane» concesse.

«Quattro.»

«Tre, non trattabili.»

Annuendo, sua madre accettò. «D'accordo, tre. Credo di potercela fare.» Sorrise, con gli occhi colmi di lacrime, e lo abbracciò.

«Perché mi abbracci?»

«Perché sono tua madre e sono orgogliosa dell'uomo che sei diventato. E che a volte mi ricorda così tanto quello che ho sposato.» Si staccò e rientrò in casa.

Matt non ci mise molto a trovare suo padre, che nel granaio caricava provviste su un mulo prima di tornare al raduno del bestiame.

«Vuoi che venga a darti una mano?» gli chiese.

Trasalendo, suo padre si girò di scatto e lo attirò a sé in un rude abbraccio. «Logan ha detto che stavi tornando. Come sta Molly?»

«Sta bene.» Matt indietreggiò di un passo e sorrise. Si era appena accorto di essere al settimo cielo.

«Non preoccuparti per il raduno… tanto hanno quasi finito. Resta qui e riposati, poi discuteremo del futuro di Molly.»

«È proprio per questo che sono qui.» Si aggiustò il cappello. «Ho intenzione di sposarla, pa', e volevo chiederti se l'offerta di una quota di ranch e terra dei Ryan è ancora valida.»

Suo padre esplose in una fragorosa risata. «Eccome se è ancora valida» esclamò con una pacca sulla spalla. «Non avrei mai pensato di vivere tanto a lungo da sentirtelo dire. Era ora, figliolo.»

«Ebbene sì, signore.» Sotto lo splendente sole texano, il futuro di Matt con Molly era ormai sugellato.

CAPITOLO TRENTADUE

Tre settimane dopo, Molly sedeva sul bordo del letto di Matt e si chiedeva come acconciare i capelli. Non essendosene mai preoccupata troppo, era un po' confusa. Ma si trattava del *proprio* matrimonio, pertanto avrebbe fatto meglio a inventarsi qualcosa, e in fretta.

Rosita irruppe nella stanza con uno stupendo abito avorio che Susanna aveva comprato a Dallas due settimane prima. Molly adorava gli occhielli di pizzo e la linea morbida della stoffa simile a seta. Lo aveva indossato più volte per le prove, in quegli ultimi giorni.

«Perché seduta lì con sguardo perso?» chiese la donna.

«Ecco...» Molly si morse il labbro inferiore, che grazie al cielo non era più gonfio. Del suo tormento con Sawyer non restavano che lievi lividi sulle costole e diverse cicatrici rosse sulle gambe, ma il magnifico tessuto avrebbe coperto tanto gli uni quanto le altre. Matt aveva chiarito una volta per tutte che dopo la cerimonia, e senza l'abito, le cicatrici non gli avrebbero dato il minimo fastidio. Un pensiero che la faceva arrossire.

Dopo quella prima e unica volta in cui Matt era andato in camera sua durante la tempesta, non avevano più condiviso lo stesso tipo d'intimità. Era stato frustrante, ma lui aveva deciso di rispettare il desiderio dei genitori, nonché onorare la donna che intendeva sposare. O così le aveva detto durante qualche infuocato scambio di baci.

«Ci avere ripensato?» chiese Rosita.

«No» si affrettò a rispondere Molly. «Certo che no. Ma come faccio con i capelli?»

«Ah, io aiuta.» L'anziana donna corse da lei e prese a canticchiare a bocca chiusa, quindi accigliata mormorò tra sé in spagnolo e scuotendo la testa le sollevò i capelli ora in un modo ora nell'altro. «Mmm, *es* una decisione importante.»

«Cosa?» chiese Susanna, entrando nella stanza.

«Capelli de *Señorita* Molly.»

«Penso che starebbero benissimo sciolti» rispose l'altra, andando a lisciare le pieghe dell'abito adagiato sul letto.

Le due donne impiegarono parecchi minuti a incorniciarle il viso con i riccioli, adesso lunghi abbastanza da sfiorarle appena le spalle.

«E ora» dichiarò Susanna, con un'ultima occhiata al loro stesso operato «è arrivato il momento di indossare l'abito.»

Quando le due ebbero finito di affaccendarsi tra i tanti bottoni e i vari tocchi qui e lì, Molly apparve splendida nel suo vestito da sposa. Con le maniche al gomito e il corpino con motivi in pizzo, le stava alla perfezione. Il tessuto color panna le fasciava la vita ed esaltava il busto, proprio così com'era stato durante le prove. Ma d'un tratto Molly ebbe il timore che potesse sembrare eccessivo.

«Non dovrei coprirmi di più?» chiese, sfiorandosi con la mano la pelle appena sotto il collo.

«Sciocchezze.» Susanna scrutò l'abito con attenzione per assicurarsi che non ci fossero problemi. «Sei bella, giovane e stai per sposarti. Avrai tutti gli occhi addosso. E poi, tenere un uomo sempre sull'attenti non guasta mai.»

«Prego?»

Susanna si fermò e la guardò con occhi colmi di calore. «Tua madre non è qui con te, ma sono certa che, da qualche parte, ti stia guardando. Così come sono sicura che sia tanto orgogliosa quanto me di vedere te e Matthew insieme, felici come meritavate entrambi da tempo. Se Rosemary fosse qui, piangerebbe, ti abbraccerebbe e si darebbe un gran daffare fino a vederti perfetta.» Esitante, le prese una mano tra le sue. «Se c'è qualcosa che vuoi sapere, o che ti preoccupa, spero tu sappia che puoi sempre venire da me.»

«Grazie» sussurrò Molly, con il viso rigato di lacrime.

«Sei preoccupata per la prima notte?»

Molly diede un colpo di tosse, quindi prese a ridere, asciugandosi imbarazzata le lacrime con il dorso della mano.

Susanna scosse la testa e arricciò le labbra. «Uomini.» Sorrise. «Non hanno pazienza. Ma li vorremmo forse diversi?»

«Nossignora.»

«A Matthew non l'ho mai detto» le confessò Susanna «ma lo aspettavo ancor prima delle nozze.»

«Davvero?» chiese Molly, gli occhi spalancati.

Susanna annuì, tirando fuori dalla tasca del grembiule un fazzoletto e asciugandole le lacrime. «Oggi si aggiusta tutto. E io non potrei essere più contenta di chiamarti finalmente figlia. Perbacco, a momenti dimenticavo!» Si mise la mano nell'altra tasca del grembiule ed estrasse una lettera. «È appena arrivata per te da Mary.»

Molly prese la busta con un moto di eccitazione, godendo dell'opportunità di ristabilire un contatto con la propria famiglia.

«Siedi pure a leggere» disse Susanna. «Rosita e io torneremo tra un po'.»

Le due donne uscirono e Molly andò a sedersi sulla sedia accanto alla finestra, quindi spiegò con molta cura il foglio.

Carissima Molly,

Non sono mai rimasta tanto sbalordita come nel ricevere notizia dalla signora Ryan che eri viva. Non riesco a crederci. È un miracolo. Non sto più nella pelle al pensiero di rivederti! Hai scritto a Emma? È ancora a San Francisco con zia Catherine.

Immagino tu sappia di mamma e papà. È stato davvero difficile per Emmy e me. Non saprei neanche come descriverlo, ma mi rendo conto che dev'essere stato ben più duro per te. Tu, però, sei sempre stata quella forte. Non dovrebbe sorprendermi di saperti ancora viva.

Verrei da te immediatamente, ma aspetto un bambino che dovrebbe nascere a giorni. Sono sposata da cinque anni con un uomo che si chiama Tom Simms. È meraviglioso, e sono molto felice. Abbiamo altri due bambini, Robert Thomas ha cinque anni e Molly Rose tre. Sai, mia figlia è proprio come te e il nome le si addice molto. Non sta ferma un attimo!

Abbiamo un ranch nel territorio dell'Arizona, a est di Tucson, e Tom se la cava molto bene. Non vedo Emma da quando è nata Molly Rose. Dovremmo davvero cercare di ritrovarci… quanto tempo perso. Tom dice che una volta nato il piccolo dovrebbe riuscire a portarmi da te nel Texas.

Intanto, posso chiederti un favore? Una mia carissima amica, Tess Carlisle, è alla ricerca di Cale Walker. Te lo ricordi? Tess pensa che potrebbe avere informazioni su dove rintracciare suo padre. È una storia lunga, ma speravo potessi chiedere al signore o alla signora Ryan se sanno come raggiungere Cale.
Ti prego, scrivi appena puoi. Sono impaziente di rivederti al più presto.

Ti abbraccio con affetto, tua sorella Mary

Molly si asciugò le lacrime che quel giorno sembravano non voler finire. Mary stava bene ed era felice. Quanto le sarebbe piaciuto rivedere sua sorella in quel preciso istante, pensò in un momento di nostalgia, abbracciarla e dimenticare gli ultimi dieci anni, ricordando invece la breve infanzia condivisa con lei, i bei tempi.

Aveva chiamato sua figlia Molly, un gesto che le scaldava il cuore e la lasciava senza parole. Magari, in un giorno prossimo, avrebbe avuto modo d'incontrare la piccola omonima.

Intanto, però, alla casuale menzione di Cale si era resa conto che lo sgradevole compito di riferire a sua sorella il tradimento della loro madre sarebbe toccato a lei. Come avrebbe reagito Mary di fronte alla rivelazione che Cale era il fratellastro di Molly?

Susanna fece capolino nella stanza. «Buone notizie?»

Molly annuì, con le lacrime che le rigavano le guance. «Sta per nascerle un altro figlio, ma vuole venire a trovarmi subito dopo. Mi sento un po' colpevole a sposarmi così, senza la presenza delle mie sorelle.»

«Preferiresti posticipare fino a quando potranno esserci anche loro?»

Molly scosse la testa. «E chi può dire quanto ci vorrà. Probabilmente, nel frattempo, Matt e io avremmo già tre figli.»

«E io sarei una nonna felice.» Susanna entrò con indosso un magnifico abito bianco e blu. «Ci siamo. Sei pronta?»

«Sì.» Sforzandosi di calmare il tremolio nello stomaco, si alzò. Mise la lettera al sicuro nel cassettone di Matt, uscì dalla stanza e si diresse verso il proprio futuro.

Molly aspettava all'ingresso principale che il padre di Matt l'accompagnasse fuori. La cerimonia avrebbe avuto luogo sotto il meraviglioso cielo di un giorno di mezza estate. Tormentando il pizzo dell'abito nel tentativo di calmare i nervi, sentì la porta aprirsi e sollevò lo sguardo.

L'imponente sagoma di Davis Walker ne riempì il vano. Sbalordita, Molly s'irrigidì.

«Posso parlarti?» chiese lui, toccando con mano esitante il pomo della porta.

Molly fece un breve cenno di assenso.

Davis entrò, evitando di sforzare il lato destro, chiuse la porta e la guardò.

«Va meglio la ferita?» chiese lei, che dopo la sorpresa iniziale nel vederlo si era finalmente ripresa.

«Sì.» Gli occhi di Davis la fissavano carichi di tormento. «So che avrei meritato di peggio. Non ero sicuro che volessi vedermi, ma non ho potuto fare a meno di essere presente, non oggi. Immagino sia troppo chiederti di perdonarmi adesso, ma speravo che forse… insomma, mi piacerebbe avere modo di conoscerti. Magari essere parte della tua vita, se me lo permetterai.»

Molly colse la tristezza nella sua voce. Quell'uomo era suo padre. Per un tempo, breve o forse lungo, sua madre gli aveva in qualche modo voluto bene.

Sapeva che non poteva voltargli le spalle, ma sapeva anche di non avere idea di quanto potesse concedergli. Nella sua mente, lui era diventato il nemico. E benché non nutrisse più una forte animosità nei suoi confronti, non era certa di riuscire a spalancargli le braccia e dimenticare ogni cosa.

«Non lo so» rispose. «Possiamo provarci, ma sinceramente… mi ci vorrà del tempo a superare tutto.»

Davis annuì. «Comprendo. Non ti assillerò.»

Aveva le lacrime agli occhi e quella vista le procurò una fitta.

«Sei bellissima, oggi» disse con voce rotta. «Somigli a tua madre.»

«Vorrei tanto che fosse qui.»

«Anch'io.»

CAPITOLO TRENTATRÉ

Nel sole del tardo pomeriggio di una splendida giornata texana, con una cerimonia semplice conclusasi fin troppo presto, Molly diventò la moglie di Matt. Nascondendo le mani tremanti sotto un bouquet di fiori selvatici rossi e gialli, fissava con intensità i suoi occhi verdazzurri, a loro volta incollati su di lei durante l'intero scambio delle promesse. Con indosso un abito nero, completo di panciotto e cravatta dello stesso colore contro la camicia bianca e perfettamente stirata, non le era mai sembrato più bello.

A far loro da testimoni c'erano Logan – affascinante quasi al pari del fratello – e Rosita.

«*Sí*, io fare testimone» aveva gioito la donna messicana quando Molly glielo aveva chiesto parecchi giorni prima. «Aspettato tanto tempo de vedere un ragazzo Ryan prendere brava moglie. *Señor* Matt, lui scegliere la migliore.»

Molly lo sperava di cuore. Avrebbe detestato deluderlo.

Tra vicini e lavoranti del ranch, alla cerimonia erano presenti una quarantina di persone a lei per lo più sconosciute ma tutte interessate alla donna che aveva accalappiato Matthew Ryan. A quanto pareva, scoprì Molly, era nota come la bambina risorta non solo dalla morte, bensì anche dalle ombre dei potenti Comanche. Nessuno sembrava covare il radicato pregiudizio professato dalla signora McAllister, che brillava per la propria assenza. Al contrario.

Dall'entusiasmo con cui le raccontavano della sua infanzia, era chiaro che si fosse guadagnata una reputazione niente male. E quella di Matt in tutto il Texas non era certo da meno, o così le dissero in molti: tenace scout dell'esercito, abile negoziatore con gli indiani e un Texas Ranger che non esitava mai a rischiare la vita per i propri uomini o i texani che aveva il dovere di proteggere.

Molly, però, conosceva il prezzo di quella vita. Aveva visto il danno che Cerillo aveva inflitto alla gamba di Matt e sebbene lui si fosse limitato, in un'unica occasione, a descriverle brevemente la maniera in cui quello gliel'aveva ripetutamente colpita con una barra di ferro, lei aveva intuito quanto non le aveva detto, cioè che l'attacco era stato brutale e lui era sopravvissuto a malapena.

Sapeva che non avrebbe mai ammesso di essere ancora turbato da quella prigionia e dalle torture, d'altronde c'erano fatti che semplicemente non potevano essere cancellati dalla mente di una persona. Ma nuovi ricordi potevano sempre prendere il posto dei vecchi e Molly sperava di portare tanta felicità nella vita di Matt da porre fine, per entrambi, agli ultimi dieci anni.

Nei momenti che seguirono la cerimonia, la folla di gente che offriva le proprie congratulazioni li separò, tuttavia la statura permise a Matt di non perdere di vista Molly.

Si era tolta i fiori dai capelli, e la brezza della prima sera le soffiava leggera dal viso le ciocche scure. Sorridente, salutava una a una le persone che le parlavano, ascoltando con attenzione qualunque cosa le dicessero.

La guardò meravigliato.

Da bambina, Molly Hart era stata dolce e al tempo stesso irritante, suscitando in lui un desiderio di protezione mai provato prima. Da donna, lo affascinava per ragioni tanto svariate che dubitava sarebbe mai riuscito a spiegare del tutto la malia che esercitava sulla sua vita. Di una cosa, però, era certo: non riusciva a immaginarne una senza di lei.

Mosso dalle emozioni che lo coglievano sempre di sorpresa quando c'era di mezzo Molly – o meglio *sua moglie*, si corresse, riflettendo su quanto strano ed eccitante fosse quel nuovo stato di cose – si allentò la cravatta.

«Che c'è? Ti senti già incatenato?» lo stuzzicò Nathan, agitandogli sotto il naso una bottiglia di whisky. Gli porse un bicchiere colmo di liquido ambrato, mentre Cale e Logan, con bicchieri in mano anche loro, si facevano largo tra la folla di ospiti.

Matt rise. «Prima o poi cederai volentieri anche tu. E io non vedo l'ora d'incontrare la donna che ti metterà in ginocchio.»

«È questo che ha fatto Molly con te? Sembra interessante.»

«Dobbiamo essere proprio disperati se ci sentiamo in dovere di scavare nella vita sentimentale di mio fratello» disse Logan.

«Non che ci sia molta scelta da queste parti» ribatté Nathan.

«Non ce n'è mai stata» rincarò Cale. «Tornando a noi, se come prossimo argomento tiri fuori ricami e trapunte, potrei rispondere con una scenata. Non dirmi che tua moglie ti assilla già col *non devi più bere*!»

Matt fece un largo sorriso al cognato, quindi i quattro sollevarono brevemente i bicchieri in segno di brindisi e ne ingollarono il contenuto in unico sorso. Nathan li riempì un'altra volta.

«A una lunga vita con Molly» disse Cale. «Non lasciartela scappare, ma se lo fai, ne risponderai a me. Stanne certo.»

Un ammonimento che Matt accettò con lo stesso spirito con cui era stato pronunciato.

«A una tranquilla vita da allevatore» seguì Nathan.

E giù un altro bicchiere.

«Io invece brindo affinché tu e Molly abbiate una nidiata di bambini a rendervi la vita tutt'altro che tranquilla» disse Logan.

«Arriverà anche il tuo turno» ribatté Matt.

«Forse, ma intanto tocca a te» ghignò suo fratello. «Me ne sono accorto appena hai provato a trovarle marito, che eri già troppo invischiato per venirne fuori.»

Risero, finendo il liquore nei bicchieri, e Matt decise che si sarebbe fermato a quel giro. Era la sua prima notte di nozze e lui aveva intenzione di tenersi ben sveglio e in forma. In quell'istante apparve Molly, il suo viso luminoso lo guardava sorridente. Le cinse la vita con un braccio e fissò rapito il rilievo dei seni, sottolineato dal bordo di pizzo dell'abito. Era seducente anche senza volerlo, e Matt accarezzò l'idea di ritirarsi presto per restare da solo con lei. Ma si ricordò della presenza degli altri tre e, d'un tratto, il corpino prese a rivelare troppo per la pace del suo animo.

«Sembri infreddolita» disse. «Perché non ti metti la mia giacca?»

«Sto bene» rispose lei, alquanto confusa dall'offerta.

Nathan rise e Logan imprecò sottovoce, quindi aggiunse: «Ti ha sposato, non ti basta?»

Matt gli lanciò un'occhiataccia. «Già, ma la caccia qui intorno è magra, perciò andate a cercarvi le vostre, di prede.»

«Cale» disse Molly «volevo parlarti prima di andare via. Oggi ho ricevuto una lettera da mia sorella Mary. Diceva che una donna di nome Tess Carlisle ti sta cercando e sperava che potessi metterti in contatto con lei.»

«Carlisle...» borbottò Cale a se stesso.

«La conosci?» chiese Nathan.

«No, ma conosco il nome. Mary ti ha per caso detto perché mi sta cercando?»

«Vuole rintracciare suo padre e pensava che tu potessi aiutarla.»

«Che io sia dannato!» esclamò Cale. «Dev'essere la figlia di Hank.»

«Hank Carlisle?» s'informò Nathan. «Il nome non mi è nuovo.»

«J. Howard Carlisle.»

«Il famigerato cacciatore di taglie?»

«Già, proprio lui. Ho cavalcato al suo fianco anni fa, ma non lo sento da tempo. Dubito le sarei di grande aiuto.»

«Mary vive da qualche parte nelle vicinanze di Tucson, in caso tu voglia dare una mano alla sua amica» aggiunse Molly.

«Vedrò cosa posso fare» rispose Cale assorto. «Devo moltissimo ad Hank. E sua figlia non può essere molto più grande di te.»

«Cioè?»

«Una giovane donna che rincorre un cacciatore di taglie potrebbe ritrovarsi in qualche situazione pericolosa.»

«Ma se neanche la conosci» replicò Molly in tono pacato. «Magari è più tenace di quanto pensi.»

«Hai ragione. Forse, se sono fortunato, è proprio come te. Anzi, a pensarci bene, non sarei poi così fortunato.»

Molly rise. «E allora spero che ti dia parecchio filo da torcere.»

«Così parla una vera Walker.» Le mise un braccio attorno alle spalle e sorrise di fronte all'espressione infastidita di Matt. «Andiamo» disse, sottraendola alla stretta possessiva del marito «è ora di far sapere a T.J. e Joey che hanno una sorella.»

Molly si rilassò contro la staccionata del recinto e guardò Winter esibirsi nelle sue rallegrate. Due cose spiccavano nella quasi oscurità: l'incantevole manto della giumenta e il suo abito da sposa. Si sarebbe arrampicata più in alto per osservare meglio il primo, ma non voleva rovinare il secondo.

«È tutta tua» disse Nathan.

«Non dici sul serio.» Molly lo fissò, stupita che volesse staccarsi da un magnifico animale come quello.

«Esatto, non dici sul serio» le fece eco Matt in piedi al suo fianco, un braccio sulla staccionata.

Nathan rise. «Tranquillo. In queste ultime settimane ci ho lavorato molto. Penso che Molly possa gestirla, adesso.»

«Veramente, ci sarei riuscita anche prima» mormorò lei.

«Ho sentito, sai?» Matt chinò la testa sulla sua. Il respiro sul collo era caldo e quella vicinanza le provocò un brivido. Dalla casa giungevano ancora voci e suoni, ma presto il ricevimento sarebbe finito lasciandoli alla loro prima notte di nozze, pensò con un fremito di anticipazione.

«Ah, eccovi qui» disse Susanna con Logan al fianco. Il suo tono catturò immediatamente l'attenzione di Molly.

«È successo qualcosa?»

«Abbiamo appena ricevuto notizia che Lester Williams si trova a Fort Sumner ed è molto malato.»

«Molto quanto?» chiese Matt.

«Abbastanza, sembrerebbe» rispose Logan. «Ci vado domani appena fatto giorno.»

«Vuoi che venga con te?»

«Naa, mi farà compagnia Cale.»

«E Claire?» s'informò Molly. «Si è ammalata anche lei?»

«Non sapremmo» rispose Susanna. «Nel telegramma il suo nome non c'è.»

«Vedrò di trovarla» disse Logan.

Molly annuì, preoccupata per la salute dell'amica.

«C'è dell'altro» continuò Susanna, chiaramente riluttante.

Molly aspettò. Forse era stato troppo sperare che il giorno delle sue nozze procedesse senza inconvenienti.

«Ho appena trovato questa lettera.» Susanna mostrò la pergamena che reggeva. «Era sepolta sotto le carte sulla scrivania di Jonathan. Arriva da tua zia Catherine ed è datata due settimane fa. L'ho aperta perché era indirizzata a me, ma penso sia più che altro diretta a te.»

«Sono cattive notizie?» chiese Molly.

«Sì e no. Tua zia è assai contenta di saperti viva e spera di vederti presto, ma pare che prima di ricevere la lettera Emma sia fuggita di casa.»

«È scappata?!»

«Si direbbe che avesse già in mente di venire in Texas ancor prima di sapere che eri viva. Ha lasciato un biglietto per tua zia, solo che in questo parla di una strana deviazione dal viaggio principale. Insomma, aveva deciso di visitare un grande canyon nel territorio dell'Arizona, ma tua zia è preoccupata perché le ha chiesto di non dire a nessuno dove si trovava. Il problema è che poco dopo la sua partenza degli uomini sono andati a cercarla da Catherine. Lei, naturalmente, non gli ha detto nulla, ma adesso teme che Emma sia nei guai e non sa cosa fare.»

«Dobbiamo andare a cercarla» disse Molly. «Qualcuno di voi sa dove si trova questo canyon?»

«Io» rispose Nathan. «Si chiama Grand Canyon. Ci sono stato, ma senza entrarci... è più grande di quanto si possa immaginare.» Un'espressione incredula gli attraversò il viso. «Alquanto sorprendente. Magari voleva vederlo da vicino. Penso che proverò a rintracciarla mentre vado in California.»

«Ne sei sicuro?»

«Consideralo un regalo di nozze.»

«Mi hai già offerto Winter» gli ricordò lei. «Sei troppo generoso. Vado a cercarla io.»

«No» risposero Matt e Nathan all'unisono, anche se l'amico si era espresso in tono meno acceso del marito.

«Fammi sapere se ti serve aiuto» disse Matt oltre la spalla di Molly.

Nathan annuì.

«E se di fatto servisse aiuto» disse lei, con la mano sul fianco e un'occhiataccia all'indirizzo di Matt «verremo tutti e due.» Sapeva che quella suggerita era la soluzione migliore, ma ciò non le impediva di preoccuparsi

«Per caso avete una fotografia di Emma?» chiese Nathan a Susanna.

«Sì, è possibile. Andiamo a dare uno sguardo in casa.»

Molti degli ospiti erano ancora lì a bere, mangiare e scambiare chiacchiere sul portico e in soggiorno; li superarono ed entrarono nello studio di Jonathan.

Susanna tirò giù una scatola da una mensola a muro e rovistò tra le tante lettere finché non trovò quello che cercava: la fotografia in bianco e nero di una giovane donna. «Catherine me l'ha spedita qualche anno fa. Credo che allora Emma avesse più o meno sedici anni.»

Nathan la prese e Molly si affrettò a sbirciare oltre le sue ampie spalle per un'occhiata alla sorella che non vedeva da dieci anni. La ragazza ritratta non sorrideva, ma nel suo sguardo c'era un lampo, uno scintillio che sembrava balzare fuori. Boccoli scuri le incorniciavano il viso e gli occhi fissavano la macchina da ripresa fotografica con una schiettezza e una sicurezza in netto contrasto con il giovane aspetto della proprietaria.

«Sembra quasi uguale a quand'era bambina» disse Molly. «È bellissima.»

Lo sguardo di Nathan indugiò ancora un po' sull'immagine. «Sì, è bellissima.»

Prima che Molly potesse interrogarlo sui suoi pensieri, mise la fotografia nella tasca interna della giacca scura.

«Mi avvierò anch'io domani con te e Cale» annunciò a Logan, che rispose con un cenno di assenso.

«Grazie» disse Molly. «Significa molto per me.»

«Pensa solo a prenderti cura di Matt. Sono contento di non doverlo più tirare fuori dai guai.»

«Lo farò» rispose lei. «E avrò cura anche di Winter fino al tuo ritorno, ma poi te la riprenderai.» Nathan fece per protestare ma lei scosse la testa.

«Inutile provarci» disse Matt, mettendo una mano sulla spalla dell'amico. «Puoi sempre dire a Emma che Molly era pronta a barattarla per un cavallo.»

«Non saprei» ribatté Nathan «Winter è uno splendido animale.»

Irritata, Molly spostò lo sguardo dall'espressione impassibile di Matt a quella seria dell'amico, ma si accorse che la stavano provocando.

«Che dire? Hai proprio ragione» replicò. «Winter è uno splendido animale. Penso che, forse, dovresti riportarmi tutt'e due le sorelle in cambio.»

«Chiedo una tregua» si arrese Nathan, sollevando le mani in segno di sconfitta. «Non posso passare i miei giorni a rintracciare donne cocciute.»

«Sempre meglio che inseguire fuorilegge» disse Logan. «E meno probabilità di farsi ammazzare.»

Susanna fece una smorfia. «Adesso basta con questi discorsi. Mi fate preoccupare e poi passo la notte a rigirarmi nel letto.» Prese la mano di Logan. «Promettimi che starai attento. Riporta Lester a casa e assicurati che Claire stia bene.» Quindi il suo sguardo si posò su Nathan. «Con la fortuna dalla tua parte, farai presto a trovare Emma. Sii… discreto quando le dirai di Molly.»

«Sissignora» convenne Nathan. «Ma forse dovrebbe essere qualcun altro a darle quella notizia.»

«No, diglielo tu.» Molly fissò gli occhi in quelli marroni di Nathan. Sebbene apparisse più duro e ruvido, come riflettevano i tratti affinati con cura in una terra che lo esigeva, era un uomo della stessa pasta di Matt: onesto, affidabile e premuroso. E lei sperava che, prima o poi, il vento dell'amore travolgesse pure lui. «Dille anche che mi è mancata.»

Nathan annuì. «Lo farò.»

«E adesso torniamo dai nostri ospiti» ordinò Susanna. «Questo giorno di nozze è tutt'altro che finito.»

Ma Molly sperava che lei e Matt non fossero costretti a intrattenere gente ancora per molto.

CAPITOLO TRENTAQUATTRO

Nell'oscurità, con Molly stretta tra le braccia, Matt si allontanò a cavallo dalla casa dei genitori. Era il primo passo insieme verso il futuro.

«Guarda le stelle.» Molly inclinò la testa all'indietro. «Dove stiamo andando?»

«È una sorpresa.» Le baciò il collo. Profumava di fiori selvatici, vento del deserto e possibilità infinite.

La breve cavalcata li condusse all'edificio abbandonato che la sua famiglia aveva abitato anni prima, lo stesso in cui l'aveva portata dopo aver scoperto che Davis era suo padre. Proprio lì aveva finalmente compreso che stava combattendo una battaglia persa. Voleva Molly, aveva bisogno di lei ed era stato stupido a opporsi con tanta veemenza.

«Resta qui» le disse, quando furono scesi da cavallo. Entrò ad accendere una lampada a olio e tornò da sua moglie, quindi la sollevò sulle braccia e varcò la soglia della loro nuova casa.

«Era qui che venivi tutte le volte che scomparivi per giorni?» chiese mentre lui la metteva giù.

Matt annuì, spostando lo sguardo sui frutti del suo lavoro. Aveva installato finestre, appeso tende e fatto arrivare da Dallas un grande letto di legno abbellito con una trapunta lavorata a mano da sua madre come regalo di nozze. Aveva pulito la stufa di ferro battuto, aggiunto un tavolo e delle sedie, appeso mensole e portato una credenza adesso provvista di cibo, piatti, tazze e altri utensili.

«È piccola» si affrettò a dire «ma tutta nostra. E prometto di costruirtene presto una grande. Avremo bisogno di altro spazio quando arriveranno i bambini.»

Molly lo guardò dritto negli occhi. «È bellissima. E molto più di quanto immaginassi di poter avere. Grazie.»

Consapevole di essere un uomo fortunato, Matt le sorrise. Indossava ancora l'abito da sposa. I riccioli scuri le accarezzavano il collo e scendevano verso curve che lo attiravano ben oltre il semplice livello fisico. Appariva femminile e vulnerabile. E, sì, Molly Hart viveva da sempre, o almeno da quando era nato, nel suo cuore. La sua vita era chiara e ben tracciata, adesso, il suo sentiero evidente. Come uno scricciolo si lascia dietro la scia verso casa, così era stato per lui. E alla fine del cammino aveva trovato Molly.

Commossa da tutto quanto Matt aveva fatto per lei, Molly quasi non riusciva a credere di avere finalmente una casa vera.

«Voglio darti una cosa.» Matt mise la mano nella tasca e ne estrasse con cura un involucro di stoffa bianco, quindi lo aprì.

«Li hai conservati?» chiese sorpresa alla vista del contenuto.

Matt le porse la croce d'oro, ancora appesa alla stessa catenina che pendeva dal suo collo dieci anni prima, e un vecchio nastro giallo ormai lacero, quello che indossava la notte in cui era scomparsa.

«Li ho tenuti con me ogni giorno da quando ti persi. Ma adesso che ti ho ritrovata, non ne ho più bisogno.»

Mise la mano nella tasca dei pantaloni e tirò fuori un'ultima cosa da darle: un distintivo d'argento con una stella centrale e la scritta TEXAS RANGERS nel cerchio circostante. «Tieni anche questo. Non mi servirà più.»

Molly iniziò a piangere, lacrime che lui asciugò con i suoi baci, annullando le barriere del passato e al tempo stesso quelle degli abiti. Vennero insieme, in un orgasmo acceso quanto il sole del Texas, amandosi dapprima con tenerezza e un crescente desiderio che si fece poi disperato.

Lì, distesa tra le braccia di Matt, nell'oscurità che li circondava, Molly era serena. Il silenzio non era più un nemico e il suo lungo viaggio si era finalmente concluso. Aveva smarrito la via, ma lui l'aveva ritrovata.

All'alba, si staccò dal marito profondamente addormentato nel loro nuovo letto. I suoi occhi indugiarono sulla sagoma immobile e nuda che il sottile lenzuolo copriva appena. Non avevano riposato granché, assecondando invece l'insaziabile fame reciproca finché i loro corpi non erano più stati in grado d'ignorare il sonno.

Guardandosi intorno, notò che anche i suoi abiti e gli effetti personali erano stati portati lì, e ancora una volta la premura di Matt le colmò il cuore. Indossò in fretta una sottoveste e gli stivali e… si accorse della scatola di metallo arrugginito con il suo occorrente per la sopravvivenza.

La aprì e tirò fuori la fionda ormai logora della sua infanzia, lo Scricciolo, con la striscia di cuoio crepata e rotta. A quel punto, prese dal tavolo la croce d'oro, il nastro giallo e il distintivo da Ranger e uscì proprio mentre una bruma azzurrognola iniziava a riempire il cielo.

Legò il nastro alla base della fionda e la piazzò in un posticino all'interno del tronco del pioppo che proteggeva la casa. Poi, vi appese la collanina, che dondolò avanti e indietro per un po' prima di fermarsi, e infine posò accanto alla fionda il distintivo di Matt. Un filo di sole sfrecciò dall'alto facendo brillare il metallo a tal punto che Molly dovette socchiudere gli occhi.

Ricordò la bambina che era stata: ribelle e vivace, legata alla terra in modi che persino lei non aveva compreso. E immaginò che

Molly Hart sarebbe rimasta così per sempre, a correre per le praterie, a infilarsi in valli strette, a catturare serpenti e raccogliere pietre per lo Scricciolo.

In maniera deliberata, lenta, voltò le spalle all'albero e si avviò verso l'alba di un nuovo giorno, e di una nuova vita come Molly Ryan.

Dietro di lei, senza camicia e rilassato, Matt appariva indomito e pericoloso, il suo fisico irrobustito dalla stessa terra. La cinse con le braccia e, insieme, affrontarono saldi il soffio di un vento nuovo.

Come un unico essere, poi, salutarono il sorgere del sole.

SCENA BONUS

24 dicembre 1877

Matt prese i due regali con una mano sola e aprì la porta della camera da letto occupata da lui e Molly. L'aveva portata a trascorrere le vacanze a casa dei suoi così che potesse essere più vicina alla sua famiglia nonché a Susanna, visto che il crescente pancione faceva ben poco per la sua serenità. Se da un lato l'imminente nascita del loro primo figlio lo colmava di gioia e orgoglio, dall'altro si preoccupava come una chioccia. I giorni da Texas Ranger sembravano una passeggiata rispetto alla prossima fase della sua vita.

Molly sedette sul letto con la schiena contro una catasta di cuscini. Tenendo un piatto in equilibrio sulla pancia gonfia a dismisura, si portò alla bocca una gran cucchiaiata di cibo.

«È la torta al caramello di Rosita?» chiese Matt. «Pensavo fosse finita.» Quella sera, la cuoca dei Ryan aveva preparato il delizioso manicaretto apposta per la grande riunione di famiglia, seguendo una ricetta più volte usata da Susanna, anche se Matt era convinto che Rosita avesse aggiunto un tocco personale per aromatizzarla un po'.

Impossibilitata a rispondere con la bocca piena di dolce, Molly annuì. I capelli castani dai riflessi ramati, e finalmente più lunghi, erano sfuggiti allo chignon in cui li aveva raccolti e indossava ancora l'abito color smeraldo che Susanna le aveva regalato qualche giorno prima.

Matt si avvicinò al letto, le sedette accanto e tentò di portarle via un pezzo di dolce, ma Molly allontanò in fretta il piatto.

Lui rise. «Non posso averne neanche un po'?»

«È l'ultimo pezzo. E lo sto mangiando per due» rispose lei con un'occhiataccia.

Sapeva bene che non doveva frapporsi tra sua moglie e il cibo e, considerato che lei aveva da poco ritrovato l'appetito dopo un lungo periodo di nausea mattutina, era contento che riuscisse finalmente a trattenerlo. Ma la voracità con cui lo consumava era pari a quella di una nidiata di porcellini.

«Volevo darti questi, stasera» disse, mettendole le scatole di fianco.

Raggiante, Molly si affrettò a finire il dolce e mise il piatto da parte, quindi aprì il primo regalo e s'immobilizzò.

«Dove l'hai preso?» sussurrò.

Il ritratto la raffigurava con sua madre, suo padre e le sue sorelle, Mary ed Emma. Doveva essere stato dipinto intorno al 1866 perché Molly sembrava avere all'incirca otto anni. A differenza degli altri, che fissavano davanti a loro con visi inespressivi, il volto angelico della piccola si apriva in un sorrisino da birbante. Matt lo guardava sempre divertito. Era la Molly che ricordava lui: ribelle, tenace e curiosa. Aveva fatto breccia nel suo cuore fino a entrargli nel sangue e nelle ossa e soffiargli vita nei polmoni.

Così come aveva fatto dal giorno in cui l'aveva ritrovata, ringraziò in silenzio di averla accanto a sé.

«Lo aveva mia madre» rispose. «Dopo che i tuoi furono uccisi e le tue sorelle allontanate, andò a casa vostra e raccolse quei ricordi che riuscì a trovare. Mi sono fatto spedire una nuova cornice da Dallas. Ho pensato che ti avrebbe fatto piacere.»

Gli occhi di Molly si gonfiarono di lacrime. Matt le tolse una briciola dalla guancia e lei lo baciò, con la bocca che sapeva della torta di Rosita, dolce e al tempo stesso speziata.

«Possiamo metterlo sul camino del *Rocking Wren* appena la casa sarà finita» disse contro le sue labbra, riferendosi al ranch che Matt stava costruendo solo per lei. «Non vedo l'ora che arrivi domani per mostrarlo a Mary ed Emma» aggiunse, riprendendo a fissare il regalo.

Matt sapeva che quel Natale era speciale per Molly. Dopo anni di vita con i Comanche, era la prima volta, da quando era bambina, che tornava a festeggiarlo. E adesso, con lei, c'erano anche le sue sorelle. Emma era arrivata settimane prima e aveva subito sposato Nathan Blackmore; Mary, invece, che aveva viaggiato dal territorio dell'Arizona con Cale Walker – il fratellastro che Molly aveva da poco scoperto di avere – e sua moglie Tess, era lì da un mese con suo marito e i loro tre figli. E tra gli ospiti che affollavano la casa dei genitori di Matt, c'erano anche suo fratello Logan, sua moglie Claire e il fratello più giovane di questa, Jimmy.

Matt porse a Molly il secondo regalo. Lei scartò in fretta il pacco, tirò fuori il contenuto e… rimase nuovamente di stucco. Stringendo nelle mani la fionda nuova di zecca e ammirandone le linee lisce, la sorpresa si trasformò subito in gioia. «Posso usarla in casa?» chiese, inarcando un sopracciglio.

«No.»

«La chiamerò "Scricciolo Secondo"» annunciò, tendendola con un sorriso, mentre lo sguardo scintillante si posava su Matt. «Che pensieri gentili hai avuto.» Gli prese la mano e se la portò sul ventre. Matt sentì il piccolo muoversi e si meravigliò ancora una volta della fortuna che gli era capitata nel ritrovare, molti mesi prima, una donna che pensava morta da tempo.

«Anch'io ho un regalo per *te*» aggiunse Molly. «E so a cosa stai pensando, ma per quello dovrai prima aspettare che digerisca il dolce» disse con un'occhiata maliziosa e le guance di un rosa più acceso. L'amore della sua vita era irresistibile, pensò Matt, strofinandole il naso contro il collo.

Molly lo respinse con una finta smorfia di disappunto. «È un'altra, la cosa che ho da darti.» Si portò di nuovo la sua mano sul ventre teso. «Emma dice che sarà maschio.»

La sorella più giovane aveva il dono del *sapere* in anticipo. Matt non aveva mai dato peso a quelle sciocchezze, ma quando Nathan gli aveva raccontato della sua avventura con Emma nel Grand Canyon, era stato difficile scartare le sue capacità.

Un maschio.

Chinò la testa e, attraverso il tessuto dell'abito di Molly, diede un tenero bacio a suo figlio.

Aveva tutto ciò che voleva.

«Se domani Rosita prepara un altro dolce» mormorò «glielo porto via solo per te.»

«Promesso?»

Lui sedette e la prese fra le braccia. «Promesso.»

Mi fa molto piacere tu abbia scelto di leggere *Lo Scricciolo* e spero di cuore la storia ti sia piaciuta. Ti sarei riconoscente se volessi pubblicare una recensione, che mi sarebbe di grande aiuto nell'accrescere il numero di lettori. Grazie infinite. ~ Kristy

Ali del West serie

"McCaffrey scrive con il cuore… una lettura da non perdere." ~ The Romance Studio

LO SCRICCIOLO
Libro Uno
Catturata dai Comanche ancora bambina, Molly Hart è presunta morta. Dieci anni dopo, il Texas Ranger Matt Ryan incontra una donna con gli stessi occhi azzurri.

LA COLOMBA
Libro Due
Incrociando il vicesceriffo Logan Ryan sui gradini del *Colomba Bianca*, dove lei si cela sotto le spoglie di una donnina allegra del saloon, Claire Waters lo induce a credere il peggio.

IL PASSERO
Libro Tre
Impetuose rapide e antichi spiriti trascinano Nathan Blackmore ed Emma Hart in una selvaggia avventura nel Gran Canyon.

IL MERLO
Libro Quattro
Segnata da una brutale aggressione, Tess Carlisle chiede al cacciatore di taglie Cale Walker di aiutarla a ritrovare il padre scomparso. Cale accetta, ma riuscirà, nella terra degli Apache, ad affrancarle anche il cuore?

L'UCCELLO AZZURRO
Libro Cinque
Molly Rose Simms arriva in Colorado per incontrare il fratello e, invece, si ritrova coinvolta nella ricerca della mitica concessione mineraria Uccello Azzurro insieme a un uomo noto come "Lo Sciacallo".

L'UCCELLO CANORO
Libro Sei - Novella lunga
In questa novella, ambientata quindici anni dopo "Lo scricciolo", Matt e Molly Ryan si trovano a Denton, nel Texas, per partecipare a una fiera locale, e riportano alla luce una connessione al passato di Molly, quando la donna viveva con i Comanche Quahadi. Incontrerai anche le loro figlie, Katie e Josie Ryan.

ECO DELLE PIANURE
Libro Sette - Un racconto breve
Ecacusayet. Un fulmine. Dal giorno in cui è fuggito dalla famiglia Ryan, poco dopo la nascita, lo stallone ribelle noto come Eco è sempre riuscito a non farsi catturare. Ora, però, il diciassettenne Eli Ryan ha intenzione di cambiare le cose.

kmccaffrey.com/italian-editions/

A proposito dell'autrice

Da bambina, Kristy McCaffrey si narrava spesso storie e la sua affinità con la scrittura fu subito chiara. Allevata a pane, fantascienza, fantasy e racconti di Re Artù, trasferì – una volta deciso di prestare, finalmente, attenzione alle proprie inclinazioni naturali – questa passione per la narrazione mitica alla stesura di romanzi di ambientazione western. La scelta di essere una mamma tutta casa nonché aspirante autrice, la portò subito a mettere da parte la laurea in ingegneria. Vive con suo marito nel deserto dell'Arizona, dove i loro quattro figli si preparano, chi prima chi dopo, a lasciare il nido. Kristy crede che la vita vada vissuta con curiosità, compassione e gratitudine, e mai troppo distante da un cane entusiasta. Le piace anche restare a letto fino a tardi, mangiare cibo messicano e praticare yoga casalingo in pigiama.

Website: kmccaffrey.com

Facebook: facebook.com/AuthorKristyMcCaffrey/
Instagram: instagram.com/kristymccaffreybooks/
TikTok: tiktok.com/@kristymccaffrey